D0594865

Catherine Hermary-Vieille

Le grand vizir de la nuit

Gallimard

Catherine Hermary-Vieille est née à Paris. Elle a fait des études d'arabe et d'hébreu aux Langues Orientales et de littérature américaine aux Etats-Unis, où elle a vécu deux ans.

Elle a reçu en 1981 le prix Femina pour son roman, *Le grand vizir de la nuit* et a publié depuis un nouveau livre, qui a pour cadre Haïti, *L'épiphanie des dieux.*

Si le ministre vient à égaler le roi en richesses, en prestige et en autorité, il faut que le roi le renverse, sinon qu'il sache bien que c'est lui qui sera renversé.

Ibn Qutayba

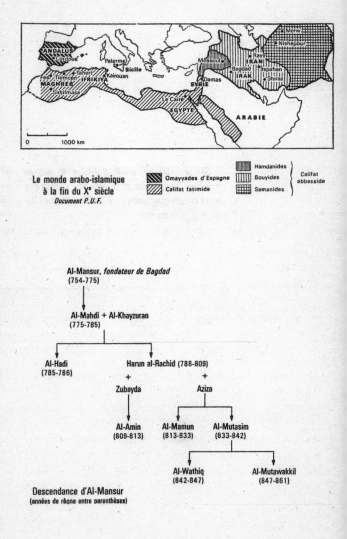

Le monde arabo-islamique
à la fin du Xe siècle
Document P.U.F.

Omayyades d'Espagne
Califat fatimide

Hamdanides
Bouyides
Samanides
} Califat abbasside

Al-Mansur, *fondateur de Bagdad*
(754-775)

Al-Mahdi + Al-Khayzuran
(775-785)

Al-Hadi
(785-786)

Harun al-Rachid (786-809)
+
Zubayda

+
Aziza

Al-Amin
(809-813)

Al-Mamun
(813-833)

Al-Mutasim
(833-842)

Al-Wathiq
(842-847)

Al-Mutawakkil
(847-861)

Descendance d'Al-Mansur
(années de règne entre parenthèses)

Il y a bien longtemps de cela, des années et des siècles, dans la ville ronde aux trois remparts, dans la ville du salut, au milieu de ce don de Dieu sur la terre, allait mourir un vieux mendiant, un homme de rien du tout, dans la poussière rouge et ocre d'une fin d'après-midi d'été. Il était si vieux, si ridé, si semblable aux murailles de briques blondes qui ceinturaient la ville en trois orgueilleuses enceintes, qu'il se fondait en elles comme une pièce d'or au couchant du soleil. Ahmed allait mourir et mourraient avec lui les souvenirs d'un temps ancien.

Depuis longtemps déjà la tête de Djafar al-Barmaki avait été réduite en poussière sur le pont où elle était clouée, les oiseaux, la chaleur et le fil du temps avaient eu raison de cette beauté et de cet orgueil. Ahmed se souvenait. Souvent, il était passé devant la dépouille de cet homme qu'il avait si passionnément aimé, et souvent, il l'avait salué en lui-même, silencieux puisqu'il fallait se taire, puisque les yeux et les oreilles du calife absent, Al-Mutawakkil, étaient partout. Djafar était mort, mort son regard, mortes ses lèvres, tarie sa salive tiède, morte sa peau brune si douce sous les doigts, mortes ses mains qui frôlaient, sa voix qui brûlait, rauque et caressante comme un vent d'est, et avec Djafar, lui, Ahmed, son serviteur et amant, était mort aussi. Comment se souvenir ? Comment régurgiter cet au-delà, ce poison qui ne l'avait pas même tué, juste jeté hors de la bouche de son passé, en haillons dans Bagdad, comptant les jours et les années qui le séparaient encore de son maître.

Tant de jours et tant d'années, tant d'étés, de soifs et de faims, tant de mains tendues et de voix implorantes : « Au nom de Dieu, au nom de Dieu, le Miséricordieux » et tant de silences.

Alors, sentant qu'il allait mourir, Ahmed se mit passionnément à vouloir parler. La place, la grand-place du quartier des artisans, commençait à s'animer en cette fin d'après-midi d'été. Ahmed se redressa, bien droit sur ses jambes repliées, sa prestance lui revenait et sa voix, prestance et voix d'autrefois, lorsqu'il marchait droit et parlait haut en traversant le peuple, cette foule qu'il méprisait et qui désormais le contournait à peine, foulant sa misère et sa prostration.

C'est à eux qu'il parlerait, eux dont il ne faisait aucun cas, monologue final, silence en quelque sorte, juste des ombres pour occuper la solitude et baisser le rideau de la mort. Devant ces gens, il n'y avait plus de secrets, plus rien que murmures et musique dans le vent du soir, timbre d'une voix qui rejoindrait sur le pont les restes dissous de Djafar et les ferait frissonner dans la tiédeur de la nuit. Il ne lui restait que quelques jours à vivre, ces quelques heures tisseraient pour le linceul de son maître une toile de douceur et de tendresse pour envelopper de silence, violence et

10

haine, cris de jouissance et murmures d'amour, ambitions démesurées à la mesure de la beauté de Djafar. Harun al-Rachid l'avait aimé, Harun al-Rachid l'avait tué. Lui-même était mort maintenant, tous se rejoignaient en une ronde silencieuse qui oscillait dans la brise de l'été, mouvante comme une ombre, insaisissable, disparue.

Une ou deux personnes s'étaient arrêtées devant Ahmed qui commençait à parler, conteur du passé, d'un temps où Bagdad, la ville d'or, courtisait ses maîtres, les Barmakides, comme une sultane amoureuse, languide et caressante, soumise et experte, passive et donneuse de plaisir, Bagdad, abandonnée de son calife, vieille maîtresse inutile, épaisse, lourde et somnolente, stérile désormais.

D'autres, puis d'autres personnes s'arrêtaient encore, curieuses de ce conteur venu du fond de leur passé, tout un cercle bruissant, fermé sur lui-même comme l'existence d'Ahmed, couronne de triomphe ou de mort qui allait le recueillir et le bercer de mots et de mots, répétés d'une génération à l'autre pour toujours.

« J'ai vécu, dit Ahmed, au temps de vos maîtres les Barmakides... »

Premier soir d'Ahmed

Harun, votre calife, et Fadl, le frère de mon maître, avaient sucé le même lait, ils grandissaient ensemble au palais d'Al-Mahdi, et grands déjà étaient les Barmakides. Souvenez-vous de cette famille, exhalez leur dignité du fond de vos mémoires étroites, comme un parfum du col d'un flacon. Souvenez-vous des sultans Al-Barmaki, Yahya était déjà le maître. Il savait tout, il devinait tout, vieux par la sagesse avant ses cheveux blancs, il considérait avec tendresse Harùn, le jeune prince, et son propre fils, il les voyait dans son rêve rois tous les deux comme un faucon à deux têtes, et de ses mains leur construisait un royaume. A ses fils comme à son pupille, il ne désirait laisser que sa passion pour l'intelligence et pour la liberté, car entre leurs bras étaient déjà déposées la noblesse, la fortune et la gloire.

Ahmed regarda autour de lui, nul ne bougeait, il voyait dans les yeux de ceux qui l'écoutaient la lueur de curiosité que l'on voit dans les yeux des enfants lorsqu'on leur dit un conte, une histoire de démons qu'ils écoutent effrayés avant leur sommeil. Eux

13

dormaient déjà peut-être, n'avaient-ils pas toujours dormi ? Un seul d'entre eux pouvait-il deviner ce qu'étaient les jours de Bagdad pour le calife et les princes ? Et que pouvaient-ils savoir de la bouche et des yeux de Djafar si langoureux dans le plaisir, de la bouche et des yeux de Djafar picorés par les oiseaux sur le pont de Bagdad, le même homme pour la même vérité, question d'instant et de lumière, d'amour aussi peut-être, Dieu le sait. L'été, l'aube est douce et douce est la nuit, la chaleur infernale du jour s'épanche, puis est absorbée, pulsation semblable au battement de cœur d'un oiseau dans l'envol.

J'ai grandi avec Djafar al-Barmaki ; plus jeunes qu'Harun et Fadl, nous vivions à part, lovés l'un en l'autre par une amitié qui ressemblait à l'amour. J'étais le fils de sa servante, son serviteur, mais j'étais bien plus son ami. Ensemble nous lisions des poèmes, nous luttions à mains nues, galopions à cheval dans les terres rouges autour de Bagdad, partagions l'eau fraîche au bord des fontaines. Adolescents, nous nous mîmes à nous regarder et à nous trouver beaux, satinée était notre peau, moelleuses nos bouches, caressantes nos mains. Qui pouvait ne pas s'en apercevoir ? Djafar rêvait d'une femme à lui en m'enlaçant, moi je rêvais de lui. Chaleur des nuits d'été, nous ne pouvions dormir. Souvenez-vous tous de vos quinze ans.

Un jour, nous apprîmes par une nourrice que la reine Al-Khayzuran, la Berbère, avait fait venir en son palais Yahya al-Barmaki. Longtemps ils avaient parlé. La Berbère voulait le pouvoir pour Harun, son fils cadet ; il fallait écarter Al-Hadi, l'aîné, l'indésirable, le faible, le cruel Al-Hadi, ce fils dont les oreilles étaient sourdes à la voix de sa mère ; il fallait convaincre le calife de choisir Harun pour successeur. Yahya aimait Harun, son faucon — presque son fils —, il le portait sur son poing avec fierté et rêvait de lui voir prendre son envol. Il l'aiderait. Yahya se lia à la Berbère, ensemble ils feraient d'Harun le calife le maître absolu, leur chef-d'œuvre, la statue d'or ciselée par leurs ambitions. Al-Mahdi était vieux, il ne savait plus ce qu'il devait faire, ce qui était juste et ce qui ne l'était pas, ce qui était droit et ce qui était torve. Il avait aimé la guerre et la violence, désormais il souhaitait se reposer. Al-Hadi était loin, gouverneur de la province de Djurdjan, sourd aux rumeurs de Bagdad, il fallait aller le convaincre de la suprématie d'Harun, lui dire que seules étaient importantes la paix et l'entente entre les deux frères, lui mettre dans l'oreille les herbes douces qui l'endormiraient. Al-Khayzuran le voulait, et ce que voulait la reine le calife le voulait aussi. Il partit voir son fils. J'assistai avec Djafar au début du voyage de notre maître, cortège splendide dans la poussière du matin en plein été. Une aube ocre et rose léchait les murs rouges de Bagdad, les minarets gris et le dôme vert du palais royal chevauché par son cavalier d'or. La foule était là, regardant les chevaux noirs et les chevaux blancs, les selles d'or et d'argent, l'allure fière de ceux qui les montaient, princes et officiers, dignitaires et religieux. Un vent chaud soufflait de l'est, enroulant sur sa hampe le drapeau noir des Abbassides, tandis que montaient des souks les odeurs d'épices et de cuir, de parfums et de fange. Al-Mahdi quittait Bagdad qu'il ne reverrait plus, le jardin des délices pour les jardins de la mort, boule d'or s'échappant de ses mains et roulant loin de lui pour toujours. Al-Mahdi se retourna et regarda sa ville pour la dernière fois.

De l'horizon montait déjà la transparence mouvante et trouble de la canicule. L'un après l'autre les cavaliers s'y effacèrent, seuls restèrent entre le songe et la réalité la cohorte des serviteurs vêtus de gris, de noir et de blanc. La poussière qui les enveloppait les estompa à leur tour. Des remparts de Bagdad, on avait l'impression d'un rêve se dissipant à l'aurore. Nous fîmes demi-tour et rentrâmes dans la ville.

Pendant les nuits de ce mois de juillet incertain, Djafar regardait les étoiles, il me disait : « Ahmed, tout est écrit, la gloire de mon père ou sa mort et notre mort à tous. Tout est là et nous ne pouvons pas le lire. Ignorants ou aveugles, quelle différence ! Nous avons les yeux tournés à l'intérieur de nous-mêmes. »

Fadl et Harun se promenaient longuement dans les jardins du palais, Yahya les y rejoignait parfois, tous trois avaient perdu le rire, ils parlaient et réfléchissaient, ils se regardaient et se reconnaissaient liés les uns aux autres par une sangle désormais bien serrée, si étroite que parfois, fugitivement, j'avais l'impression qu'ils en étouffaient.

Août arriva, nous ne quittions plus la fraîcheur des patios et les frémissements nocturnes du vent sur les terrasses. Tous nous guettions, quoi au juste ? Peut-être notre destin. L'air sentait la poussière, le cumin et le suif, avec de temps en temps l'arôme des milliers de roses des jardins de Bagdad, roses venues de Perse comme nous, pour s'épanouir sous le ciel de l'Irak. Oui, gens qui m'écoutez, les Barmakides et leurs serviteurs venaient de Perse et c'est pour cela que vous ne nous aimiez pas. Nous n'avions envers vous que le tort d'être plus vieux, suprématie d'une sagesse que nous vous avions donnée en partage. Notre tendresse était pour votre pays.

Ahmed s'arrêta. Il avait soif, soif d'eau et de paroles pas encore dites, si longtemps portées. Un homme lui tendit une outre en peau de chèvre brune, il but et regarda les étoiles, les mêmes que pendant ce mois d'août 168[1], les mêmes. Rien n'avait changé, excepté la mort de ses maîtres et sa propre vieillesse. Si peu de choses... Seul, désormais, il en gardait un souvenir d'amour. Amour et souvenir... deux misérables émotions, si légères, si périssables ; Ahmed eut l'impression qu'il ne réussissait plus à les retenir, qu'il fallait maintenant les laisser s'échapper pour qu'ensuite il puisse à son tour s'effacer et se dissoudre en elles.

La nuit était noire, des odeurs de bois brûlé se mêlaient à celles des beignets qui cuisaient dans de la graisse de mouton çà et là sur la place. Dans une heure ou deux, chacun rentrerait chez soi, irait s'allonger sur sa terrasse face au ciel, tandis que veilleraient les oiseaux de nuit en haut des minarets. A l'aube, ce serait l'appel à la prière, la vie à nouveau.

Ahmed ne s'interrompit pas, si peu de jours et tant de choses à dire encore, tant de souvenirs et d'oublis à extraire de lui-même avant d'accoucher de sa propre mort. Faire place nette pour n'être plus rien. Une image, très précise, le fit tressaillir soudain : comment tant d'années pouvaient-elles ainsi s'évanouir en un instant ? Il était à côté de Djafar à écouter de la musique, c'était tôt le matin, quelques oiseaux se

1. 785 de l'ère chrétienne.

17

baignaient dans la vasque au centre du patio, les gouttelettes d'eau qui les entouraient étaient irisées par la lumière encore rasante de ce jour d'été. Les musiciens aveugles, accroupis le dos contre le mur, caressaient de leurs doigts minces les instruments, et Djafar lui tenait la main. La musique était douce, l'air avait un goût de santal et de musc, il se souvenait parfaitement que c'était un lundi et qu'ils avaient dix-huit ans. Et puis, soudain, un bruit de pas sur le marbre, tous deux avaient sursauté, leurs mains s'étaient séparées. Fadl était devant eux, droit, sévère. « Le calife est mort, dit-il seulement, il a été assassiné. » Il était reparti. Les oiseaux s'étaient envolés et les musiciens ne jouaient plus. Ahmed entendait encore ce silence, de sa vie il n'y en eut plus de cette intensité. Djafar avait repris sa main mais au lieu de la caresser, ses doigts la serraient avec violence. Dans le ciel, le soleil montait, la lumière était chaude et dorée déjà comme une coulée de miel sur la céramique bleue de la vasque ; un musicien laissa courir ses doigts sur le luth. « Nous sommes perdus, dit Djafar, Al-Hadi ne nous pardonnera rien. » Au centre du bassin, le dauphin de jade crachait l'eau qui mourait en milliers de bulles contre les parois bleu turquoise ; quelques-unes, franchissant le rebord, venaient s'étaler en flaques transparentes sur le marbre blanc jaspé de rose. Djafar se leva, prit de l'eau au creux de sa main droite et but. Ses lèvres brillaient et ses yeux également.

« Je bois, dit-il, pour célébrer notre nouveau calife, ce breuvage ne m'enivrera pas plus que son pouvoir nouveau.

— Les musiciens écoutent, maître, avait-il murmuré.

— Qu'ils jouent, avait répondu Djafar, et que le calife règne ! »

Ahmed ne dirait rien de ce souvenir au peuple qui l'écoutait, il se contenta de les regarder tous. Il était fatigué, il voulait dormir. Sa vie avait été un songe, suivi d'un long sommeil précédant sa mort. Depuis l'assassinat de Djafar, jamais plus il n'avait eu la certitude de vivre, une impression, parfois, lorsqu'il sentait les premières odeurs de jasmin au printemps ou qu'il voyait la silhouette noire d'un faucon sur le bleu du ciel. Alors, il fermait les yeux et les narines pour mieux refuser cette preuve d'une vie dont il ne voulait plus. La gale, les haillons et la fièvre étaient tout ce qu'il acceptait encore de lui-même. Chacune de ses déchéances était une pièce d'or pour payer la mort de Djafar, un parfum pour embaumer son corps mutilé, un don d'amour. Ahmed essaya encore une fois de se redresser, ses mains se posèrent sur le sol pour soutenir son corps, il ouvrit les yeux et poursuivit :

Al-Hadi rentra à Bagdad au milieu de la poussière du galop de ses chevaux. Il fut au palais du calife et s'imposa en maître à ceux qui ne voulaient pas de lui. La reine berbère, sa mère, fut reléguée en son propre palais, Harun et Yahya emprisonnés, Fadl et Djafar exilés hors de Bagdad. Le cœur de la ville s'était arrêté de battre. Partout murmures et révoltes, on tuait au palais, on tuait les Shiites, intolérance et haine, les deux bracelets d'or d'Al-Hadi étincelaient en tout lieu.

Nous, nous attendions, nous savions bien que cette

violence ressemblait à un vent de sable qui ensevelirait le calife. Dans notre palais ocre, au milieu d'une plaine désertique à l'est de Bagdad, très loin à l'est, nous regardions passer les nuages et nous y voyions le symbole de la mouvance de toute chose. Fadl étudiait, lisait, recevait des hommes graves qui ne nous voyaient pas, Djafar et moi, bruns, minces, nerveux, courir à cheval derrière la poussière rouge. Nous parlions avec des bergers et nous les trouvions plus sages peut-être que les hôtes de Fadl. Ils nous montraient les étoiles et nous faisaient boire le lait aigre et le thé sucré. Nos lèvres poisseuses se rejoignaient parfois lorsque, tard dans la nuit, nous regagnions le château. Je chérissais Djafar et, lorsque nous nous aimions, je rêvais parfois que j'étais devenu lui-même jusqu'à en disparaître. Lui, déjà lointain, pensait à un bien autre destin qu'à la force de mes bras ou à la tiédeur de ma peau, il pensait au pouvoir et peut-être déjà à Harun. L'hiver fut rude, nous portions des bonnets de fourrure et ressemblions à des Mongols. Longs étaient les jours et courtes les nuits avec mon maître. Fadl m'écartait comme une bête lorsqu'il me croisait, il y avait dans ses yeux un mépris de prince. Lui, partageait la couche d'une femme, sa femme, issue d'une noble tribu arabe, et de ses concubines, esclaves attentives qui le guettaient pour mieux le dominer. Je les méprisais toutes. Ce que je désirais, moi, c'était être le serviteur de mon maître pour son seul plaisir, docile et attentif, un don, un moment d'amour. Djafar, parfois, regardait les servantes, il riait avec elles et devenait grave après les avoir quittées ; je le haïssais à ce moment-là mais je savais qu'un jour l'une d'entre elles me le prendrait, pour un instant ou plus, pas pour toujours. Goût des femmes, contraignant comme la drogue, je me sentais pur. Djafar ne me parlait jamais de ses grandes espérances, je savais que je n'en faisais pas partie.

Le printemps, les premières odeurs de jasmin, en fermant les yeux, nous pouvions nous croire à Bagdad encore. Moins de poussière et moins d'odeurs, une autre qualité du temps qui passe. Un soir, Djafar ne vint pas me rejoindre, il était avec une Afghane aux yeux de chienne soumise. Je serrai entre mes mains le jasmin que j'avais cueilli et le passai sur mon visage pour effacer l'odeur de cette femme. Djafar et elle, corps contre corps, transpirations mêlées, bouches jointes, sexes unis, une forme de mort pour moi. Je ne pleurai pas, mon maître faisait ce que bon lui semblait. Le lendemain il était avec moi.

Ahmed releva les yeux, il n'y avait plus autour de lui que quelques enfants et un homme qui le regardait fixement, un Persan, il le devinait, il le savait.

« Le salut soit sur toi, dit l'homme.

— Et sur toi, le salut », répondit le vieillard.

L'homme s'approcha et lui tendit une pièce d'argent. Lorsqu'il fut près de lui il murmura : « Mon père était de la maison des Barmakides, passe une nuit dans le bien.

— Demain, dit Ahmed, à la même heure, tu sauras la suite de mon histoire.

— J'y serai », répondit l'homme.

Et, tournant le dos, il s'éloigna.

Ahmed regarda la pièce d'argent au creux de sa main, une larme partit des paupières presque closes. Depuis qu'il était devenu un vieillard, il n'avait plus la force de les retenir.

Deuxième soir d'Ahmed

Le ciel était rouge, ce soir-là, au-dessus de la tête d'Ahmed, rouge et bleu de nuit, une nuit qui dans quelques instants, d'ouest en est, farderait Bagdad de ces tons indécis que portent les vieilles femmes au soir de leur vie. Le mendiant s'était installé au même endroit, sur la grand-place du quartier des artisans, près d'une des portes qui fermaient l'entrée de chaque rue de Bagdad. On disait qu'Harun et Djafar venaient, déguisés, se promener la nuit dans cette partie populaire de la ville. Ahmed ne les avait suivis qu'une fois. Lorsque le calife et son maître étaient ensemble, il s'allongeait sur le lit de Djafar et attendait qu'il revienne. Toujours. Et Djafar revenait. Toujours.

Il lui disait : « T'es-tu ennuyé de moi, Ahmed ?
— Tu le sais, maître, répondait-il.
— C'est bien, disait Djafar, c'est ton devoir de serviteur. »

Et selon les jours, Ahmed, pour dormir, se couchait au pied du lit, ou devant la porte de son maître.

Les gens commençaient à s'assembler autour de lui, les mêmes yeux et les mêmes oreilles que la veille. Ahmed chercha le Persan, il le vit et inclina la tête pour le saluer; la famille de cet homme avait dû être grande et grande sa chute, son regard était un regard de prince et ses vêtements, des vêtements d'indigent. Tant de nobles à Bagdad étaient ainsi devenus des gueux : marchands aux yeux de poètes, conteurs à la parole légère comme le vent, musiciens ambulants aux doigts de courtisans, tant de souvenirs dans un geste ou dans un regard !

Ahmed avait froid malgré la chaleur lourde, il aurait voulu s'étendre et dormir. Pourquoi parler ? Ces gens comprenaient-ils quelque chose à son histoire ? Et pourtant, ses mots, comme les nuages, comme les parfums, comme l'amour, devaient être, entités misérables, porteurs de toutes les sensations du monde. Il parla.

Cet été-là ne s'acheva pas. Fut-il le début de notre vie à tous ou sa fin ? Dieu est grand et ne dit pas ses secrets. Nous savions par des messagers que Yahya et Harun étaient toujours prisonniers. Etaient-ils morts pour qu'un cavalier galope ainsi vers notre prison de terre rouge ? Etait-ce notre effacement du temps qu'il nous apportait collé à la sueur de son cheval gris ? Son abaya noire flottait au vent, il s'était couvert le visage. Nous étions montés sur la terrasse la plus haute et le regardions approcher. Foulée rapide du cheval, ondulation furieuse des vêtements dans la course, un pressentiment m'étreignit qui ressemblait à l'espoir. Cet homme nous apportait la vie. Al-Hadi était mort, enseveli dans sa violence et dans sa haine, Al-Rachid allait être notre calife, notre chef. Le faucon, longtemps paisible sur le poing fermé de Yahya, allait enfin prendre son envol. Harun sortait de sa prison et restait encore immobile à observer les choses et les gens, comme l'oiseau brusquement débarrassé de son capuchon reste effaré sur la main de son maître. Un monde brusquement devant soi, liberté et azur, balancement du vent, tiédeur du soleil, moment de griserie absolue avant la chasse, la violence et la mort.

Fadl partit à l'instant rejoindre à Bagdad son frère de lait, celui né des mêmes espérances que lui-même, l'autre moitié de leur fruit d'or. Nous prîmes la route quelques jours plus tard au milieu de nos serviteurs ; exilés avec nous, ils allaient partager les jardins de nos félicités. Parmi eux, la femme afghane, elle gardait les yeux baissés, refus de partager ne serait-ce que son regard avec moi.

Voyage lent dans la chaleur torride de l'été. Approchant de Bagdad, nous laissâmes le convoi et partîmes au galop au-devant de la ville ronde. L'éblouissement était au bout de la route, toujours le même. « Dieu est grand », dit seulement Djafar en passant la porte est de la première enceinte. Et comme l'appel du muezzin retentissait pour la prière du soir, nous nous inclinâmes dans la poussière entre les deux murailles. Jamais je n'oublierai cette prière, Djafar prit de la terre de Bagdad dans sa main droite et la passa sur ses lèvres, ablution ou baiser, souillure à effacer ou volupté attendue ? Il se releva, ses yeux étaient troubles comme ils l'étaient lorsqu'il faisait l'amour.

« Allons, dit-il, mon père nous attend. »

Droit au côté de son père, Fadl. Je m'écartai, verrait-il seulement que j'avais disparu ? J'appris tout le soir même, la mort décidée pour Yahya et Harun, l'exécution qui devait avoir lieu le jour même de l'assassinat du calife, Al-Khayzuran acculée à un choix rapide avait pris sa décision, la mort d'un de ses fils, tout de suite, pour que l'autre vive et règne, échange prompt comme un tour de magie. Harun se devait d'être reconnaissant et docile, Yahya et elle le mèneraient vers leur propre destin.

La nuit, Djafar ne vint pas et je réfléchis. Tout l'avenir de mon maître tenait dans mon propre effacement, lente maturation dans l'obscurité de moi-même, qui allait enfin éclater au jour, me déchirant au passage. Désormais, j'étais trop petit pour le garder plus longtemps, il ne me resterait plus qu'à le suivre du regard et lui tendre les bras lorsqu'il viendrait à moi. Ne plus solliciter, jamais, pour ne pas être refusé, juste demeurer et attendre, force de l'immobile, du minéral ; j'étais une pierre sous les pieds de Djafar, une pierre ancrée profondément dans le pays de ses souvenirs.

Longs furent les jours qui suivirent et courtes les heures. Yahya et la reine faisaient face au devenir, Fadl et Harun, invisibles, se préparaient à sortir au grand jour et Djafar savait désormais que sa place était à leurs côtés. Comment ? Il le savait.

L'été s'enroulait au zénith du ciel, une chaleur moite pesait sur les rues et sur les maisons, sur les briques de boue cuites par le soleil, une chaleur semblable à celle d'aujourd'hui sur des maisons toutes pareilles. C'est dans cette étuve, enfermée dans la rondeur de la ville, que se préparaient le califat d'Harun et la splendeur des Barmakides ; un moment de magnificence, brusque éclat de lumière dans le ciel de Bagdad, allait illuminer pour dix-sept ans la ville aux trois remparts et se propager de la capitale sur tout l'empire abbasside. Dix-sept ans, fin de la première période de la vie, passage à l'âge adulte, ou fin de la dernière, porteuse de mort. Vous seuls, gens de Bagdad, pouvez juger, mon bon sens m'a quitté avec la mort de mes maîtres.

Le serment d'allégeance de la communauté, la bay'a, allait avoir lieu après la grande prière du vendredi. Tous les quartiers de la ville étaient en effervescence. Sur cette place même, le soir, la foule était si dense que les étoiles du ciel semblaient éparpillées, partout cuisaient les gâteaux, rôtissaient les moutons, se réduisaient en poudre épices et herbes aromatiques. Ceux qui ne se connaissaient pas se parlaient, et ceux qui se connaissaient paraissaient s'être oubliés. Le rire des femmes était partout et les enfants couraient des maisons au souk, bousculant les vieillards et les dignitaires enturbannés. L'or passait d'une main à l'autre et les sourires se figeaient tandis que les doigts se fermaient soudainement sur la pièce tant convoitée. Il faudrait des lunes et des lunes pour qu'une telle abondance ne rejaillisse sur Bagdad.

Au palais, tous se préparaient. Ma bouche saura-t-elle exprimer ce que virent mes yeux ? Saurez-vous, vous-mêmes, assembler dans vos imaginations l'or, la pourpre, la garance, le noir et le blanc, les bijoux et les broderies, les musiques, les parfums, le sucré et l'amer, les Bédouins devenus émirs pour quelques heures avant de repartir au vent de leurs rêves, et notre imam, Harun, triomphant de ses vingt ans et du pouvoir nouveau au milieu de ces chameliers revêtus de soieries, de ces guerriers immobiles dans leurs longues robes noires gansées d'or, farouches dans leur regard et soumis dans leur port ? Imaginez, et si vous ne pouvez pas le concevoir, alors rêvez ! Rêve, peuple oublieux, et souviens-toi demain de ton rêve, le monde est un songe et nous refusons de dormir. Fermez les yeux, vous verrez la mosquée, la grande mosquée, le jour de la prière et du serment, les lustres, les tapis, les parfums se consumant dans des coupes d'onyx et de jade, frôlant la grille de bois sculptée de la maqsura, seul témoin de la présence du calife, caché du reste des hommes. Présence indicible et secrète comme une pensée d'amour au cœur de l'homme, comme un désir ou comme un oubli, volutes des fumées, montant vers le dôme, mouvantes et irréelles, rejoignant la clarté pâle des lustres en ce matin d'été, où les rayons obliques du soleil venaient mourir sur la fraîcheur bleue des mosaïques qui les buvait dans l'eau des multiples fontaines.

Seul dans la maqsura, ceint de la couronne d'or et de pierreries, portant le sceptre à la main et le sceau du calife au doigt, Harun, simplement vêtu de son manteau de laine blanche, la burda se tournait vers Dieu pour le remercier ou l'implorer, à moins que ce ne soit à son propre destin qu'il ne songeât et au moyen de le retirer doucement des poings fermés de Yahya le Barmakide et de sa mère, la Berbère, pour l'étreindre seul à pleins bras.

La beauté de Djafar en ce jour des mille merveilles ne peut être dite, vos rêves ne l'atteindront pas, car celui à qui est donné de voir la beauté sur la terre se consume d'amour et en meurt. Depuis longtemps, la pensée de mon maître m'a ôté le goût de la vie, et la mort que je vais recevoir m'est promise depuis ce jour-là, exactement depuis ce vendredi à la grande mosquée de Bagdad.

Harun était l'imam, le commandeur des croyants, Yahya lui montrait la route et Fadl était à son côté, deux ombres, bientôt trois, pour une seule personne.

Dès le premier instant, sachez-le, Fadl essaya de se persuader que son frère de lait partageait le même idéal de pureté, de piété et de justice que lui-même. Il le connaissait bien, il savait la lumière mais il savait également l'ombre qui habitaient son ami. Pieux, le nouveau calife l'était, audacieux aussi par intermittence, cultivé, intelligent, mais dissimulé, jouisseur et cruel comme les faibles peuvent l'être. A vingt ans, il avait connu la haine, la prison, la mort proche, il avait vu complots, délations et assassinats autour de lui. Il avait eu peur, et si la vue du sang l'avait fait frissonner elle lui avait fait aussi briller les yeux, rouge si excitant dans le noir de la nuit des songes d'un enfant. Certes, il aimait sa mère, son vieux maître, son frère de lait, certes il les aimait... L'intimité du cœur de l'homme est connue par Dieu seul.

Harun, silencieux et songeur, écoutait Fadl et il était évident pour lui que la même trame ne tissait pas leurs deux jeunesses ; la sienne était chatoyante et douce, il aimait la caresser et y poser ses lèvres, celle de Fadl était rude et grise, étoffe de voyageur parti pour une interminable route. Un jour ou l'autre, Djafar et Harun devraient se reconnaître, et Fadl, soudain, paraîtrait sans éclat au calife. Le destin n'est que la volonté de Dieu.

L'été prenait fin ; au palais, dans les maisons, dans les rues, partout, une nouvelle fraîcheur, une nouvelle vigueur, comme si le printemps cette année-là allait succéder à l'été. Un jeune calife guidé par un vieux sage, que pouvait-il arriver de meilleur à la communauté des croyants ? Du plus riche au plus humble, tous pressentaient que la rivière calme des jours allait bouillonner d'un courant nouveau.

Au palais, l'heure était à la joie, enchanteurs et poètes, musiciens et savants, tous accouraient pour se rafraîchir à cette nouvelle fontaine ; Yahya et Fadl s'entouraient des plus intelligents et Harun des plus gais, jeunes gens de vingt ans comme lui, cachant très bien sous les traits fins de leurs jolies figures des appétits de géants. Les femmes étaient belles, Harun les voulait toutes, les donnant ensuite à ses amis pour mieux reparler d'elles. La reine regardait son fils jouir de la vie avec tendresse, les journées et les nuits étaient trop courtes pour lui donner sa part de responsabilités. Il aurait le temps plus tard, beaucoup plus tard. N'avait-il pas seulement vingt ans ?

Arriva le jour de Djafar. Jour béni ou vomi par Dieu ? Je ne sais plus, c'est à cause de ce jour-là que je suis aujourd'hui en haillons devant vous, image de la punition ou survivant des temps heureux.

Jours plus courts et chaleur tendre, l'automne était là. Dans les jardins, les roses, lourdes des moments passés, se penchaient sur les vasques qui les faisaient éclater en fugitifs reflets ; leurs pétales, bercés par le vent, venaient parler d'amour aux femmes du harem : femmes insaisissables dans leur soumission pleine d'espérances, femmes somptueuses et dévorantes comme un feu, ambitieuses pour le fruit de leur ventre, mettant à vif la chair et le cœur, un monde moite et sauvage, tendre et pervers qui regardait se répandre les roses sous le vent de Bagdad. A leur pensée, mon maître se dressait et moi je courbais l'échine, ne pas voir ce désir que je ne partageais pas.

Harun avait ordonné un repas pour ses amis, tout avait été préparé dans l'un des jardins car douce était la nuit. Comme plafond, les étoiles, comme murs, les buissons de roses et de lauriers, au sol des dizaines de tapis aux coloris fastueux, et partout des lampes aux huiles parfumées, des oiseaux d'Afrique et de l'Inde dans des volières de rotin et de fer forgé. Au-dessus des coussins de velours et de brocart sur lesquels devaient s'asseoir les convives, était tendu un dais noir brodé d'argent, comme une tapisserie sur le ciel, noir pour le bleu de la nuit, argent pour la lueur des astres, harmonie entre l'univers et la grandeur des Abbassides.

La porte par laquelle devait entrer le calife était masquée par un voile translucide, nacré comme la gorge d'un coquillage, parfois rosé, parfois ambré, parfois argenté, selon les caprices du vent. Le calife apparaissait le dernier, au moment où il lui plaisait, et ses hôtes attendaient en silence. Il s'asseyait à part et s'il ne désirait pas être vu, on faisait tomber une tenture devant lui. Elle était là, enroulée sur deux hampes d'ébène, caressant de sa noirceur le bois précieux, frémissant sensuellement dans la brise nocturne venue de l'ouest, comme la peau d'une Nubienne sous l'étreinte voluptueuse d'un amant. Des musiciens, dissimulés derrière un panneau de stuc ouvragé et de céramique, attendaient le bon plaisir de l'imam, accroupis, immobiles, automates dociles qu'un ordre faisait jouer. La lumière de la lampe à huile qui les éclairait ondulait sur leurs turbans blancs en une danse indécente pour ces figures indifférentes qui avaient franchi le mur du temps avant de tomber dans les jardins du calife ; tous étaient des vieillards et tous étaient aveugles.

Un à un, les convives arrivaient et s'installaient. L'élite de la jeunesse arabe et persane, fils des plus grandes familles et des tribus les plus puissantes, profils nets comme un poignard ou doux et tendres comme un fruit d'été. Grands ou petits, bruns ou clairs de peau, ils étaient tous semblables par le regard qui ne s'abaissait devant personne. Les simples abayas côtoyaient les somptueux kaftans brodés, les ceintures de poignard en cuir de chameau, les plus étincelants bijoux, et, sur ces coussins de soie, ils ressemblaient à des faucons posés sur des buissons de fleurs. Djafar était vêtu de blanc, comme les Arabes, il portait une kufiyya blanche serrée autour de la tête par un iggal tressé de fils d'or, pas de bijoux ; aux pieds, des babouches brodées d'or. J'étais également habillé de blanc sans aucune décoration, tête nue, et je me tenais debout derrière lui, prêt à le servir. Fadl était absent, il voyageait en province pour apaiser des conflits à la frontière byzantine. Le calife ne voulait pas la guerre, pas encore. L'absence de Fadl, de son regard posé sur lui à tout moment, de sa confiance, de la certitude qu'il avait à son égard, allait donner à Harun la liberté d'être lui-même, un jeune homme de vingt ans fasciné par la beauté et l'intelligence d'un garçon de dix-huit ans, Djafar al-Barmaki, mon maître. Djafar était assis en face de la porte par où l'imam allait entrer, la lune l'éclairait de dos, faisant étinceler sur le blanc de son abaya le poignard serti de saphirs. Sur le manche de ce poignard, debout sur leurs pattes arrière, s'enlaçaient deux léopards d'or. Un paon passait à côté de lui, le frôlant de ses plumes, Djafar attendait, je crois qu'il savait.

Soudain, les musiciens commencèrent à jouer, musique douce qui fit frissonner le voile cachant la porte, Harun entrait. Il regarda autour de lui, tous se levèrent et saluèrent, la main sur le cœur, Djafar se leva le dernier. Comment ne pas le voir? Maintenant le calife le regardait. Lentement Djafar déploya son long corps, il ne quittait pas Harun des yeux, puis il s'inclina. Je sus soudain que j'assistais à un moment très important, que le vent avait soufflé sur ces deux êtres et les emportait dans son haleine. Vers où? Vers un pays où je n'étais pas. Harun dit : « Viens t'asseoir à côté de moi, Djafar! » Et tous les jeunes gens le regardèrent. Pourquoi lui? Pourquoi maintenant? Djafar se redressa et dans la lumière de la lune tamisée par le dais noir ne se dessinaient avec netteté que le cordon d'or enserrant sa tête, ses yeux, sa bouche et son poignard. Côte à côte, ils ne se regardaient pas, les mains d'Harun tremblaient légèrement, il était voûté et semblait contempler le tapis de Perse sous ses pieds.

« Je ne te connais pas assez bien, Djafar, et je le regrette », dit-il enfin. Et, levant les yeux vers lui, il rencontra ceux de mon maître. « Tu ne ressembles pas à ton frère, que Dieu le bénisse. »

Les serviteurs entraient avec les bassines de cuivre et de terre vernissée. Aux odeurs des roses et de l'eau douce des fontaines se mêlèrent les senteurs des viandes et des épices, pigeons au miel, moutons à la cannelle, poissons au safran; un vent léger faisait trembler le voile derrière Harun qui mangeait à peine. Djafar n'avait rien pris. Le calife et mon maître ne se regardaient ni ne se parlaient, les autres convives chuchotaient en plongeant leurs mains au fond des plats posés devant eux, les musiciens accroupis continuaient à jouer, leur regard absent traversant toute chose comme des rayons de lune.

Soudain, le calife prit dans un plat un morceau de

mouton et le tendit à Djafar; j'étais derrière mon maître, je fus le seul à entendre Harun. « Mange, mon frère, dit-il, je le veux » Djafar tendit la main, leurs doigts se frôlèrent et je savais quel désir était enroulé au creux de leurs regards mêlés. J'eus froid tout à coup et envie de vomir, quelque chose de semblable à des griffes de bête me déchirait le cœur. J'étais droit et immobile et je voyais mon propre corps se plier et tomber à mes pieds. Des deux êtres qui étaient en moi, seul demeurait vivant le serviteur et il me fallait regarder l'autre mourir sans le moindre tressaillement. Soudain, les musiciens s'interrompirent, tout semblait suspendu, parfaitement silencieux, les invités se taisaient, les serviteurs s'étaient immobilisés, moment de rêve; on n'entendait que le vent dans la roseraie et les petites vagues d'eau se heurtant au rebord de céramique des bassins bleus. Harun et Djafar se regardaient toujours.

Brusquement, le calife se mit à rire et frappa dans ses mains, maintenant il savait, il était heureux. La musique instantanément reprit, les serviteurs s'activèrent, les convives se mirent à parler tous ensemble, une sensualité trouble et une franche gaieté les possédaient tous, Djafar riait lui aussi, il mangeait et il buvait tandis que je le regardais.

Le festin dura jusqu'au milieu de la nuit. Les corps des jeunes gens étaient presque allongés maintenant sur les coussins, les épices et la chaleur des mets leur faisaient briller les yeux. Ils étaient beaux, et la chaleur était grande malgré l'heure avancée de la nuit.

Alors Harun frappa encore dans ses mains, les musiciens cessèrent de jouer, se levèrent et disparurent tandis qu'en surgissaient de nouveaux, jouant cette fois-ci une musique rapide et ardente. Ils chantèrent quelques instants au milieu des battements de mains des convives puis, jaillissant de partout, de derrière les vasques, les lauriers-roses et les piliers de marbre du patio, les danseuses firent leur entrée. Elles étaient jeunes, belles, presque nues, et tournoyaient autour des hôtes du calife dans le cliquetis des bijoux d'or qui leur ceignaient le front, les poignets et les chevilles. Une odeur forte de musc et de jasmin se dégageait de leurs poitrines, de leurs bras, de leurs cous, leurs lèvres charnues s'ouvraient sur leurs dents éclatantes au rythme de la danse, et leurs yeux cernés de khôl dévisageaient les hommes comme un appel muet. Les invités s'étaient tous redressés, ils riaient parfois mais ne parlaient plus, et leur regard était presque douloureux tant était fort leur désir. Harun les regardait, lui aussi, ses mains tremblaient, ses yeux étaient fixes et brillants, ses doigts, posés sur ceux de Djafar, semblaient transmettre à mon maître la sensualité qui s'était emparée de lui à la vue de ces filles et la lui offrir. Il fit signe à l'une des danseuses qui s'approcha de lui, s'agenouilla. Harun se pencha sur elle, ses mains cherchaient ses épaules, sa poitrine, il respirait vite et je voyais la transpiration briller sur ses tempes et son front. La fille, renversée, était parfaitement docile, Harun l'embrassa et la tendit à Djafar. Alors, les yeux dans ceux du calife, mon maître l'embrassa longuement.

« Prends-la ! » dit Harun.

Djafar eut un long tressaillement, il ne se possédait plus. D'une main, il attira la danseuse, de l'autre, écartant le voile qui lui ceignait les hanches, il la força à s'agenouiller. La fille ne bougeait pas. Lorsque

Djafar la pénétra par-derrière, elle eut un sursaut mais ne dit rien, mon maître ne quittait pas Harun des yeux. Alors le calife se leva d'un bond, prit la taille de Djafar et l'entraîna hors de la danseuse.

« Viens, dit-il, sortons. »

Et sa voix était si basse que je l'entendis à peine.

Djafar était debout, pâle dans son abaya blanche.

« Reste, Ahmed, me dit-il. Attends-moi ! »

Je ne bougeai pas. Les autres convives se partageaient les danseuses tandis que la musique devenait un feulement obsédant. La vue de ces femmes offertes me laissait indifférent.

Troisième soir d'Ahmed

Ahmed était seul. Il était plus tôt que les autres jours et l'heure de la promenade n'était pas venue. Il avait somnolé toute la journée, accroupi au pied d'un mur, à l'ombre, et il savait maintenant qu'il avait une longue nuit de veille devant lui. La lumière déclinante tombait en rayons obliques entre les branchages tressés qui servaient de toit au souk et faisaient danser la poussière sous le sabot des ânes. Terre desséchée, chaleur et mouches, mélange en suspens attendant le souffle de vent qui ne se décidait pas à venir, fusion intime avec la lumière, les odeurs, les bruits couverts par le sommeil de la ville. Rouges et dorés, noirs et bruns enchevêtrés sous le safran du soleil, formes estompées par la chaleur rendant toutes choses mouvantes et passagères, faisant se dresser le Bédouin sur sa couche pour chercher en vain l'horizon de son désert. Les portes sombres des rues étaient ouvertes, libérant sur les rues blanches le bleu de safre du ciel comme un panneau de mosaïque entre deux volets de cèdre.

Ahmed ramena sur sa tête un coin de son vêtement, il écoutait le silence. Toute sa vie il avait attendu, un bruit, un pas, une voix, et désormais il attendait de ne plus espérer, jamais. Il ne tressaillait plus, son vieux corps avait désappris les émotions mais son immobilité elle-même était une sensation qui le faisait se souvenir. Comment oublier ? Les yeux de Djafar étaient désormais sans visage, errant à l'intérieur de lui-même en un regard sans fin. Ahmed y voyait parfois un reproche, un appel ou une nostalgie, alors, il fermait les paupières pour libérer son maître mais il savait qu'il ne sortirait pas de lui-même. Djafar était désormais son corps, pauvre corps jeté sur la poussière de Bagdad, dernier refuge de ce seigneur déchu. Il y avait bien longtemps, il était là, au coin de cette place avec Harun, déguisés en marchands. Il riait, ses dents avaient la blancheur de son crâne desséché par le vent et le soleil sur le pont de Bagdad, un même éclat pour un même amour, Harun avait voulu l'un et l'autre. Eclair du sabre, éclair du désir dans les yeux du calife, moments de fusion rapides, impératifs, absolus, durée très courte dans la journée du temps.

Ahmed chassa une mouche du revers de la main, le Persan était devant lui.

« Le salut soit sur toi, vieillard. Suis-je donc le seul à venir t'écouter ce soir ?

— Les êtres humains sont comme le sable, poussés par le vent du hasard. Je parlerai pour toi.

— Viens chez moi, dit le Persan en s'avançant vers Ahmed, ne jette pas ton passé à ces chiens, je saurai réunir pour toi des hommes qui boiront tes paroles comme du lait. Les Barmakides revivront au milieu de nous, de nous seuls.

— Les Barmakides sont morts, ami. La voix est tout ce qui me reste, laisse-la-moi avant de mourir.

— Pour qui, pour quoi, vieillard ? »

Ahmed se redressa et s'essuya le visage du coin de sa robe.

« Pour le peuple de Bagdad et pour que Djafar y retourne à jamais. Là est sa véritable place et c'est à moi de le mener de son palais disparu à ces humbles maisons qui demeurent. Là où est la vie, là aussi est mon maître. »

Déjà quelques personnes se rassemblaient autour d'Ahmed, le Persan hésita, tourna le dos et s'en fut. Le vieillard sut qu'il ne le reverrait plus. Un autre départ. Il fallait donc qu'il reste seul enlacé à Djafar, sans partage et pour toujours.

Les enfants s'asseyaient, les hommes restaient debout, quelques femmes voilées s'arrêtaient un instant ; il ne voyait d'elles que leur regard troublé par le souvenir de cet homme mort que tout le monde avait aimé. Les plus âgées d'entre elles se souvenaient-elles de ce corps, de ce visage, de ce sourire ? Pouvaient-elles seulement comprendre la beauté ? Ce sont les enfants qui, les premiers, perçoivent les prochaines odeurs du jasmin au printemps, avant même qu'il ne soit éclos ; ils savent son parfum. Lorsqu'il embaume et que tout le monde lève la tête, déjà il est près de mourir.

Alors commença, dit Ahmed, la splendeur des Barmakides. Tout fut ordonné par eux et pour eux, Bagdad devint un diadème déposé sur leur front, et chaque pierre qui le sertissait était un cadeau d'amour. La faiblesse du calife et sa sujétion donnaient aux Persans puissance et orgueil, mais ne savez-vous pas que l'amour passe de main en main et que le dernier qui le garde en a les doigts brûlés ? Djafar est mort de ses certitudes.

Lorsqu'il comprit, Fadl sut qu'il était trop tard, que l'estime que le calife lui portait gênait l'amour qu'il avait pour Djafar ; il décida de le diriger de loin, de ne pas s'imposer mais d'être toujours là. Il regardait son frère avec pitié plutôt qu'avec envie, devinant sans doute que la place de Djafar était bien plus fragile que la sienne, son éclat plus éphémère. Djafar habitait le corps et les désirs, Fadl, l'âme du calife, le meilleur de lui-même. La gloire de sa famille survivrait-elle à la passion de leur maître ? Il croyait ne pas connaître la réponse mais, de temps à autre, son regard, de sévère qu'il était, portait le voile fragile du désenchantement.

L'année s'écoula dans la douceur et dans la certitude. Yahya et ses deux fils, dominant Bagdad de leur puissance, trouvèrent un terrain près du fleuve pour y faire construire leur palais. Les architectes n'inventaient pas de lignes assez pures, ne découvraient pas de matières assez nobles, on en fit venir d'autres des confins de l'empire. La demeure des Barmakides devait être un lac où se mirerait la gloire du monde, un pâle reflet de leur splendeur. Montèrent les murs, se découpèrent les coupoles vertes entre les nuages gris de la ville en hiver, s'étendirent sans fin appartements et salons, cuisines et écuries. Enserrant les fontaines dans les jardins, les buissons de roses et de lauriers s'ordonnaient tout au long des allées de marbre. Le bleu des céramiques — le bleu de Perse — s'enchâssait comme un joyau dans le stuc blanc des murs, dans les couloirs, dans les cours, dans les patios, des tableaux de mosaïque donnaient au marbre rose du sol la vie foisonnante des oiseaux et des fleurs qui s'y enchevêtraient. Les plafonds de cèdre sculpté contemplaient à travers leurs ciselures le velouté de feu des tapis. Coussins et sofas, brochés d'or et d'argent, arrondissaient leurs courbes molles, comme pour faire oublier par leur douceur la vanité qui les avait créés. Le palais des Barmakides fut achevé pour les premières fêtes du printemps. Djafar y reçut le calife, vêtu de noir comme un Bédouin dans sa tente en peau de chèvre, et le calife ne vit que lui, ne but que le lait de son regard et le miel de sa bouche. Yahya et Fadl, adulés comme des princes, considéraient toute chose avec sérénité ; j'étais, moi, les yeux et les oreilles et je ne jugeais pas.

La nuit, souvent, je parcourais les salles et les corridors lorsque mon maître était auprès du calife ; l'obscurité donnait aux volumes des dimensions plus imposantes encore, quelques herbes se consumaient toujours au fond des brûle-parfum et leur odeur se glissait dans l'ombre comme une main. Je la suivais jusque dans les jardins où elle venait étreindre celle des fleurs ; alors, parfois, je m'asseyais sur le rebord d'un bassin et je regardais l'eau. J'y voyais mon visage, jeune encore et beau mais que l'on n'aimait plus, mes doigts le caressaient pour lui faire croire à la tendresse mais il ne tressaillait pas, mes lèvres elles-mêmes restaient fermées. Je laissais ma main rejoindre l'eau, elle était froide et immobile comme moi, une amie, une sœur, j'avais le désir d'y mettre la figure pour mieux me fondre en elle, pour que les deux images de moi n'en deviennent qu'une... Je retirais mes doigts du bassin et les passais sur mes joues, ma bouche, mes yeux, pour leur redonner vie, mais seuls les yeux répondaient parfois. Lequel d'entre vous n'a-t-il jamais pleuré ?

Ahmed se tut, sa voix tremblait, il était fatigué. Devant ses yeux, la foule devenait floue, imprécise, même les enfants tout près de lui avaient soudain la mouvance des nuages. Tous ces gens disparaissaient et revenaient au fil de l'eau qui emplissait ses yeux, petits bateaux fragiles sur le fil de ses souvenirs. Comme il serait doux de s'étendre sur le courant de son amour, de s'y laisser bercer avant de s'y enfoncer doucement pour toujours. Ahmed se redressa, le moment n'était pas venu, pas encore. Avec un pan de son vêtement gris de tout un temps de misère il s'essuya les yeux, tous étaient à nouveau devant lui, nets, précis, blâmeurs ou admiratifs, sévères ou bienveillants, des personnes comme les autres qui écoutaient Ahmed conter.

Les appartements de Djafar étaient les miens, j'y vivais, j'y dormais, j'y guettais le moindre bruit, le moindre pas. Refusant de parler aux autres serviteurs et aux femmes, j'étais tout à fait seul. Je préparais pour Djafar une couche où il ne s'étendait pas, des repas qu'il ne mangeait pas, des rêves qu'il ne partageait pas. Lui, était ailleurs, au palais, en province, aux armées ; là où Harun était, il était. Yahya et Fadl gouvernaient, et rayonnait l'empire abbasside.

Je me souviens du rire de Djafar, de ses yeux brillants lorsqu'il rentrait, il était heureux, il possédait tout, honneurs, richesses, beauté, intelligence et l'amour du calife. Il voulait de sa vie faire une grande vie, l'élan qui l'emportait l'élevait si haut qu'il avait l'illusion d'être un oiseau. Djafar voulait tout et tout était possible, il avait au creux de sa main la poudre d'or de tous les rêves, celle qui enivre et qui aveugle, celle aussi qui efface les mirages tout au bout de la course du voyageur épuisé. Tendresse et passion, les liens qui liaient Djafar à Harun étaient des liens de plume et de plomb et il les contemplait en riant, ceux qui me liaient à mon maître étaient autour de mes poignets seuls et me faisaient pleurer. Mais peut-être était-ce la poussière courant sous le vent du désert, ou le soleil, qui m'irritait les yeux, ou la lumière crue de midi qui asséchait la bouche et faisait se fermer les paupières pour mieux rêver de la fraîcheur des sources et des nuits de printemps. Il me prenait l'envie, parfois, de seller mon cheval et de partir droit devant moi, de galoper à l'infini dans la poussière rouge, sous la caresse des étoiles du ciel sans fin des étés de Bagdad. Peut-être alors, tout au bout de la route, la paix viendrait-elle, oasis de dattes et de lait où je m'allongerais pour ne plus me relever, blotti dans la douceur du repos comme je l'étais dans les bras de ma mère, il y a si longtemps de cela. Tambourins et flûtes, voix haletante d'une jeune fille, j'avais envie d'avenir pour oublier mes souvenirs.

Et puis, droit devant moi, Djafar, mon envie d'être lui, mon effacement, l'abandon de mes désirs propres pour n'être que le reflet des siens, l'amour ? Appelez cela comme vous voulez, les mots n'ont plus d'importance.

Regardez autour de vous les remparts d'argile qui vous encerclent et levez les yeux vers le dôme du palais du calife, poussière et marbre, boue séchée et métaux précieux, vous n'êtes que les yeux de la vie. Moi, j'ai vécu. Tout cela disparaîtra un jour, balayé par le vent du désert et le galop des chevaux de ceux qui viendront du nord, vos os blanchiront aux quatre coins des cimetières de l'oubli et, sur la paix de Dieu revenue, s'allongera l'ombre de Djafar comme un palmier dispensateur de fraîcheur et de repos. La beauté demeure pour toujours.

Alors Djafar se mit à rêver d'un palais à lui. Les Barmakides s'étaient annexé la partie orientale de Bagdad où se dressait déjà la demeure de Yahya, le Ksar al-Tin, merveille ocre et bleu aux coupoles arrondies se reflétant dans les eaux grises du Tigre près de la porte de Basra. Djafar voulut son palais comme on veut une femme, avec exaltation. Vivre plus fastueusement, il ne le pouvait, mais je savais qu'il désirait surtout séparer sa maison de celle de son père et de son frère pour mieux marquer son indépendance et le caractère spécial que lui conférait la passion d'Harun. Vous souvenez-vous de l'orgueil et de l'insolence de Fadl ? Aménité et modestie, comparées à l'arrogance de mon maître. Djafar traversait les hommes de son regard d'oiseau de proie. De temps en temps, ses yeux se posaient sur moi et avec eux sa tendresse et quelque chose d'infiniment fragile qui me faisait trembler.

Nous vîmes à nouveau se succéder architectes, menuisiers, maçons, artisans venus de tout l'empire. L'or coulait d'une main à l'autre comme une source intarissable, Djafar, si généreux, devenait prodige ; il désirait pour l'affection du calife la beauté sur la terre, chaque élément de sa demeure était un mot d'amour. On vit se dresser les murs d'argile, les portes cintrées, les colonnades de marbre enlacées par des volutes et les plafonds de cèdre où couraient les versets du Coran. Puis, vinrent les artisans assemblant les mosaïques morceau par morceau : sur les murs des patios où des oiseaux bleu de Perse aux becs turquoise faisaient fléchir des roses blanches au cœur de jade, sur les fontaines qui s'ouvrirent en corolle autour des dauphins de marbre noir aux yeux d'émeraude. Chaque pavé du sol était le cadre d'une fleur différente aux coloris éclatants qui faisaient se pencher le ciel sur le palais de Djafar.

Dieu était avec lui.

Et dans cet écrin somptueux, la chambre de mon maître était d'une simplicité extraordinaire, comme la tente d'un Bédouin toujours de passage. Quelques tapis, un lit, des coussins bleu et or et, au-dessus de la porte encadrée de cèdre, les premiers vers d'un poème, écrit en langue persane :

La gazelle de montagne, comme elle court dans la campagne !
Elle n'a point d'amis, comment peut-elle vivre sans amis ?

En face de ce poème, un grand miroir en répétait les mots à l'infini comme il reflétait le visage de Djafar lorsque, sortant de la chambre du calife et dépouillé de ses vêtements de cour, il passait ses mains sur son visage, caresse ou ablution, purification. Une nuit, une seule nuit, Harun vint chez Djafar. Comme je leur apportais des fruits et du vin, je vis les yeux du calife sur le poème persan.

« N'as-tu rien trouvé de satisfaisant en langue arabe, Djafar ? »

Mon maître, qui était debout, s'inclina.

« La poésie, ô imam, n'a pas de pays. »

Harun le regarda et ses yeux étaient d'une sévérité extraordinaire.

« Il me déplaît, Djafar, que l'on s'affirme différent de moi et de ma race. »

Djafar s'agenouilla devant le calife et c'était la première fois que je le voyais se soumettre en face de quelqu'un. Harun le laissa quelques instants incliné sur le sol, il ne le regardait pas. Puis, lentement, il tendit la main et toucha l'épaule de son ami. Alors il se passa quelque chose d'extraordinaire, le regard d'Harun au contact du corps de Djafar changea du tout au tout en un instant, ses yeux sévères devinrent troubles, implorants presque, Djafar releva la tête et ils s'observèrent longtemps. Mon maître était calme, distant, les coins de la bouche du calife, ses mains, se mirent à trembler. Je devinais l'emprise que mon maître avait sur lui et je sortais.

Ils restèrent ensemble toute la nuit et lorsque au matin je vins apporter des dattes et du lait, ce fut à ce moment-là dans les yeux du calife que je vis la soumission. Elle me fit peur. Harun sortit et, avant de s'endormir, Djafar me dit : « Le calife se marie, il épouse une princesse arabe, la princesse Zubayda, nous aurons une fête que nul ne pourra oublier, Zubayda est la petite-fille d'Al-Mansur.

— Es-tu inquiet, seigneur, as-tu peur de cette princesse arabe ? »

Djafar se mit à rire, ses dents étaient pointues comme des dents de chacal.

« Harun est dans le creux de ma main. »

Il mit ses doigts en coupole, les considéra et, d'un grand geste, s'étira.

« Je suis fatigué, Ahmed, masse-moi. »

Je fis longtemps courir mes mains sur son dos, son

ventre, ses cuisses. Comme il ne bougeait plus je vis que Djafar s'était endormi.

Les fêtes du mariage d'Harun et de Zubayda durèrent sept jours. Des tentes noires gansées d'or avaient été dressées pour les convives dans les jardins. Le calife garda auprès de lui les princes, les chefs religieux, Yahya, Fadl et Djafar sous un dais d'argent tressé d'or, au faîte duquel était dressé le drapeau noir des Abbassides. La vaisselle était d'or pour le calife et les siens, d'argent pour ses hôtes, partout des buissons de roses roses et de lilas blancs dont l'odeur sensuelle venait épouser celle des épices et des parfums qui se consumaient, comme brûlait la fiancée, droite et pâle sous son voile translucide, semé de perles d'or. Une seule fois, le dernier jour des fêtes, elle fut en face de Djafar, et ses yeux, seuls visibles dans son visage caché, le regardèrent avec défi. Mon maître soutint ce regard et sourit. Y vit-elle de l'ironie ? Mais désormais, elle ne lui accorda plus un regard, jamais, et la haine qu'elle conçut pour lui ne devait plus s'éteindre.

Sanglot des flûtes, rythme des tambourins sous la lune, chaque pierre du désert était un jalon sur la route de la puissance du calife. Les caravanes s'arrêtaient et les visages des chameliers se tournaient vers Bagdad, but et raison de tout voyage. Les fêtes du mariage faisaient briller les yeux des commerçants et rêver les jeunes filles derrière les moucharabiehs. Elles riaient à l'abri de leurs mains brunes, et les garçons s'arrêtaient dans la rue. Tant de promesses et tant de félicité derrière de si hauts murs ! L'impossible à portée de la main et la chaleur rendant toute chose pesante, ardente, jusqu'à la souffrance. Cette nuit-là, Harun irait rejoindre Zubayda parée, massée, épilée pour l'offrande, et cette nuit-là Djafar resterait seul.

Debout dans sa chambre devant son miroir, il me tournait le dos. Je demandai :

« Mon maître a besoin de moi ? »

Djafar se retourna, il était pâle mais peut-être était-ce la fatigue des fêtes. Allait-il me demander de rester ? Mon cœur dansait dans ma poitrine.

« Va me chercher l'Afghane », dit-il en me regardant dans les yeux.

Je baissai les miens, Djafar ne me verrait pas pleurer. Je sortis à reculons. Le harem du palais était de l'autre côté des jardins, je les traversai lentement. Pourquoi cette femme ? Que donnait-elle à mon maître que je ne donnais pas ? Les buissons de roses me caressaient de leur douceur, et pleuraient les bouches des dauphins de marbre noir, leurs yeux d'émeraude me considérant sans regard à travers la transparence de leurs pupilles aveugles. Je m'assis un instant et bus ; ma gorge avait soif de toutes les douceurs et de toutes les tendresses.

Les eunuques du harem, vêtus de noir et de bleu, me saluèrent.

« Mon maître veut Amina, l'Afghane. »

Ils s'inclinèrent, nulle expression dans leur regard, statues vivantes au-delà du temps. La nuit était avancée et les femmes dormaient ; j'attendis, accroupi au pied d'une colonne, moment de paix dans la tiédeur du patio, le chant lointain d'une fille sur une terrasse me fit fermer les yeux. Chant d'appel, de gratitude ? Amina était devant moi en longue robe pourpre brodée, son voile maintenu par deux agrafes de rubis, cadeau de Djafar. Son triomphe s'exprimait par chacune de ses attitudes, chacun de ses regards, mais je la méprisais trop pour en souffrir.

Djafar l'attendait, allongé sur des coussins ; il se releva sur un coude et fit signe à Amina d'avancer. Il ne la salua pas.

« Déshabille-toi ! » dit-il seulement.

Amina déboutonna sa robe, fit tomber son voile, son corps d'ambre parfaitement épilé était frôlé par les ombres et les lumières des lampes comme par un serpent de nuit. A chacun de ses poignets et de ses chevilles une chaînette d'or. Je me tournai pour sortir.

« Reste, Ahmed, me dit Djafar, tu vas voir comment on baise une fille. »

Amina alla vers Djafar, s'agenouilla, prit une de ses mains qu'elle embrassa.

« Laisse-le aller, maître, ne t'amuse pas avec lui, il est ton serviteur fidèle ! »

Djafar me regarda, nos yeux s'aimaient au-delà de nos bouches, il me fit un signe et je sortis.

Ce fut cette nuit-là que fut conçue la fille de Djafar, la nuit même où fut conçu Al-Amin, le prince héritier, fils d'Harun al-Rachid et de Zubayda.

Un nuage voila quelques instants la lune à l'aplomb de la tête d'Ahmed qui se tut. Privée de la lumière lactescente, la grand-place semblait tout à coup mystérieuse et menaçante. Depuis la mort de Djafar, Ahmed redoutait l'obscurité de la nuit. Le vent se levait, faisant flotter la poussière entre les étalages des marchands, quelques braseros luisaient çà et là, se répandant sous le vent en ombres et en lumières mouvantes. Chacun rabattit un pan de son vêtement sur sa bouche et s'en fut. Ainsi s'acheva le troisième soir d'Ahmed.

Quatrième soir d'Ahmed

Depuis combien de temps déjà, Ahmed était-il sur la place lorsque commencèrent à s'assembler les promeneurs ? Il avait l'impression d'être accroupi depuis toujours sur la terre battue, au pied du mur de brique, depuis la veille ou peut-être plus longtemps encore. Avait-il dormi ? L'oubli effaçait le présent sitôt formé dans sa mémoire comme le vent gomme les dunes dans le désert, les déplace, les gonfle et les aplanit. Depuis la mort de Djafar, Ahmed n'avait plus de souvenirs. Il mangeait ce qu'un marchand, parfois, lui tendait, buvait à la fontaine, priait là où il était, tourné vers le sud. Parfois, il parlait seul, des mots sans suite qui ne pouvaient s'assembler qu'au soir. Alors, se redressant devant ceux qui l'écoutaient, il racontait :

Harun ne passa que deux nuits avec Zubayda, puis il revint vers Djafar qui, un genou à terre devant lui, baisa un coin de sa robe. Le calife le releva et toutes choses reprirent comme auparavant. Harun, parfois, appelait auprès de lui la reine déjà enceinte ou l'une de ses concubines, Djafar passait la nuit avec l'Afghane ou une autre femme, mais le plus souvent avec Amina

51

dont les seins s'alourdissaient et le ventre s'arrondissait. L'un et l'autre se quittaient pour mieux se retrouver car Harun ne pouvait passer plus de deux nuits sans mon maître. Leurs rapports étaient différents de ceux qu'ils entretenaient avec les femmes, plus gratifiants car ils s'estimaient et s'admiraient mutuellement, quoique la sujétion du calife envers Djafar fût la plus grande. Ils partageaient tout, plaisir, études, travail, tout jusqu'à la moindre de leurs pensées, et les jours passaient entre conversations et rires, décisions politiques, prières et frémissements.

Dans le palais de Djafar, tout au fond des jardins, au pied du mur d'enceinte, était la fauconnerie. Djafar y venait chaque jour assister au dressage de ses faucons de chasse. Il sélectionnait lui-même les oiseaux les plus agressifs et les plus dociles à la fois, ceux qui frémissaient de colère mais revenaient à l'appel se poser sur le poing du fauconnier.

Entre Tarek et Djafar, l'entente fut immédiate, totale. Tarek était un oiseau blanc moucheté de gris, jeune, ardent, docile, le faucon et le maître se ressemblaient. Ils frémissaient l'un et l'autre en se touchant, et la voix de Djafar était un appel absolu pour l'oiseau. Djafar le dressa lui-même chaque matin, et chaque soir il venait passer doucement la main sur les plumes du faucon en modulant des sons que comprenait l'oiseau. Une amitié, une estime réciproques. Un jour, Djafar l'emmena en dehors de la ville pour lui apprendre l'espace, la dimension du ciel sur l'infini ocre et caillouteux de la terre. Sur son poing ganté, l'oiseau tremblait de plaisir, je suivais Djafar, nous étions seuls. Le soleil qui déclinait étirait nos ombres en longues flaques noires que le sol n'absorbait pas et, dans la lumière dorée, monté sur son cheval blanc, son faucon au poing, Djafar semblait un esprit mythique, un rêve de beauté fait par Dieu lui-même. Sa kufiyya claire encadrait son visage mat, ses yeux noirs, son nez droit, sa bouche sensuelle, ses dents éclatantes, il riait, il me prenait la main, il était heureux.

. Arrivés dans la plaine, si loin de la ville qu'on en voyait à peine les remparts, Djafar arrêta son cheval. Côte à côte, nous scrutâmes les longues dunes caillouteuses qui semblaient une terre d'ombres orangées, jaunes et brunes : un gibier, il nous fallait un gibier. Enfin, je remarquai un rat palmiste qui jaillissait d'un buisson épineux, filant vers le prochain abri. Djafar était parfaitement immobile ainsi que son cheval, il avait vu la bête. D'un geste précis il débarrassa Tarek de son capuchon de cuir, tout simple, sans ornements, sans aigrette. La laisse le tenait encore à son bras, il la détacha et le cliquetis du mousqueton fut bref et sec. Je ne bougeais pas. Le faucon clignait des yeux, regardait autour de lui en penchant la tête.

« Va, Tarek, cria Djafar, va, mon beau ! »

Et il accompagna l'envol de l'oiseau d'un large geste du bras. Les ailes déployées, Tarek prit son essor, s'éleva, tourna, il avait vu le rat.

Djafar et moi ne bougions pas, nos chevaux se touchaient et Djafar m'avait pris la main.

« Il l'aura, maître, le rat n'a aucune chance contre Tarek. »

Comme s'il sentait le danger, le rat palmiste fit un brusque crochet et fila à gauche ; l'oiseau, qui tournait toujours, perdait lentement de l'altitude. Une nouvelle fois la bête changea de route, courut à droite, puis à gauche encore. Djafar me pressait la main, je voyais son profil parfait, attentif, pas un muscle de son visage ne bougeait. Enfin, Tarek, comme un châtiment, tomba sur sa proie, ses serres lui labourèrent les flancs, le bec cherchait les yeux, le rat déjà ne bougeait plus. Alors Djafar, d'un coup de talon sur les côtes de son cheval, l'amena près du faucon.

« Au poing, Tarek ! » commanda-t-il.

Le faucon étonné leva la tête, il hésitait, le sang qui s'échappait de sa proie mouchetait ses plumes comme un masque de grenats.

« Au poing, Tarek », dit encore Djafar.

Et l'oiseau, ouvrant ses ailes, vint se poser sur le gant de son maître. Alors Djafar sourit et tourna la tête vers moi.

« As-tu vu, Ahmed, as-tu vu ce faucon ? Il chasse pour la première fois et il lâche sa proie pour m'obéir, donne-lui sa récompense. »

Je sortis d'un sac un morceau de viande crue, le faucon d'un coup de bec l'attrapa. Djafar remit ensuite le capuchon et nous revînmes vers Bagdad au pas sous un ciel de miel et d'ambre, frôlés par un vent qui sentait le thym et le cumin sauvage.

« Demain, me dit Djafar en poussant son cheval au galop comme nous arrivions près des remparts, demain nous irons chasser avec le calife. Nous verrons bien si ses faucons valent Tarek. »

Et, lançant un cri sauvage, l'oiseau au poing, il fila au grand galop de son cheval blanc vers la porte de Kufa.

Je préférai le regarder s'envoler vers les remparts d'argile que de le suivre, sa silhouette blanche se découpant sur les murs couleur de chanvre me donnait une idée de l'éternité. Mansuétude et violence, netteté parfaite et totale ambiguïté, Djafar.

Dès l'aube le lendemain, une activité inhabituelle régnait dans la fauconnerie. On apprêtait les oiseaux pour la chasse du calife; les faucons, déjà excités par le bruit, penchaient la tête et battaient des ailes, on préparait les capuchons brodés, les aigrettes, les perchoirs ciselés. Un serviteur remplissait une sacoche de lambeaux de viande crue, récompense des oiseaux, et l'odeur du sang faisait trépigner sur leurs perchoirs les rapaces qui n'avaient reçu depuis vingt-quatre heure aucune nourriture. Malgré l'heure matinale, la chaleur était déjà grande dans la fauconnerie, et la senteur forte.

Djafar entra en tenue de chasse, botté; sur son pantalon bouffant, une chemise bleue serrée à la taille par une ceinture de cuir repoussé à laquelle pendait un poignard d'or ciselé, sans pierres précieuses, un poignard de chasse. Autour de sa tête, un turban du même bleu que sa tunique, pas de bijoux, il venait lui-même préparer Tarek pour la chasse. Le faucon le reconnut, s'agita sur son perchoir. « Beau, Tarek », dit Djafar. Il s'approcha de l'oiseau qui voulut sauter sur son poing, un serviteur tendit un gant que mon maître enfila; le faucon, d'une détente de ses pattes, vint enfoncer ses griffes dans le cuir protecteur. Il ouvrit les ailes et les agita.

« Calme, mon Tarek, calme, mon bel oiseau, dit encore Djafar, tu pourras tout à l'heure montrer au calife ce que tu sais faire. »

Dehors on sellait les chevaux; Djafar devait rencontrer Harun devant le palais du calife. Toute une foule de serviteurs se pressait dans la cour devant la fauconnerie; la haute taille de Djafar, son faucon au poing, s'encadra dans la porte de cèdre où des oiseaux de proie étaient sculptés.

« En selle, dit-il, allons, le calife ne doit pas attendre ! »

Tarek portait un capuchon de velours bleu brodé de perles, sur sa tête une aigrette en plumes d'oiseau-mouche, et à la patte une laisse de cuir bleu nuit clouté d'or. Un serviteur avança, tenant par la bride le cheval blanc de Djafar, couvert d'un tapis de selle de velours bleu gansé d'or; c'était un pur-sang entier, nerveux, indocile, qui ne ployait que sous la main de son maître. J'avais voulu le monter un jour, il m'avait mis à terre en un instant.

Nous nous mîmes en selle, Djafar en tête, moi à côté de lui, les amis qui chassaient avec nous, leur faucon au poing, nous suivaient, les serviteurs fermaient la marche. Nous sortîmes du palais; dans les rues de la ville les gens s'écartaient sur notre passage, les enfants se bousculaient, ouvraient grand leurs yeux, on admirait les oiseaux, les chevaux, les cavaliers; derrière les fenêtres grillagées, les femmes contemplaient Djafar et trouvaient que sa beauté était à la hauteur de sa légende. Lui, ne regardait personne. Droit sur son cheval, son faucon au poing, il songeait; peut-être pensait-il qu'il n'appartenait pas à cette catégorie d'hommes et qu'il n'en aurait pas le destin. Pas lent des chevaux, clair-obscur des rues étayées de palmes pour l'ombre rafraîchissante, jeu de la lumière sur les murs de boue, sur les étals des marchands, fruits aux couleurs de cire, épices aux teintes du désert et, parfois, sortant d'une fontaine, le jet courbe d'une source qui éclaboussait la poussière.

Nous passâmes le fleuve où des traînées verdâtres se frayaient un passage entre le gris des eaux. L'été était avancé et les cailloux surgissaient partout comme des crânes polis par les années dans la lumière glauque des tombeaux. C'est sur ce pont même que la tête de Djafar, clouée pendant plus d'une année, fut offerte aux corbeaux, aux vents et au soleil.

Ahmed se tut et marmonna une prière. Dans la foule, le silence était total. La magie du conte les suspendait aux lèvres du vieil homme, magie opérant depuis le fond des âges, depuis les braseros au cœur du désert et les courtes nuits d'été sous la multitude des étoiles. L'Arabe sait écouter, et son rêve, jaillissant de la parole, devient familier et fécond, porteur lui-même d'autres rêves et d'autres espérances transmises de voix en voix, de geste en geste, de silence en silence. Ahmed inclina trois fois son buste vers le sol et continua.

La résidence du calife, le Dar adh Dhaab, le Palais d'Or, était devant nous, ceint de son haut mur de terre, la coupole verte de la kubbat al-Khadra, arrondie comme un ventre protecteur, et le cavalier d'or, comme une promesse d'éternité. Harun sortait par la grande porte de bronze, entouré de sa garde khurasienne vêtue de noir, suivie des fauconniers, des serviteurs, de toute une foule à pied. On ferma la lourde porte et les deux troupes avancèrent l'une vers l'autre. Alors, poussant du talon son cheval, Djafar se porta seul à la rencontre du calife, une main sur le cœur. Face à face, les deux hommes se considérèrent. Harun, plus petit, trapu sur son cheval noir, Djafar, long, élancé sur son cheval blanc. Les bêtes soufflaient et donnaient des coups de tête ; à quelques pas derrière eux, tous attendaient en silence.

« Que ta matinée se passe dans le bien, Djafar, dit le calife.

— Et la tienne dans la paix, ô commandeur des croyants ! »

Alors Harun sourit, et sourit également Djafar ; ils s'étaient quittés quelques heures plus tôt et leurs odeurs mêlées étaient encore sur leur peau.

« Voilà donc ton faucon, Djafar.

— Voilà Tarek, dit Djafar et, bougeant le poing, il fit ouvrir les ailes à son oiseau.

— Nous allons le voir en face d'Arim, viens, mon ami, accompagne-moi ! »

Et, tournant sa monture, Djafar se plaça aux côtés du calife. L'esclave personnel d'Harun, un grand Noir silencieux et moi suivions, la garde était derrière.

Nous traversâmes Bagdad, les Khurasiens écartaient, à coups de cravache, les badauds qui s'approchaient de trop près, la poussière était grande autour de nous, les mouches harcelantes malgré les esclaves qui agitaient de larges éventails de plumes d'autruche, et la chaleur intense. Quelques tambourins sonnaient au lointain, une voix se mit à chanter, un mariage, une naissance ? Nous poursuivions notre chemin. Les portes du premier rempart étaient ouvertes, nous fûmes dans l'espace qui séparait les deux murs d'enceinte et, au-delà de la deuxième porte devant nous, la terre ocre à l'infini, tapis rougeâtre sous le bleu du ciel. Un vent léger courait dans les buissons de broussailles et nous rafraîchit, quelques chèvres s'enfuirent, rabattues par deux enfants presque nus. Un chien s'approcha du cheval du calife en grognant; l'esclave noir, d'un coup de sabre, lui trancha la nuque, la bête tomba, chaque flot de sang s'échappant de son cou l'agitait d'un spasme, enfin il ne bougea plus et le sang s'étalait autour de lui, noir sur le rouge du sol.

Nous marchâmes longtemps au pas, Bagdad était loin derrière nous. Harun, prisonnier de sa garde, de ses esclaves, ne pouvait parler; il regardait parfois Djafar et son regard n'était pas celui d'un maître. Portant toujours Tarek au poing, malgré le poids de l'oiseau, Djafar ne bougeait pas; un serviteur derrière nous avait Arim, le faucon noir du calife, sur un perchoir d'ébène; le rapace était encapuchonné de soie noire soutachée d'argent, chaque plume de son aigrette portait une perle et une petite boule d'onyx noir, il tournait la tête sans cesse et semblait nerveux; Tarek ne bougeait pas.

Au milieu d'un bouquet de dattiers, une source coulait, canalisée dans des gouttières de bois. Harun se tourna vers son esclave et dit qu'il avait soif. Le Noir sauta à bas de son cheval et courut à la fontaine. Dans une timbale d'or, il recueillit de l'eau qu'il porta à son maître, Harun prit le récipient, but, et le tendit à Djafar. Leurs mains se frôlèrent, leurs yeux se rencontrèrent; même en buvant, le regard de Djafar ne quitta pas celui du calife. Ces deux hommes dépendaient l'un de l'autre comme deux aveugles qui se tiennent pour marcher, si l'un tombe, l'autre croit qu'il ne pourra tenir debout, et grand est son étonnement lorsqu'il s'aperçoit qu'il peut avancer seul.

Enfin nous arrivâmes dans la cuvette où nous voulions chasser; autour de nous des collines dépouillées, des touffes d'herbes sèches, des plantes grasses assoiffées et des rochers, des cailloux, des graviers, une poussière impalpable qui se collait à nos bouches, à nos yeux, au poil de nos chevaux. Le vent s'était levé, un vent chaud et sec qui venait du sud, de l'Arabie vers laquelle nous nous tournions tous, cinq fois par jour, comme vers une promesse. Les faucons s'agitaient, Tarek lui-même secouait la tête et ouvrait ses ailes, il devinait l'envol prochain, la chasse, le sang, la récompense. Les chevaux raclaient le sol de leurs sabots, tout un frémissement animal nous entourait, nous excitait nous-mêmes. Des rabatteurs à pied battaient le sol avec de longues baguettes, et de leurs gorges s'échappaient des sons gutturaux, rauques, violents. On enleva les capuchons de quelques jeunes faucons qui s'élancèrent. Des rats palmistes, quelques lapins détalaient, une outarde essayait de s'envoler lourdement, les rapaces tournoyaient, tombaient, les dresseurs accouraient, arrachaient la proie, tendaient la viande crue. Djafar et Harun, à l'écart, regardaient. Le moment n'était pas encore venu de mesurer Arim à Tarek. Pour le protéger du vent, un fauconnier avait attaché un mantelet de soie noire autour du cou de l'oiseau du calife, Djafar n'avait pas couvert le sien ; il prit un perchoir d'argent rembourré d'un coussinet de velours bleu, qu'il enfonça à la selle de son cheval et y posa le faucon.

Enfin un rabatteur courut vers nous :

« Une gazelle, commandeur des croyants, une jeune gazelle ! »

En même temps Harun et Djafar poussèrent un cri de joie, ils débarrassèrent les oiseaux de leur cape, de leur capuchon, et les prirent au poing ; les rapaces frémissaient, pliaient leurs pattes aux muscles puissants, se redressaient. Ils n'attendaient pour l'envol que le bruit du mousqueton les libérant de leur laisse. Dans une même clameur rauque, le calife et mon maître lâchèrent leurs oiseaux qui filèrent vers le ciel, silhouettes noires et grises comme des cormorans sur les flots. Tarek, le premier, vit la gazelle qui fuyait vers le sud, en de longs sauts affolés, silhouette d'ambre blond jaillissant du jaspe rouge de la terre pour rejoindre le saphir de l'espace. Arim maintenant l'avait aperçue lui aussi, ses longs cercles, plus hauts que ceux de Tarek, se resserraient au fur et à mesure qu'il perdait de l'altitude, Tarek tournait mais ne descendait pas encore.

« Arim ! cria Harun debout sur ses étriers, va, Arim ! »

Djafar ne disait rien, ses yeux ne quittaient pas un instant le vol de son faucon ; il avait chaud et de longues gouttes de sueur s'écoulaient de son turban pour rejoindre ses tempes, les coins de sa bouche. J'aurais désiré lui essuyer le visage mais je savais qu'il ne me fallait pas bouger. Harun avait mis une main au-dessus de ses yeux, il repoussa avec colère un esclave qui voulait l'éventer. Arim, juste à l'aplomb de la gazelle, enfermait son vol dans un espace de plus en plus étroit. Tarek était plus haut maintenant que l'autre rapace, il me semblait qu'il n'avait plus aucune chance d'atteindre le premier sa proie. Djafar, accroché au-devant de sa selle, se maîtrisait parfaitement mais de temps en temps un bref tressaillement le parcourait. Harun, radieux, riait maintenant.

« Va, Arim, va. »

Alors, en un instant, Tarek s'abattit sur la gazelle, rapide, impétueux, irrésistible, il avait planté ses serres dans la nuque de la bête, puissamment, et son bec acéré cherchait les chairs et le sang. Harun était immobile comme une statue de marbre noir. Avant que Djafar ne pousse un cri de joie, j'avançai mon cheval à la hauteur de mon maître ; j'avais vu le regard du calife.

Djafar m'écouta sans tourner la tête, sans qu'un muscle de son visage ne bouge, la sueur continuait à ruisseler sur sa figure, plus abondante peut-être. D'un coup de talon, il fit aller son cheval auprès de la gazelle qui se débattait encore, glissant dans son propre sang. Arim, au-dessus de lui, tournait toujours, il attendait, comme s'il comprenait que, faucon du calife, son heure devait venir. Djafar tendit son bras.

« Au poing, Tarek ! » dit-il d'un ton bref.

L'oiseau fouillait le cou de la gazelle de son bec, en arrachait des lambeaux de chair, il tourna sa petite tête grise vers mon maître, cligna des yeux et reprit sa curée. Harun s'était avancé, il était à quelques pas derrière nous.

« Tarek, dit encore Djafar, Tarek, au poing ! »

L'oiseau, affolé, ne l'écoutait plus, il enfonça encore davantage ses serres dans le cou de sa proie qui eut un spasme. Alors Djafar sauta à bas de son cheval et s'avança vers le rapace. Tarek avait compris ; d'une détente de ses pattes, il vint se poser sur le gant de cuir, soumis, obéissant, attendant la récompense, frôlant de ses plumes le bras de son maître. Sans un regard pour lui, Djafar tira le poignard d'or de sa ceinture et, d'un geste rapide, précis, décapita le faucon. La tête roula à terre comme un fruit sous le vent d'est et, du corps mutilé qui s'affaissait, le sang jaillit sur le bras de Djafar. De sa main libre il arracha les serres du faucon enfoncées dans le cuir et jeta l'oiseau à terre. Puis, sans un regard pour Tarek, il tourna son cheval vers le calife.

« Un faucon qui n'obéit pas est un mauvais faucon, il ne mérite plus de chasser. »

Harun souriait, son regard était joyeux et dur à la fois, masque figé, hautain absolu. Il triomphait et, voir Djafar soumis pour la première fois le gonflait d'une illusoire puissance. Mon maître ne le regardait pas, il avait le dos légèrement voûté et, seul, je m'aperçus qu'une larme quittait ses yeux pour rejoindre les gouttes de sueur au coin de sa bouche. Pour la première fois de ma vie je voyais pleurer Djafar et chaque fibre de mon corps pleurait avec lui.

A ce moment Arim se laissa tomber sur la gazelle qui donnait encore quelques faibles coups de pattes, et se mit à fouiller la chair de la nuque ouverte. L'esclave noir l'appela, il vint se poser sur son perchoir, reçut la récompense, le capuchon.

Nous revînmes en silence vers Bagdad. Lorsqu'il fut à son palais, Djafar me garda seul avec lui. Il était toujours silencieux et je savais qu'il souffrait autant dans son orgueil que dans son attachement pour cet oiseau qu'il avait aimé. Il avait voulu se mesurer au calife et, ayant perdu, il réalisait désormais que son combat était sans espoir.

Je lui apportai du vin et des fruits qu'il refusa, il voulait dormir dehors, face au ciel, sur la terrasse. Immobile devant la porte de ses appartements donnant sur un patio intérieur, il écoutait couler la fontaine, et ses doigts couraient sur un collier d'ambre dont il caressait chaque perle au passage. Il était tôt encore, le soleil commençait son déclin et donnait aux fleurs des mosaïques le frémissement d'un jardin de vie.

« Ahmed, récite-moi un poème », me demanda-t-il.

Je lui dis des vers, des vers qui parlaient d'amour, non de guerre. Djafar se calmait, tout doucement son visage se détendait, s'animait, les mots d'amour égrenés lui donnaient à nouveau confiance. Il savait, et un sourire apparut sur ses lèvres. Ce qu'il avait perdu, il allait le regagner mille fois, jusqu'à ce que le jeu se terminât. Alors, il quitterait la table et s'en irait, ici ou ailleurs, que lui importait ? Ce qui était certain, c'était que désormais le calife n'aurait plus sur lui le pouvoir des larmes, jamais. Ensemble nous terminâmes le poème d'Abou Nououas, le Poète d'Or, l'ami de Djafar et des Barmakides, au bord de la vasque bleue :

Il m'en apportait, liqueur précieuse comme musc, claire comme
    une larme que la joue recueille de deux yeux sans fard.
Le tavernier abreuvait sans cesse et sans cesse je buvais en
    compagnie d'une belle fille au teint d'un blanc éblouissant.
Elle chantait et chantait et le blâme s'arrêtait à la porte.
Ah oui, laisse là le blâme car le blâme pousse à boire.

Nous rîmes ensemble.

« Apporte-moi du vin, dit Djafar, et buvons ! »

Le vin était frais, acide, la bouche de Djafar humide et douce. Je m'approchais de lui :

« A la santé du calife, que Dieu lui accorde sa protection ! »

Djafar se mit à rire, son rire me redonnait la vie.

« A la santé du calife, Ahmed, que Dieu lui donne amour et gloire et qu'il me donne à moi le temps, la patience et la victoire. »

Un bruit derrière nous, nous nous retournâmes. Dans son geste, Djafar répandit un peu de vin sur les mosaïques du sol, l'oiseau qui y était dessiné s'empourpra, tache de sang sur ses plumes, à la hauteur du cou, une tache simplement.

« Un serviteur du calife demande à te parler, maître. »

L'homme était déjà là, droit, fier, tout de noir vêtu, nous le connaissions ; c'était l'un de ceux qui venaient exprimer à Djafar le désir d'Harun.

« Le calife, notre maître, veut te voir, Djafar ben Yahya. »

Djafar était toujours assis, sa main jouait dans l'eau fraîche de la vasque, il souriait.

« Dis à ton maître que je suis fatigué. Le soleil était chaud aujourd'hui et m'a donné la fièvre, je vais aller me reposer. »

Le serviteur s'inclina, sur son visage nulle surprise, nulle émotion. Il sortit à reculons, ombre noire sur la blancheur éclatante des murs. J'attendis quelques instants.

« Maître, ne crois-tu pas... »

Djafar m'interrompit.

« Il est bon que le calife sache qu'il me désire comme il a su me montrer tout à l'heure qu'il était le souverain. Lorsque l'homme se penche sur lui-même, son regard doit être sans complaisance. »

La soirée était douce, Djafar marcha dans ses jardins avec quelques amis et mangea seul, puis, il monta sur la terrasse, au-dessus de ses appartements, et demanda des musiciens. Dans la sérénité du ciel d'été, la mélodie était comme une plainte lancinante, déchirante, le regret éternel d'une liberté farouchement voulue et se dérobant toujours, un appel sans fin. Djafar, appuyé sur un coude, songeait; le vent était tiède et les odeurs de la ville montaient comme un souffle, intermittent, lourd, oppressant. Soudain, de minaret en minaret, bref, saccadé, impératif, partit l'appel à la prière du soir; les voix puissantes et aigres des muezzins se répondaient, s'enchevêtraient, s'étiolaient vers la nuit qui venait, mystiques et absolues. Djafar et moi nous inclinâmes, les musiciens avaient cessé de jouer et faisaient également leur prière derrière nous, le palais tout entier, tourné vers le sud, respectait le silence de Dieu.

La nuit était déjà avancée et nous dormions, lorsque revint le messager d'Harun. Je réveillais Djafar qui prit un pli enroulé, scellé du sceau du calife. Quelle nouvelle, quelle disgrâce pouvait contenir cette lettre si tardivement remise? Juste quelques lignes : « Je souhaite ton rétablissement et ta venue à mon palais demain matin pour le Conseil. Que Dieu t'accorde, mon frère, une nuit dans la paix. »

Djafar lut le message, renvoya le messager :

« Dis à mon seigneur que je serai demain auprès de lui, que Dieu lui donne le bien et une nuit paisible. »

Djafar souriait en dormant; je m'approchai de lui et posai mes lèvres sur les siennes, il ne tressaillit même pas.

Le lendemain Harun attendait mon maître dans la salle du Conseil, il ne se leva pas et tendit sa main à baiser, Djafar y appuya sa bouche et tout fut oublié. Yahya et Fadl étaient présents ainsi que les conseillers privés du calife, toute une foule de clients, de courtisans, de solliciteurs, et tous surent, lorsque Djafar prit place à côté du calife, que la fleur de leur amitié n'était pas encore fanée. Tout au bout de la salle, un homme regardait Djafar avec haine, Fadl al-Rabi, le Syrien, l'ennemi des Barmakides.

Après le Conseil, Harun demanda à mon maître de l'accompagner dans les jardins où il voulait se promener. Djafar savait qu'Harun n'avait pas été dupe du motif de son absence la veille, et Harun savait qu'il avait cédé. Aussi tendre fût-il, leur comportement me faisait présager leur violence future. Contre le calife, personne ne pouvait être vainqueur.

Harun avait posé sa main sur le bras de Djafar.

« Ton abandon m'a fait souffrir, Djafar, et ta fièvre m'a brûlé. Je n'aime pas te savoir malade.

— Imam, je n'aurais pas supporté que tu me voies fatigué, je désirais d'ailleurs me reposer pour me consacrer tout à toi ce soir. Je voulais te proposer une longue nuit, une nuit inoubliable, j'ai un cadeau pour toi.

— Pourrais-je le connaître, Djafar ?

— Maître, permets-moi de me taire. Viens cette nuit avec moi dans Bagdad et je te l'offrirai, il est digne de toi. »

Harun devant la roseraie s'était arrêté, il fit face à mon maître : plus petit, il devait lever la tête pour le regarder.

« Je serai avec toi ce soir et la nuit tout entière. J'irai te rejoindre au crépuscule après la prière, me reconnaî-tras-tu en marchand ?

— Je te reconnaîtrai toujours, maître, car je ne suis qu'une partie de toi-même, ton ombre, ta mémoire, ton espérance. Je serai moi-même un simple habitant de Bagdad, seuls deux amis ordinaires peuvent aller là où je t'emmènerai. »

Des courtisans qui les suivaient les rejoignaient maintenant ; mon maître s'éloigna d'un pas.

« Djafar ! dit le calife.

— Oui, seigneur ?

— Que la paix soit sur toi. A ce soir. »

Ils se regardèrent un instant seulement mais je savais tout ce qu'ils échangeaient par ce regard. Puis Djafar s'en fut.

« Quel cadeau destines-tu au calife, maître ? demandai-je sur le chemin du retour.

— Tu le verras ce soir, Ahmed, et même toi en seras émerveillé. » Il rit. « Oui, même toi. »

Nuit de Bagdad, semblable à celle d'aujourd'hui, moins la peur, la méfiance. L'édifice était entier et n'avait pas encore soufflé sur lui le vent de la haine. Nous étions quatre, le calife, son esclave soudanais, mon maître et moi, deux marchands accompagnés de leurs serviteurs se promenant en bavardant dans la ville. Harun portait la kufiyya ceinte d'un iggal de laine noire qui encadrait sa courte barbe brune ; mon maître était tête nue. Nous marchions depuis près d'une heure, Harun voulait voir chaque ruelle, chaque marché, il s'arrêtait devant l'échoppe de quelques artisans, questionnait. Voyant un riche acheteur en cet homme court, parfumé, aux mains soignées, de jeunes garçons nous poursuivaient pour proposer leur marchandise. D'un regard, le Soudanais les chassait. Djafar, qui avait déjà acheté du parfum d'ambre gris, s'arrêta devant une boutique où des poudres montaient dans de grands bocaux de verre bleuté qui en cachait la couleur. Un vieillard accroupi derrière l'étalage nous montra du doigt ces récipients et, tout en riant, nous dit quelque chose que nous ne comprîmes pas. Djafar s'approcha, questionna et rit à son tour.

« En remerciement de mon futur présent, offre-moi un peu de cette poudre et je te rendrai heureux la nuit entière. »

Harun sourit.

« Tu n'as pas besoin de son aide, Djafar, pour me rendre heureux, mais essayons si tu le désires. »

Et il acheta un flacon de cette poussière jaune qu'il tendit au Soudanais.

« Que Dieu bénisse ta beauté, dit le vieillard en enfermant au creux de sa main les pièces que lui tendait Djafar, elle vaut toutes mes poudres et tous mes talismans aphrodisiaques pour faire briller les yeux. »

Harun regarda alors Djafar comme on regarde un trésor.

« Où m'emmènes-tu maintenant, mon ami ? »

Djafar posa la main sur son épaule.

« Je t'emmène dans un endroit dont le souvenir te fera battre le cœur. Viens. » Et tous les quatre nous marchâmes dans la nuit vers le quartier des bijoutiers persans.

La boutique était petite, sombre ; Djafar frappa à la porte. Un moment de silence. Un âne ou un mulet cognait du pied contre la porte de bois à notre gauche. Un oiseau de nuit ulula. Djafar frappa à nouveau. Enfin un petit homme maigre, vêtu d'une robe de toile blanche, pieds nus, vint nous ouvrir ; il tenait une lampe à huile à la main et ses yeux clignaient devant la faible lumière. Il nous dévisagea, reconnut Djafar, porta une main sur le cœur et voulut baiser le bas de son manteau. Mon maître, d'un geste, l'arrêta. Le vieil homme répétait sans cesse : « Quel honneur, seigneur, quel honneur ! » Il s'effaça et nous entrâmes. Une pièce carrée au sol de terre battue, un comptoir recouvert d'un tapis brodé, un coffre, deux tabourets, un plateau de cuivre sur un trépied où étaient posés des verres et une théière de métal, l'intérieur modeste d'un petit commerçant.

« Que me vaut l'honneur de ta visite, maître ? demanda avec mille courbettes le vieillard debout devant nous.

— Ta fille est-elle là, Khalid ? Mon ami aimerait la voir. »

Le petit homme recula, on aurait dit qu'il cherchait à se protéger.

« Ma fille ? Mon Aziza, seigneur ? Tu sais bien qu'elle ne peut recevoir un homme inconnu dans sa chambre !

— Emmène-nous chez elle, Khalid, et tu ne le regretteras pas, ni toi, ni ta femme, ni ta fille, richesses et honneurs seront sur vous.

— Non, seigneur, ma fille est si jeune ! Elle ne peut pas.

— Khalid, dit Djafar sèchement, emmène-nous chez ta fille, tu comprendras plus tard et tu me béniras.

— Bien, seigneur, répondit Khalid. »

Sa voix tremblait et, levant la main, il éclaira un escalier étroit qui montait derrière le comptoir. Djafar passa le premier, suivi d'Harun et de son serviteur ; je fermais la marche. Devant une porte de bois peinte en bleu, Khalid s'arrêta.

« C'est là, seigneur, mais elle dort.

— Réveille-la. »

Le père entra seul. Quelques instants plus tard, la porte s'ouvrait à nouveau.

« Entre, seigneur; toi et ton ami, ma fille vous attend. Sois patient avec elle, elle est si jeune! »

Il avait posé la lampe par terre et s'en fut, j'aperçus en me retournant une grosse femme rousse, son épouse probablement, qui semblait terrifiée. Ensemble ils s'éloignèrent. Djafar entra, dit quelques mots à la fille qui était assise sur un lit étroit, puis il s'écarta et nous la vîmes tous. La beauté de cette enfant était éblouissante, incomparable. Harun eut un murmure d'admiration.

« Regarde, dit Djafar, voilà mon présent, n'est-ce pas un cadeau de roi? »

Aziza nous regardait les yeux pleins d'effroi. Elle avait quatorze ans, quinze ans peut-être, des cheveux blonds foncés, presque roux et des yeux immenses verts et dorés à la fois. Son nez était petit et droit, sa bouche charnue, ses dents menues et régulières, extrêmement blanches.

« Lève-toi, Aziza, dit Djafar d'une voix douce, n'aie pas peur, cet homme ne te veut que du bien, il est mon ami. »

La jeune fille se leva, elle était grande, mince, sa robe transparente laissait deviner un corps parfait, des cuisses rondes, des hanches pleines, une poitrine gonflée et pointue, un cou mince et souple. Elle tremblait, apeurée comme un animal débusqué.

« Retire ta robe, demanda Harun, je veux mieux te voir. »

La petite secoua la tête, Djafar la prit par la main.

« Obéis, Aziza, cet homme va être ton maître et c'est le meilleur maître que tu puisses jamais avoir. »

Alors Aziza passa au-dessus de sa tête sa longue chemise blanche et elle apparut nue devant nous dans la lumière tremblante de la lampe à huile. Des deux mains elle se cachait la figure et pleurait. Harun semblait bouleversé, il la regarda quelques secondes, ébloui, puis, d'une voix douce, d'une voix inhabituelle chez lui, il dit :

« Tu peux te rhabiller, désormais tu n'enlèveras plus ta robe que pour moi. »

L'enfant obéit, elle n'avait toujours pas articulé un son. Harun s'approcha d'elle, c'est à peine s'il osait la toucher.

« Tu es belle, Aziza, et déjà je te veux pour moi seul. Jamais tu ne regretteras ce jour-là, je te le promets, sèche tes larmes. »

Et, se tournant vers l'esclave noir, il demanda d'un ton redevenu sec, autoritaire :

« Emmène-la au palais et fais-la préparer par les femmes, je la veux demain soir auprès de moi. »

Le Soudanais prit la jeune fille par le bras avec une douceur extraordinaire, le bien de son maître devenait à l'instant pour lui extrêmement précieux. Aziza se laissa faire, elle était terrorisée.

En bas, le père et la mère nous attendaient. Ils avaient vu sortir leur fille et se lamentaient. Djafar sortit de son abaya un sac de cuir qui semblait lourd et le tendit au père.

« Ceci est pour te dédommager des services de ta fille, cet or n'est qu'un début, tu en recevras beaucoup d'autre car Aziza sera la compagne du calife. »

Alors, les parents, interdits, s'aplatirent contre le mur et nous laissèrent passer. Le père avait pris le sac d'or qu'il serrait contre lui.

Dans la rue, Harun prit le bras de Djafar :

« Cette enfant est vraiment un présent exceptionnel, Djafar, et je t'en remercie. Comment l'as-tu découverte ?

— Ses parents sont des Persans servant notre famille depuis des générations. Le père d'Aziza est bijoutier, il me propose de temps à autre des parures pour mes concubines et vient au palais. Il y a de cela quelques semaines sa fille l'accompagnait, en un instant sa beauté m'a stupéfié, j'ai pensé la prendre pour moi mais j'ai songé qu'elle n'était digne que de toi. Je te l'offre en présent d'amour, elle te fera un fils, et moi, Djafar al-Barmaki, je serai son tuteur puisque c'est Fadl, mon frère, que la reine Zubayda préfère pour son enfant. Celui-là sera le mien. »

Et je compris à l'instant que Djafar poussait dans le lit du calife une jeune Persane d'une exceptionnelle beauté pour que, désormais, le cœur de son maître soit partagé définitivement entre notre race et la sienne, d'un bord et de l'autre pour toujours. Aziza était sa réponse à Zubayda, une protection pour lui-même et sa famille.

J'étais seul avec Harun et Djafar et nous rentrions au palais, je savais que seul aussi je passerai la nuit. Harun saurait remercier mon maître de ce présent royal.

Je dormis avec le Soudanais devant la porte du calife. Djafar ne sortit qu'à l'aube, il avait l'air heureux.

Ahmed se tut, leva la tête et regarda le cercle humain qui l'entourait.

« Allez maintenant, laissez un vieillard se souvenir, que Dieu vous donne une nuit dans la paix. »

Chacun, tournant le dos, s'en fut un par un dans la nuit.

Cinquième soir d'Ahmed

Quelques groupes déjà se tenaient debout près du mur où s'appuyait Ahmed, mais il n'y était pas. Pourtant la nuit était venue, d'autres conteurs accroupis faisaient de leurs grands rêves frissonner le vent de la nuit. Autour des braseros, jongleurs, charmeurs de serpents, magiciens, inventaient l'espace, l'aventure et le temps. Le ciel de Bagdad déployait ses étoiles autour de la lune et la lune elle-même venait contempler le cavalier d'or, immuable, hiératique, luminescent, sur le bleu marine du ciel. Dans de larges bassines les marchands de plein vent faisaient cuire du mouton, des légumes, des épices que les clients mangeaient debout, pressés d'aller à quelques pas vers un ailleurs éphémère et magique. Le verbe arabe, imagé, précis, poétique et cru, donnait à la grand-place de Bagdad, l'espace de chaque soir, une vie nouvelle où tout pouvait survenir. Enfin, appuyé sur un enfant, marchant courbé vers le sol comme si un fruit trop lourd à porter faisait ployer la branche de sa vieillesse, Ahmed arriva et la foule s'écarta pour le laisser passer, silencieuse, respectueuse de ce vieil homme témoin d'un autre âge, d'une autre façon d'aimer, du temps où le calife résidait à Bagdad et lui donnait la vie. Le vent et les pluies avaient usé les remparts et usé les palais, l'argile se fissurait, laissant passer les vents de l'est et de l'ouest ; et, du Palais d'Or d'Harun, ne restaient que de grands murs de marbre blanc enserrant le silence et l'oubli.

Alors, Ahmed se laissa tomber à terre, son corps tassé sur le sol semblait vouloir y pénétrer, l'enfant qui l'accompagnait s'assit à côté du vieil homme et, la tête entre les mains, les yeux grands ouverts, il écouta.

Fadl al-Barmaki avait remporté un grand succès dans les provinces occidentales de Perse révoltées. Il avait obtenu la soumission du rebelle Yahya ben Abd Allah, l'Alide, le héros, son ami depuis leur première rencontre, où une estime réciproque unit pour toujours le chef des insurgés et la famille des Barmakides, amoureuse de liberté et farouchement indulgente envers toutes les manières de penser ou d'agir de ceux qu'ils admiraient. Yahya ben Abd Allah était aimé en Perse et haï à Bagdad. Fadl al-Rabi, le Syrien qui essayait par tous les moyens de se rapprocher du calife et qui exécrait mes maîtres, avait incité Harun à la vengeance, au sang pour laver le sang. Fadl al-Barmaki avait quant à lui longuement entretenu le calife de ses certitudes, et Harun, son frère de lait, son ami, lui avait fait confiance ; il était parti et revenait avec la paix et un vaincu qui librement se retirait à Médine pour ne plus jamais combattre, prisonnier de sa parole.

Le prestige d'Harun s'étendait aux confins de l'empire et bien au-delà ; un fils, Muhammad al-Amin, lui était né de la reine Zubayda et Fadl fut son tuteur.

Peu auparavant était née Leila, la fille de Djafar et de l'Afghane. Djafar n'y attacha point d'importance et Amina en conçut de l'aigreur, elle aussi voulait donner un fils à son seigneur.

Aziza était enceinte. La belle Persane aimée du calife, bienveillante envers mes maîtres jusqu'à la tendresse, allait donner à la communauté des croyants deux califes dans ses fils et deux autres dans ses petits-fils. Harun n'aima d'amour point d'autre femme que celle-là et elle n'aima que lui, humble devant la reine Zubayda qui étendait sur Bagdad les réalisations de sa puissance et de sa grandeur de princesse arabe, forte devant le calife qui la chérissait. Bagdad était en paix, les fontaines coulaient dans les jardins, et les poètes, à la cour, offraient aux hommes la souveraineté de leur tendresse et la musique de leurs pensées. Djafar, couvert d'honneurs, donnait à Harun l'illusion de l'immortalité ; fasciné par mon maître, il se voyait tel que lui, beau, intelligent, supérieur, inattaquable. Ne lui donnant alors que satisfactions et plaisirs, les Barmakides étaient les maîtres absolus de Bagdad.

Pourtant Harun changeait peu à peu ; sa piété, qui était grande, devenait exclusive, et il écoutait de plus en plus souvent le petit Syrien rempli de haine, qui, habilement, doucement, lui insufflait l'idée qu'il ne serait lui-même, le plus grand, le plus puissant des souverains du monde, que débarrassé de ses passions et de ses liens, face à face avec Dieu dont il était le représentant sur la terre. Jamais il ne parlait des Barmakides mais la voie qu'il montrait vers la gloire et le salut, n'avait pas de place pour eux. Le calife l'écoutait à peine mais l'entendait cependant. L'idée d'une séparation possible d'avec Djafar ne lui fut plus tout à fait étrangère et, lorsque des troubles à nouveau se déclarèrent en Syrie, Harun demanda à mon maître de s'y couvrir de gloire.

Nous partîmes. La veille du départ, le calife, bouleversé de cette prochaine séparation, pleura. Toute sa force avait disparu, il aurait donné son sceau pour le corps de Djafar, pour sa peau, pour son odeur, la douceur de sa bouche, la force de ses bras. Il proposa un substitut, un général qui pourrait partir à la place de mon maître, mais Djafar n'était pas homme à se décharger d'une mission pour un caprice d'amant. D'ailleurs, sa famille elle-même l'encourageait à partir, voyant dans une séparation d'avec le calife une sécurité plus grande pour elle-même. Fadl avait eu un fils, Al-Abbas, il voulait le voir grandir dans le Ksar al-Tin, le palais des Barmakides, et il pensait que, loin de Djafar, la haine de Fadl al-Rabi s'éteindrait d'elle-même comme une voile sans vent.

La troupe qui suivait mon maître était immense ; le calife en personne accompagna Djafar au-delà des remparts, et, tournant bride brusquement, rentra au galop dans Bagdad, Djafar souriait. Longue fut la route, nous marchions devant, suivis de la garde arabe du calife à cheval et de la garde légère sur de hauts méhara blonds, tous de noir vêtus aux couleurs des Abbassides, couleur de la vengeance. Suivaient la cavalerie, mercenaires turcomans, iraniens, afghans, égyptiens, soudanais, soldats à pied, serviteurs et tous les bagages, les chariots, les ânes, les mulets chargés de vivres et d'eau. Djafar avait ses serviteurs, sa vaisselle, sa tente avec tapis et pièces d'étoffe, ses musiciens, ses astrologues. Il n'avait rien demandé, prisonnier de sa noblesse et de sa richesse, mais il se voulait libre et marchait seul. Nous parlions lui et moi de notre passé, de nos goûts semblables pour la poésie, les arts, de notre avenir. Je savourais chaque instant de ma solitude avec lui.

Les jours passèrent, nous marchions toujours vers l'ouest et franchîmes la frontière syrienne ; les cavaliers étaient fatigués, les fantassins souillés de poussière et de boue, tous nous aspirions au repos, et il fallait combattre.

Horizons sans cesse repoussés, nous vivions dans l'attente d'une attaque sans savoir d'où elle viendrait. Chaque village traversé était un piège, chaque point d'eau, chaque halte, un lieu où errait la peur. Nous dormions face à l'est pour mieux percevoir les premières lueurs de l'aube, la nuit était hostile. Djafar me parlait de Damas, il attendait avec allégresse la première prière que nous ferions dans la grande mosquée des Ommeyades, traversant l'esplanade de pierres polies par les années, pour ne plus voir que le minaret derrière le transept paré de mosaïques et de marbres précieux. Dans le désert que nous traversions, chaque lendemain était une espérance. Ne pouvant distancer la troupe, méhara et chevaux avançaient à pas lents sous le soleil qui venait heurter son ardeur à leur impassible certitude. Droits sur leur monture, les noirs guerriers arabes marchaient ; leur regard voyait-il quelque chose ? Ils n'avaient comme avenir que le combat et comme mémoire que des dunes blondes et des oasis où ruissellent la fraîcheur et le vent. Le soir, nos ombres démesurées s'étiraient vers Bagdad, autour des feux mouvants les musiciens jouaient dans la nuit et les hommes, le menton dans une main, songeaient. Des yeux noirs de femmes flottaient dans leurs chimères, des rires aussi et les sons gutturaux des plaisirs de l'amour. Alors, de leurs gorges partait une mélopée violente et triste que la nuit renvoyait aux quatre coins de leurs souvenirs. A Damas, à Damas, si Dieu le voulait...

Enfin vint le combat libérateur, l'ardeur, la souffrance qui libèrent du rêve, qui forcent à l'oubli. Djafar, qui voulait négocier, dut se défendre et il se défendit bien : les rebelles s'enfuyaient, nous brûlâmes les villages où ils risquaient de se dissimuler, feu purificateur, paisible dans sa brutalité, le désert estompa tout.

Fort de ce premier succès, Djafar voulut accélérer notre allure vers Damas pour rencontrer le gouverneur, les notables, les chefs religieux. Nous laissâmes la troupe derrière nous et partîmes avec les cavaliers et les méhara ; le vent du désert faisait gonfler les étendards noirs et la poussière les effaçait, marée de la gloire et du pouvoir des Abbassides.

Djafar entra le premier à Damas et, avant même de se rendre au palais du gouverneur, il alla prier avec moi à la mosquée des Ommeyades. La garde arabe derrière lui le protégeait, sentinelles farouches d'un homme qu'ils n'aimaient pas, non par haine personnelle mais parce qu'ils étaient différents par le sang. La salle de prière nous éblouit, Djafar tournait la tête comme un enfant. Une forêt fantastique pétrifiée dans la mosaïque étendait ses branchages sur des villes imaginaires où veillaient des oiseaux de feu, tout un monde libéré par le prophète s'ordonnait autour des grands lustres de cuivre, brillants comme des soleils. Silence, odeurs des parfums brûlés et du bois de cèdre, pénombre venant reprendre un souffle de lumière sur le rouge profond des tapis, univers mythique s'enroulant comme un astre autour de l'idée que les hommes se font de Dieu, lointain et proche, souvenir ou espérance d'amour. Un vieil homme prosterné priait, et la lumière qui tombait de profil sur son manteau de laine en faisait le donateur et le bénéficiaire d'une offrande, messager de mots venus du fond des âges dans l'éternité de la solitude humaine. Les bruits du monde s'arrêtaient dans la vaste cour de la mosquée et, pour la première fois, Djafar en perçut le silence.

« La paix soit avec toi », me dit-il.

Nous nous regardâmes.

« Je ne te quitterai jamais, maître, murmurai-je.

— Tais-toi, répondit-il, nous nous quitterons tous un jour. »

Et il s'inclina pour prier.

Le repas au palais du gouverneur fut fastueux. Des moutons entiers rôtissaient dans les jardins, et l'odeur du bois et des herbes pénétrait dans la vaste salle où les convives étaient allongés sur des coussins de velours et de soie. Des torches donnaient la lumière qui venait caresser les vastes plateaux de cuivre, où des serviteurs vêtus de blanc, ceinturés de bleu, la couleur de Djafar, venaient poser les plats de terre dans lesquels fumaient les viandes en sauce, les légumes, les céréales parsemées de coriandre, de cumin, de safran, de piment et de menthe fraîche. Une grande femme accompagnée de musiciens psalmodiait la grandeur des califes abbassides, et son chant interminable rendait leur gloire sans fin. Le gouverneur se confondait en promesses, mais à chacun de ses sourires, chacun des gestes de ses mains dodues couvertes de bijoux, Djafar sentait que sa solitude serait totale. Cet homme n'était rien. Il lui faudrait sans aide pacifier ce pays, faire savoir à tous les êtres humains qui y vivaient que c'était du côté de Bagdad que chaque matin le soleil se levait. Dans la lueur des torches, les graisses et le vin faisaient briller les lèvres des convives, et les mains qui puisaient dans les plats, les regards, les rires, les silences, étaient comme autant de signes d'ambitions mesquines et de petites espérances. Djafar, au milieu d'eux, était comme une flaque d'eau pure dans un chemin de boue.

Lorsque entrèrent les danseuses, Djafar se leva et sortit : il ne jugeait pas que le temps de se divertir était venu.

Nous repartîmes à l'aube vers le nord, vers la région de Zebdani dans le djebel Ech-Charbi. La montagne, c'était là qu'étaient les noyaux de résistance, c'était là qu'il fallait se battre.

La température était fraîche en cette fin d'automne. Djafar, enveloppé dans un grand manteau de laine, se taisait ; je le suivais à quelques pas. Il se retourna pour voir une dernière fois les murs de Damas et le minaret de la grande mosquée, son regard était un adieu. Nous marchâmes trois jours, il faisait froid, le ciel bas, le vent, la montagne aride, les regards hostiles des paysans, la tension nerveuse d'un combat qui se refusait toujours, donnaient à nos montures un pas pesant et nous faisaient courber le dos. Le soir, autour des grands feux qui ressemblaient à des bouquets d'asphodèles jaunes devant une tenture noire, les chefs de l'armée s'asseyaient en rond, les Arabes autour d'un feu, les Persans autour d'un autre. Droits et pleins de fierté, les Arabes prenaient du lait caillé, des galettes et des dattes, ils chantaient des mélopées bédouines qui parlaient de soleil implacable et de longues dunes où il cheminaient vers un éternel devenir, seule eau courante dans le désert. Nous pensions, nous, à nos jardins de roses où murmurent les fontaines, au vin frais servi dans des coupes d'argent et aux premières odeurs du jasmin dans la montagne. Isolés dans ce pays inconnu, chacun retrouvait le regard de son enfance, la tendresse de ses premières années, un parfum, une lumière perçus à l'aube de la vie et qui vous fait battre le cœur pour toujours. Djafar, le regard dans les flammes, disait Abou Nououas, et nous avions tous les jours heureux de Bagdad au creux de nos souvenirs.

N'emprunte pas aux Arabes du désert leurs passe-temps et leurs modes de vie
Bien maigre et misérable est leur vie !
Laisse ces gens ignorants de tout raffinement de la vie boire le lait
Dans une terre où poussent des arbustes épineux et des acacias
Et où comme gibier il y a l'hyène et le loup.
Sur le lait caillé tu peux cracher sans remords car ce n'est pas un péché
Combien meilleur est le vin pur, servi à la ronde par un adroit échanson,
Vieilli longuement au creux d'un tonneau et qui réchauffe sans montrer de flamme !

Nous riions, peut-être pour cacher que nous avions envie de pleurer.

Ce matin-là, il faisait beau et ce rayon de soleil redressait nos dos et allongeait le pas de nos montures. Les murs de la montagne étaient verticaux de chaque côté de la gorge où nous cheminions, un torrent asséché roulait ses pierres sous les sabots des chevaux ; quelques oiseaux de proie volaient très haut au-dessus de nos têtes, à l'aplomb d'un village perdu sur un pic, inaccessible du chemin où nous étions, découpant l'ocre de ses murs sur le bleu tendre du ciel.

Djafar tendit un doigt vers eux :

« Regarde, Ahmed, deux faucons et un épervier !

— Oui, maître, répondis-je, je les vois. Ils chassent. »

Au même moment nous entendîmes des cris sauvages, des pierres roulèrent dans le chemin, nous arrêtant, et dévalèrent de partout autour de nous des hommes pieds nus qui hurlaient en brandissant des poignards et des sabres.

Instinctivement nous nous serrâmes les uns contre les autres, quelques cavaliers nous suivaient, la garde arabe et les méhara étaient assez loin derrière, nous étions en nombre tout à fait inférieur car il en descendait toujours de la montagne comme un torrent sous les pluies d'automne. Djafar avait sorti son sabre ; debout sur ses étriers, il se retourna pour voir sur combien d'hommes il pouvait compter, puis, poussant lui-même un long cri, il jeta son cheval en avant. J'essayai de rester près de lui mais il fallait sans cesse me dégager à grands coups de sabre. Sur l'arrondi des rochers couraient maintenant des rigoles de sang qui venait s'étaler en larges flaques immobiles où les chevaux baignaient leurs sabots. Les oiseaux de proie tournaient toujours, je me souviens d'avoir levé la tête et de les avoir vus. Djafar, entouré d'une dizaine d'hommes, se défendait farouchement. Nous nous étions — cavaliers arabes et persans mélangés —

84

abrités derrière un énorme rocher qui avançait en saillie dans la gorge. Nous ne pouvions, ainsi, être attaqués que de face. Djafar était devant nous tous.

« Il faut sortir d'ici, cria-t-il, faire demi-tour. En avant ! »

Et de toutes les poitrines sortit l'invocation suprême « Dieu est grand, Dieu est le plus grand ! »

Les attaquants, coincés eux-mêmes dans le défilé, n'étaient pas à l'aise pour combattre ; nous sabrâmes parmi eux, laissant autour de nous têtes, mains, bras tranchés, épars comme du blé coupé à la fin de l'été. Quelques chevaux tombèrent, leurs cavaliers entourés aussitôt d'une dizaine de rebelles étaient instantanément achevés. La poussière nous brûlait les yeux et l'odeur du sang nous faisait pousser de grands cris. Enfin, nous pûmes arriver dans une cuvette où croissaient des arbres rabougris et des touffes d'épineux. Les rebelles avaient-ils remarqué que Djafar était le chef ? Ils se précipitèrent en foule sur lui et, malgré nos efforts, nous ne pûmes parvenir à les arrêter. Je ne pouvais que le rejoindre, me battre à ses côtés pour que sa vie puise dans mes forces un souffle nouveau. Brusquement, Sanama, le bel étalon blanc de mon maître, s'affaissa : de son flanc le sang s'échappait en larges pulsations comme si son cœur se déversait maintenant à l'extérieur de lui-même. Djafar roula à terre et se redressa aussitôt. Adossé à un rocher, son poignard d'une main, son sabre de l'autre, taché de sang, son abaya déchirée, il ressemblait à un loup. Un coup de couteau lui entailla l'épaule et son sang se mit à couler le long de son bras jusqu'à sa main, avant de se mêler à la poussière du sol. D'un saut, je fus à terre.

« Maître, prends mon cheval. »

Djafar ne m'entendait pas ; je hurlai :

« Maître, voilà mon cheval ! »

Djafar alors eut un regard vers moi, il comprit et secoua la tête :

« Va-t'en, Ahmed, sauve-toi ! »

Je poussai un cri qui ressemblait à un sanglot.

« Jamais je ne te quitterai, maître. Pour l'amour de Dieu, prends mon cheval et fuis. »

Nous étions tous deux côte à côte, derrière nous nos derniers cavaliers essayaient de nous dégager. La poussière rendait tout opaque, à moins que ce ne fût la sueur et le sang qui obscurcissaient nos yeux, nous n'entendions que le choc des sabres, le hennissement des chevaux et les clameurs des hommes.

Alors, au moment où j'avais accepté de mourir avec mon seigneur, nous entendîmes le long cri guerrier des chameliers de la garde arabe, ce son guttural, aigu, inoubliable. Djafar me regarda :

« Les méhara, me dit-il, la garde du calife ! »

A longues foulées, lancés à leur plus grande allure, arrivaient les méhara blonds montés par les hommes vêtus de noir, pieds nus, la tête enveloppée dans leurs kufiyyas, les étendards du calife claquant dans la course. Et tous, la lance brandie, volant presque sur leurs bêtes, venaient vers nous, poussant leur cri de guerre.

Les rebelles se retournèrent, un instant ils hésitèrent, ne sachant que faire, et puis la terreur fut la plus forte, ils essayèrent de fuir, de s'accrocher à la montagne, de reprendre le chemin d'où nous venions pour s'abriter derrière les rochers qui barreraient la route des méhara. Ils n'en eurent pas le temps, la garde arabe était sur eux, transperçant du haut de ses montures, ouvrant les crânes, pénétrant dans les cous et les épaules, poursuivant les derniers combattants qu'ils frappaient dans le dos. Un grand méhari s'arrêta auprès de Djafar, l'Arabe qui le montait se pencha, prit Djafar sous les bras, le souleva, le mit sur sa monture et, tournant bride, galopa vers le terrain libre, le reste de l'armée. Je remontai sur mon cheval et suivis.

Mon maître saignait abondamment, le soldat enleva sa kufiyya, l'enroula autour de son épaule ; près d'un ruisseau il s'arrêta et je les rejoignis. Djafar, soutenu par le méhariste, avait mis pied à terre : je n'acceptais pas que quiconque sauf moi puisse le soigner.

L'heure de la vengeance était venue. Pour chaque cavalier mort, un village allait brûler ; toute la nuit, la garde arabe, les fantassins mercenaires, l'élite et la pègre, allaient égorger, brûler, violer ; les rebelles furent décapités, les récoltes incendiées. Avec les corps mutilés, sans mémoire, qui jonchaient le sol, la rébellion gisait aussi. Parce que l'espoir et le souvenir n'étaient plus, la Syrie fut pacifiée.

Nous nous reposâmes quelques jours puis Djafar décida d'aller plus à l'ouest, jusqu'à la mer, pour s'assurer que nulle résistance ne pouvait s'y trouver. Je savais qu'il voulait voir le bout de la route, cette étendue d'eau sans fin qu'il n'avait jamais vue, la Méditerranée. Village après village, ville après ville, les chefs, les anciens, venaient nous porter des paroles de paix, nous étions les bienvenus, les envoyés du calife, l'honneur de leurs cités. La population entière était pour nous dans leurs bienveillants discours, mais lorsque nous remontions les rues, chacun rentrait s'enfermer chez soi. Derrière les remparts nous laissions le silence, quelques enfants nous regardaient, les chiens aboyaient derrière nos chevaux. A notre droite ondulaient les premiers contreforts des montagnes que nous contournions par le sud ; monotonie de l'hiver sous un ciel gris que le vent parfois déchirait. Il y eut des pluies, et la boue s'attachait aux sabots de nos chevaux et aux pieds des fantassins. Djafar était silencieux, il n'avait reçu aucune nouvelle du calife. Portées par un messager qui partait chaque jour vers Bagdad, les longues lettres de mon maître étaient devenues de brefs comptes rendus militaires. Djafar lui aussi se taisait ; mutisme contre mutisme, orgueil contre orgueil, sans force l'un en face de l'autre, ces deux êtres s'affrontaient à distance quand tout est plus facile et plus définitif également.

Nous ne parlions plus d'Harun, mais je voyais au regard de mon maître qu'il était toujours dans ses pensées.

La campagne redevenait plate et verdoyante, avec des buissons d'arbres rabougris que le vent d'ouest faisait craquer. La population accourait pour nous voir passer, étonnée, ravie : l'odeur du sang versé n'était pas arrivée jusqu'à eux. Les femmes riaient en rabattant un pan de leur voile devant leur visage, les jeunes gens admiraient nos chevaux et la vue des méhara faisait se cacher les enfants. Les chefs venaient à notre rencontre, nous offraient leur hospitalité, maigres repas dans de pauvres maisons. Soupçonnaient-ils la grandeur, la richesse, les pouvoirs de mon maître ? Assis sur de vieux tapis, Djafar ben Yahya al-Barmaki, l'ami du calife, l'homme le plus craint de Bagdad, le plus envié aussi, mangeait dans des plats de terre des fèves, du mouton gras, des lentilles, et son merveilleux visage se tachait d'ombres et de lumières dans la lueur incertaine des chandelles de suif qui fumaient et le faisaient tousser. Des jeunes gens, parfois, fils ou neveux de notre hôte, regardaient mon maître mais il ne les voyait pas. L'éclat de l'amour du calife l'éclaboussait encore.

Et puis, un matin, à l'heure où le soleil d'hiver est au zénith, nous sentîmes une odeur différente, nous entendîmes un bruit particulier ; l'herbe, courte et grasse, frémissait sous un vent plus fort et plus doux à la fois, les oliviers se penchaient vers l'est. De hauts murs de brique se dressaient en imposants remparts autour d'une ville ramassée sur elle-même comme un oiseau frileux : l'antique Sidon, cœur battant de l'ancien monde, endormie maintenant derrière ses tours farouches, que personne ne craignait plus. Semblable à deux bras ouverts, le port étreignait la mer, l'attirait, la berçait, la rendait inoffensive et soumise comme une panthère amoureuse, griffes rentrées, écume aux lèvres, long frémissement de l'échine où se balançaient des barques aux couleurs vives. Djafar, au bout de la ville où nous étions entrés seuls, fit avancer son cheval sur le quai ; il n'avait pas prononcé un mot. Des navires débarquaient des outres de vin de Chypre, d'autres chargeaient des olives, des légumes, des jarres d'huile. Nous descendîmes sur la grève, le cheval de Djafar recula, se raidit mais, d'une poussée des genoux, il le fit avancer. La bête avait maintenant de l'eau jusqu'au poitrail.

« Seigneur, m'écriai-je, ne va pas plus loin ! »

Il ne m'écoutait pas, avançait encore ; le cheval eut un frémissement et souffla bruyamment. Je dis encore :

« Maître, je t'en supplie, reviens ! »

Alors Djafar se tourna vers moi. Je crus un instant qu'il pleurait, mais c'était le vent qui lui irritait les yeux, ou les embruns peut-être. Il passa ses deux mains sur son visage comme un homme qui se réveille.

« Un jour ou l'autre, Ahmed, je serai englouti, peut-être demain, peut-être plus tard, Dieu seul le sait ; mais pas aujourd'hui, pas encore, il me faut attendre. »

Et il fit reculer son cheval pour revenir à mes côtés. En silence nous rejoignîmes le reste de l'armée, l'heure du retour était venue.

Djafar ordonna d'éviter Damas, il ne voulait plus d'allocutions, de repas, de fêtes, il désirait maintenant être à Bagdad le plus vite possible. Longtemps raidi devant le silence du calife, refusant de s'incliner le premier, il prolongeait l'expédition, attendant peut-être de recevoir enfin une lettre de rappel qui ne venait pas. Devant la mer il avait pris sa décision : puisqu'il était perdu, il préférait se battre, revenir, reconquérir Harun tant qu'il en avait encore le pouvoir, maintenant, aussi rapidement qu'il en était capable. Il laissa un détachement de l'armée derrière lui, la cavalerie, les fantassins, les bagages et, accompagnés de la garde arabe du calife, nous allâmes à marches forcées vers l'est. Le vent était froid, l'air sec, enveloppés dans nos manteaux de laine, la kufiyya rabattue sur le visage, nous nous laissions balancer par le rythme de nos chevaux, ne mettant pied à terre que pour faire reposer les bêtes quelques instants et pour dormir. Je m'occupais de la nourriture de Djafar, de son sommeil, j'étendais le tapis pour la prière, je montais sa tente, je dormais à ses côtés. Il ne me touchait pas mais me prenait la main parfois, je la gardais jusqu'à ce que le sommeil me gagne. Dans la nuit, lorsque je m'éveillais, je sortais de la tente pour regarder le ciel d'hiver et rentrais voir mon maître endormi. Dieu a donné au monde de multiples beautés.

Nous traversions maintenant le désert de Syrie. Les nuits étaient froides toujours mais dans la journée, le soleil nous permettait d'écarter nos manteaux et de rabattre les pans de nos kufiyyas. Des oiseaux de proie volaient très haut au-dessus de nos têtes ; le silence, la paix étaient avec nous, érodant peu à peu l'anxiété, la gravité de Djafar, donnant parfois aux méharistes et aux cavaliers de la garde arabe des regards d'enfants. A la fronde nous chassâmes quelques gazelles, nous les fîmes rôtir, et mon maître les mangea avec les chefs de la garde. Ils riaient. Autour du feu, l'heure des légendes vient toujours et, sous les étoiles de Syrie, Arabes et Persans ensemble, nous entendîmes les exploits guerriers de leurs pères et leurs propres prouesses. Puis vint le moment des récits d'amour et les voix triomphantes devinrent nostalgiques. Les femmes aimées étaient loin, et loin le souffle de leurs bouches, la chaleur de leurs corps. Cachés dans la sobriété des mots, grands étaient les désirs et les regrets. Quelques chacals criaient autour de nous et le vent faisait trembler les feux comme faisait trembler les voix et les mains des hommes la réminiscence de la rondeur d'un sein ou du parfum d'une chevelure.

Nous fûmes en Irak. Au premier village nous poussâmes des cris de joie, l'espérance maintenant nous redressait sur nos selles, allongeait le pas de nos chevaux. Devant la ville de Kasr Amidj, au pied des fortifications, un cavalier nous rejoignit, il était porteur d'un message de Yahya al-Barmaki pour son fils ; notre retour se savait déjà.

« Lis », me dit mon maître.

Il venait lui-même de prendre connaissance de la lettre et son visage était figé.

Yahya apprenait à Djafar que le calife avait quitté Bagdad pour la ville fortifiée de Raqqa, au nord du pays. C'était officiellement pour être plus près des frontières byzantines, région toujours agitée, troublée, et y mener plus facilement la guerre sainte ; il y était parti seul avec Fadl al-Rabi, laissant Bagdad aux Barmakides, le pouvoir entre ses propres mains. Il ne semblait pas hostile à leur famille, pas encore, et écoutait volontiers Fadl, son fils, qui était allé le rejoindre à sa nouvelle demeure. Grande était maintenant la piété d'Harun ; il fustigeait les impurs, les tièdes, ceux qui enfreignaient en quoi que ce soit la loi du Prophète. Yahya était inquiet de son intolérance, Fadl al-Barmaki, l'ami des Shiites, l'homme tolérant, lettré, espérait encore que le calife refuserait d'être un tyran, pas lui, pas son frère de lait. Il était mal conseillé, il réaliserait où se trouvait sa propre grandeur.

Yahya demandait à Djafar de rentrer au plus vite ; il lui fallait retrouver l'amitié d'Harun, le faire renoncer à des vues trop étroites, pour penser au rayonnement du califat à travers l'empire, lui faire accepter de rentrer à Bagdad. Il le pouvait encore, lui, son père, en était sûr, il n'avait pas élevé Harun lui-même sans connaître le fond de son cœur. Yahya terminait son message par ces mots d'espoir : « On dit que le calife sera à Bagdad pour ton retour, il serait déjà en route.

Ne tarde pas. Que Dieu t'accorde le salut et la paix, mon fils, et qu'il te ramène auprès de nous. »

Je tendis la lettre à Djafar :

« Rien n'est perdu, maître. Le calife te reviendra dès qu'il te verra, je le sais.

— Dieu t'écoute, me répondit Djafar, et qu'il me vienne en aide. »

Il resta un moment silencieux, le message à la main, les yeux baissés et, levant tout à coup son regard vers moi, il me dit :

« Je ne survivrai pas à l'abandon d'Harun, il est l'être au monde le plus proche de mon cœur. »

Ses yeux brillaient, c'était la première fois qu'il me disait ainsi son attachement pour le calife. Je répondis doucement :

« Je sais, maître, je sais très bien ce que tu veux me dire. »

Djafar eut un sourire :

« Allons, maintenant, il nous faut être dans quelques jours à Bagdad. »

Nous n'entrâmes pas dans la ville et continuâmes notre marche vers l'est.

L'enfant assis à côté d'Ahmed n'avait pas bougé ; la tête entre les mains, il voyageait au-delà des mots, au-delà du récit, vers un imaginaire prodigieux et magique où sa propre vie se métamorphosait, éclatait, s'ouvrait aux quatre horizons d'un espoir impossible. A l'heure des contes, sur la grand-place de Bagdad, chacun renaissait à cette vie différente, tenue cachée tout au long de la monotonie des jours. Les mendiants étaient des princes, les artisans des rois, le peuple laborieux et pauvre devenait en un instant le grand vizir de la nuit, et toutes choses s'ordonnaient par lui et pour lui jusqu'à ce que s'éteigne la lueur des derniers braseros. Alors, dans le grand oubli du sommeil, Bagdad berçait ses songes et ses chimères, les jongleurs de mots s'endormaient, et s'endormit Ahmed au pied du mur de boue, comme un paquet oublié par le temps, dans la chaleur d'une nuit d'été qui tenait éveillés les jeunes gens de Bagdad.

Sixième soir d'Ahmed

Dans les souks de la ville ronde, dans les échoppes et les ateliers, on commença à parler du conteur de la nuit, de ce vieillard qui avait connu des hommes légendaires dont il ne restait rien. Le palais de Djafar était à l'abandon, le Ksar al-Tin, la résidence somptueuse des Barmakides, appartenait à une famille princière qui n'y venait pas. Les vastes salons, les jardins, les patios silencieux et abandonnés avaient oublié leur passé. Et voici que ce vieil homme ouvrait à nouveau les portes au grand soleil, faisait cascader les fontaines, fleurir les buissons de roses. Il suffisait de venir sur la grand-place à la nuit tombée pour que s'animent princes et serviteurs, pour que s'illuminent les bassins, et qu'au milieu de la fête vînt s'y refléter un visage d'homme, une silhouette mouvante que le silence effaçait.

En grand nombre les gens se pressaient maintenant autour d'Ahmed, mais les voyait-il seulement ? Parfois on le trouvait déjà accroupi, murmurant entre ses dents d'une façon confuse, ou tout à fait silencieux, tassé sur lui-même, son bâton posé à côté de lui ; parfois il arrivait le dernier, soutenu par un enfant, ou

95

seul, pas après pas, saccade après saccade. Il se laissait tomber sans regarder personne, ou si ses yeux pénétraient la foule aucune expression ne pouvait s'y déceler. Et soudain, dès que le vieillard parlait, dès qu'il retrouvait son passé, son regard se chargeait de vie, sa tête et ses mains ne tremblaient plus, il était comme soutenu par le message qu'il transmettait, comme si sa mémoire porteuse d'une drogue puissante lui insufflait pour quelque temps une force, une lucidité exceptionnelles avant de le laisser ensuite plus courbé, plus déchu, plus misérable que jamais.

C'était le sixième soir et le vent se leva, faisant voler les poussières et gonfler les abayas. Ahmed se mit à parler.

Bagdad, Bagdad notre ville était devant nous dans la campagne verdoyante de ce début de printemps. Après quatre mois nous retrouvions les hautes murailles de pisé, le dôme du palais, le cavalier d'or, une lumière, une odeur particulières, des couleurs de terre et de feu sous le soleil déclinant. Un troupeau de moutons paissait au pied des murs et le jeune berger, une main au-dessus des yeux, nous regardait venir, mon maître et moi en tête, la cavalerie, les méharistes derrière nous. Tous, nous étions silencieux. Lorsque nous fûmes tout près de la première enceinte, nous nous arrêtâmes. Quelques hommes à cheval venaient vers nous, nous les reconnûmes, ils étaient de la maison du calife ; Harun était donc là, il était revenu. Les mains de Djafar tremblaient, je le savais en proie à une extraordinaire émotion et je m'approchai de lui. Un cavalier se détacha du petit groupe et s'avança.

« La paix soit avec toi, Djafar ben Yahya. Nous

savons tes victoires en Syrie, le calife, notre maître, s'en réjouit et te demande auprès de lui. »

Djafar eut un sursaut ; il était si pâle que je le crus près de tomber de sa monture. Il se domina pourtant et, par un effort inouï, sa voix fut calme, détachée :

« Et avec toi soit la paix, Selim ben Khaled. Le calife me permet-il d'aller à mon palais pour être digne de paraître devant lui ?

— Le calife t'attend tout de suite, Djafar. Suis-moi, ton père et ton frère sont avec lui. »

Nous traversâmes Bagdad au milieu d'une multitude de personnes qui criaient de joie sur notre passage. L'armée revenait couverte de gloire et, du fond des souks, du fond des maisons obscures, chacun était venu à la grande fête du retour. Djafar pensait-il à Harun l'accompagnant lors de son départ jusqu'aux remparts ? A son absence ce jour-là ? Ou pensait-il simplement qu'ils allaient se revoir et que son propre destin allait se jouer ?

Nous entrâmes dans la grande cour du palais de marbre blanc. Djafar regarda autour de lui, rien n'avait changé, tout était comme au temps des honneurs et de la puissance. Nous descendîmes de cheval, traversâmes à pied le premier vestibule, la salle des gardes, le jardin intérieur. La pièce du Conseil vers laquelle nous nous dirigions était en face de nous, la porte en était ouverte. Tout d'abord, dans la demi-obscurité du jour qui déclinait, je vis le vieux Yahya, droit, rayonnant, puis Fadl à ses côtés, bienveillant et fier, enfin j'aperçus le calife et, près de lui, Fadl al-Rabi. Ce fut lui que mon maître vit le premier.

Debout devant la porte peinte de feuilles d'or et de branches argentées sur lesquelles étaient posés des oiseaux bleus, Djafar, pâle, immobile, la main sur le cœur, regardait Harun, et Harun, les yeux fixes, droit, parfaitement calme en apparence, le regardait aussi. Tout le monde semblait figé, le silence était total. Ce fut Fadl al-Rabi qui parla :

« Avance, Djafar, le calife veut te souhaiter la bienvenue et te féliciter de tes victoires dont l'éclat nous est parvenu. »

Djafar eut un sursaut, je crus qu'il allait se précipiter sur Fadl pour le tuer, mais il se maîtrisa et avança. Debout devant le calife il voulut s'agenouiller, mais Harun le prit par l'épaule.

« Que mon frère soit le bienvenu chez le calife et que Dieu soit avec lui ! »

La voix d'Harun était un peu plus haute que d'habitude, son intonation différente, il récitait une phrase dont il était absent.

« Je donne ce soir un repas en ton honneur, Djafar ben Yahya, et en l'honneur des chefs de ma garde arabe. Je serai heureux que tu me racontes tes succès. Va maintenant retrouver les tiens qui t'attendent. »

Sans un regard, il se détourna et s'en fut, suivi du Syrien. Djafar était pétrifié, son visage sans expression, une de ses mains crispée au pommeau de son poignard, l'autre tremblant le long de son corps. Son père s'avança vers lui et le serra dans ses bras. Alors il parut reprendre un peu de vie, sourit à son frère qui l'embrassa à son tour, mais je savais qu'à l'intérieur de lui-même il était parfaitement mort.

Ensemble nous nous rendîmes au palais de Djafar où une foule d'amis et de serviteurs l'attendaient. Dans ses appartements brûlaient des parfums précieux, étaient disposées des coupes de fruits rares et de fleurs.

Yahya et Fadl ne le quittèrent pas ; on embrassait, on félicitait mon maître, la joie était partout sauf dans son regard. Il souriait, parlait, remerciait, mais je devinais qu'il n'espérait que la solitude et le silence. Enfin on le laissa pour qu'il se baigne et s'habille en vue du repas du calife. Il s'allongea sur sa couche et je ne lui parlai pas car il ne désirait pas parler ; je le massai longuement, il se détendit peu à peu et tourna la tête vers moi.

« Ahmed, il me semble que le Syrien a gagné.

— Non, maître, Harun en sa présence n'était pas libre. Ce soir seulement tu pourras juger. Si le calife ne te prend pas à ses côtés pour le repas, alors tes chances seront petites ; mais auparavant tu dois espérer, il le faut. Djafar al-Barmaki ne s'incline pas sans lutter devant Fadl al-Rabi. Le calife t'aime encore, je l'ai vu. »

Djafar rit et ce rire était le premier sincère.

« Ahmed, Ahmed, tu es comme ces saints hommes qui ne voient partout que de la bonté, mais tu n'es pas un sage, tu es un fou.

— Peut-être, maître, mais je ne perds jamais mes certitudes. »

J'habillai Djafar magnifiquement pour ce repas, magnifiquement et simplement. Il mit un kaftan de soie blanche au col haut fermé par de petits boutons, une ceinture de satin bleu brodé et un collier d'or que le calife lui avait donné. A ses pieds, des sandales de fils d'or tressés et à son côté, le poignard serti de saphirs qu'il portait au premier repas où Harun l'avait choisi. On sella son cheval de bleu et d'or, je m'habillai de bleu, et nous partîmes avec Yahya et Fadl, enveloppés dans nos manteaux de laine. La route me parut d'une longueur infinie, il faisait frais et le ciel était éclatant dans sa parure d'étoiles. « Si je vois l'étoile de Vénus, pensais-je, mon maître gagnera. » Je levai la tête et vis l'étoile. A ce moment même le palais apparut devant nous.

Vision inoubliable du marbre blanc, chaud et lisse, sous des milliers de torches et de lampes, les fontaines elles-mêmes éclairées paraissaient translucides dans ce faux crépuscule qui les faisait chanter. Des volières, des serres pleines de fleurs exotiques avaient été disposées dans le patio intérieur, devant les appartements du calife où la fête était donnée. Le grand salon, tapissé de toiles noir et argent, ressemblait à une gigantesque tente bédouine. Deux pans retenus par des tresses d'argent étaient écartés de chaque côté de la porte, laissant apercevoir le lustre de cuivre illuminé et la multitude des tapis aux couleurs rares jonchant le sol. De vastes plateaux d'argent ciselés de vermeil et entourés de coussins servaient de tables. Un parfum lourd imprégnait chaque courbe, chaque pli, chaque retombée des étoffes, et les convives déjà installés attendaient l'hôte d'honneur et le calife, assis par terre, jambes croisées, retrouvant d'instinct les attitudes de leurs pères au milieu de cette tente somptueuse dressée dans la nuit de Bagdad comme celles de leurs ancêtres l'étaient à tout jamais dans la nuit de leurs souvenirs.

Djafar fut conduit ainsi que son père et Fadl à la grande table un peu isolée où s'assiérait le calife. Déjà y étaient installés les deux chefs de la garde arabe, qui le saluèrent, un cousin d'Harun et le frère de la reine Zubayda. Djafar, main sur le front, la bouche et le cœur, rendit à chacun son salut. On attendait le calife.

Il vint et il était seul, Fadl al-Rabi n'était pas à ses

côtés. Harun, d'un geste, fit asseoir ses amis inclinés, puis se dirigea, suivi de son esclave noir, vers la table où mon maître était. Debout ils attendaient que le calife choisissent ceux qui seraient à ses côtés. Harun regarda son tuteur et lui désigna une place, puis il porta les yeux autour de lui comme s'il hésitait et, rencontrant ceux de mon maître, il pâlit légèrement et lui montra le coussin posé à sa droite.

« Sois à la place d'honneur auprès de ton calife, Djafar ben Yahya ; tu l'as mérité par tes victoires. »

Djafar s'inclina, ils étaient côte à côte pour la première fois depuis de longs mois. Harun avait changé ; toute jeunesse, toute joie de vivre semblaient l'avoir quitté. Il ressemblait à un homme austère et pieux alors que sa bouche, son corps, sa voix, ses mains montraient encore chez lui une sensualité, un goût de la vie qui n'étaient que cachés. Le collier de barbe et la fine moustache qui entouraient sa bouche faisaient paraître son visage plus rond, et presque juvénile, dans l'attitude austère qu'il avait adoptée. Il portait une abaya noire gansée d'or et une kufiyya blanche dont il avait rabattu un pan sur chacune de ses épaules.

On apportait les plats, les moutons rôtis entiers, les herbes, les légumes, les récipients de riz et de semoule parsemés de safran et de menthe hachée. Un jeune homme chantait accompagné d'une cithare et d'un tambourin, sa voix chaude, charnelle, semblait, comme les lueurs des torches et l'odeur du musc et des roses, caresser l'argent et le cuivre, les soies et les laines, les peaux mates ou claires, les mains, les cordons noirs des kufiyyas, l'épiderme satiné des lèvres, les moustaches sombres et douces. Le calife regarda Djafar dont les yeux brillaient.

« J'ai pour toi une nouvelle importante, mon frère. Tes succès méritant une récompense, je t'ai nommé gouverneur du Khurasan ; tu m'y représenteras et nul mieux que toi n'est digne de ma confiance. Tu partiras aussitôt que possible. »

La lumière de la lampe à huile posée à terre jouait sur le visage de Djafar, entourait chacun de ses traits d'ombres et d'une clarté mouvante qui rendaient sa beauté étrange, inaccessible. Il posa une main sur son cœur, ses yeux ne quittaient pas ceux d'Harun.

« Tu m'accordes là, commandeur des croyants, une confiance dont je suis indigne et je t'en remercie. Je me rendrai au Khurasan dès que tu le désireras. Demain, si tu me le demandes. »

Le chanteur psalmodiait des mots de guerre et d'amour, la tristesse d'un départ. Le tambourin sonnait et la cithare pleurait, il balançait légèrement son corps d'avant en arrière et avait fermé les yeux. L'odeur du mouton grillé et des épices se mélangeait maintenant aux parfums. Le calife semblait malheureux.

« Je reviens du pèlerinage, Djafar, dit encore Harun. J'ai réalisé, en priant Dieu, que ma vie n'était pas toujours conforme à sa volonté.

— La volonté de Dieu est-elle que les hommes refusent le bonheur ?

— Non, Djafar, mais qu'ils trouvent peut-être un bonheur différent. »

On servit du vin dans des timbales d'argent pour les hôtes, d'or pour le calife. Harun but, et en buvant il regarda Djafar ; tout en lui luttait contre son besoin de mon maître, contre une émotion qu'il avait du mal à maîtriser. Djafar, lui, semblait calme, presque distant, et seul je savais qu'il était comme un homme debout devant un gouffre, prêt d'y tomber. A la nouvelle de son départ pour le Khurasan il n'avait pas réagi, y attachait-il de l'importance ? L'enjeu était autre à présent que de rester ou de partir.

Les serviteurs apportèrent le mouton coupé en quartiers et l'œil sur une assiette d'or. Harun le prit, les coins de sa bouche tremblaient légèrement, il n'était plus sûr de gagner le combat qu'il était en train de mener. Le Syrien était absent et Djafar à son côté le faisait disparaître tout à fait. Alors, suprême honneur, le calife ouvrant la main, tendit l'œil du mouton à Djafar. Mon maître le prit, ses longs doigts fins se posèrent sur ceux d'Harun, s'y appuyèrent, tandis que son regard caressait le calife avec une émotion si sensuelle qu'Harun parut soudain perdu.

« Djafar, murmura-t-il, Djafar, pourquoi es-tu revenu ?

— Le bonheur de te revoir, seigneur, est le seul que j'aie recherché depuis le moment où nous nous sommes quittés, et Dieu m'est témoin que pas un être ne peut se vanter de m'avoir effleuré de sa main au cours de notre séparation. »

Un deuxième chanteur avait rejoint le premier, et les tambourins résonnaient tandis que les voix se joignaient pour célébrer le printemps, la campagne verte au point de se teinter de jaune, les ruisseaux tintant comme de l'argent, et les jeunes filles à la peau de miel et d'ambre.

« Djafar, comment t'oublier ? J'ai essayé, j'ai prié, je

vois que je n'y suis pas parvenu. Je veux que tu partes le plus tôt possible dans le Khurasan.

— Je partirai, maître, mais le jour de demain je le passerai avec toi. »

Autour de la table les autres convives parlaient entre eux à voix basse, respectant la conversation de mon maître et du calife, se doutant probablement que quelque chose d'important se produisait. Fadl ben Yahya lui-même, si austère et si pur, regardait son frère avec une sorte d'angoisse. Les Barmakides savaient que de l'amour du calife pour Djafar dépendait en grande partie leur destin. Debout derrière mon maître, je voyais et j'entendais tout, et chaque instant était comme une balle lancée par un jongleur, instable, précaire, incertain.

Ils échangèrent quelques mots à voix si basse que je ne les compris pas, leurs bras se touchaient, leurs épaules se frôlaient, et les serviteurs, inclinant la longue aiguière d'argent dans la coupe d'or pour leur laver la main, ne les faisaient pas même s'écarter. Harun buvait et chaque verre de vin le faisait se rapprocher encore de mon maître. Leurs cuisses maintenant s'effleuraient, et ce contact les bouleversait tant qu'ils évitaient de se regarder. Je savais qu'à cet instant précis, Djafar aimait Harun d'un véritable amour, qu'il ne simulait rien. Son énergie si longtemps tendue dans la direction de Bagdad, ses angoisses, son incertitude, tout éclatait maintenant en une gerbe d'émotions et de sentiments violents.

Les lampes fumaient, un troisième chanteur modulait d'une voix rauque les plaisirs de l'amour, accompagné d'une flûte au timbre clair, tandis que les tambourins ponctuaient la fin de chaque phrase :

*Vent du nord, ne me vois-tu pas délirant d'amour et visiblement
    exténué ?*
*Donne-moi un souffle de l'air de Bathna et fais-moi la grâce de
    souffler sur Djamil,*
*Et dis-lui à elle : Petite Bathna, donne-moi un peu de toi et plus
    encore que ce peu...*

« Seigneur, dit enfin Djafar d'une voix basse mais
très claire, seigneur, je meurs d'amour pour toi. »

Les chanteurs frappaient dans leurs mains et marte-
laient le sol de leurs pieds, la chaleur était devenue
grande dans la vaste tente, et l'odeur du musc donnait
le vertige. Le vin coulait clair et frais, tous ensemble les
musiciens chantaient :

*Mon esprit s'est enlacé au tien avant que nous fussions créés
Et après que nous fûmes devenus des gouttes mûrissant à la
    vie...*

Les torches projetaient leurs ombres sur le noir des
étoffes, et le lustre seul brillait comme un soleil dans la
nuit argentée de la vaste tente, espace infini jeté dans
ce moment de notre vie comme un pont entre nos rêves
et l'éternité.

« Djafar, chaque moment de mon existence sans ta
présence est comme une mort. Je voudrais être moi et
je ne peux que désirer me fondre en toi. »

Ils se regardaient maintenant. Etait-ce le bruit des
tambourins et des flûtes qui les empêchait de parler ou
le désir qu'ils avaient l'un de l'autre qui serrait leur
gorge au point de les faire pâlir ?

Les desserts arrivaient, pyramides de sucre,

d'amandes et de miel, dorés et blonds dans des plats de vermeil, jattes de dattes et de fruits rares, lait caillé, compotes dans des coupes de porcelaine chinoise bleutée. Harun les écarta d'un geste, il prit la main de Djafar et il me semblait que tout s'arrêtait, tout était suspendu dans le temps, j'entendais à peine les musiciens, les invités devenaient flous sous le blanc ou le noir de leurs kufiyyas, mouvants dans la lumière jaune des lampes où se détachaient seules les timbales d'argent pleines de vin rosé. Et dans ces contours incertains, dans ce halo de lumière où flottaient des voix, des silhouettes et des odeurs, je ne vis nettement que le calife se lever et quitter la salle suivi de Djafar. Retombèrent sur eux les pans de la tente et la musique effaça le bruit de leurs pas.

Djafar ne rentra ni de la nuit, ni de la journée suivante. Le calife avait quitté le palais, personne ne savait où il était parti. Un effacement pour un retour. Djafar et Harun avaient besoin d'un temps différent, d'heures plus longues dans un soleil absent. Je passai ma journée dans les jardins, regardant pousser des fleurs que je ne voyais pas. La nuit suivante me ramena mon maître, et je constatai à sa pâleur, aux cernes de ses yeux, à son détachement serein que ce jour sans soleil et sans lune l'avait réchauffé d'une chaleur et d'une lumière qu'il portait dans son regard. Parce qu'il l'avait voulu plus que tout et parce qu'il l'avait regagné seul, mon maître maintenant aimait le calife d'amour. Balance des sentiments, tantôt légers, tantôt lourds, celui qui refuse a toujours le dernier mot. Djafar s'était sauvé et s'était perdu, désormais il ne tenait plus lui-même les rênes de son destin.

Mon maître s'allongea sur son lit et ferma les yeux.

« Nous partons demain pour le Khurasan, me dit-il. Prépare-toi et laisse-moi dormir. »

A l'aube, quelques heures avant notre départ, alors que se préparaient amis et serviteurs, Djafar quitta son palais enveloppé dans un simple manteau de laine grise, et galopa jusqu'à la demeure du calife. Il était si ému lorsqu'il me rejoignit qu'il ne put me parler.

Dans la cour se tenaient prêts chevaux et mulets dans la lumière maussade et terne du matin; nous avions froid et sommeil, quitter Bagdad nous serrait le cœur. Certains d'entre nous connaissaient déjà le Khurasan, d'autres allaient le découvrir; on disait que c'était un pays sauvage et rude, mais ce pays était le nôtre et Djafar savait qu'il y trouverait un peuple bienveillant envers lui. Sur un cheval gris, droite, voilée, muette, se tenait l'Afghane; derrière elle une servante serrait un bébé dans ses bras. Elle n'avait pas revu Djafar, elle ne savait pas si son maître voulait encore d'elle mais elle venait avec leur enfant. Djafar passa près d'elle, leurs yeux se rencontrèrent et ce fut tout; nous nous mîmes en route vers Mechhed, cette ville lointaine où désormais nous allions vivre.

Voyage interminable à travers un paysage rude et désolé; les villes où nous nous arrêtions étaient austères, sales, nous couchions dans de grandes maisons glacées, souvent roulés dans nos couvertures sur de minces tapis. Le printemps qui déjà caressait les terrasses et les jardins de Bagdad n'était à l'est qu'une lointaine espérance. Un matin nous trouvâmes la neige tout autour de nous dans la vallée de la Diyala, et la vue des montagnes blanches sous le soleil nous fit nous arrêter pour contempler cette beauté. Nous marchions depuis dix jours, les oasis étaient nombreuses près du lit du fleuve, taches vertes des bouquets d'arbres sur le rouge de la terre ; les habitants, qui étaient pauvres, nous offraient leurs fruits et leur lait. Un soir, dans une maison de village, Djafar et moi nous chauffions auprès d'un braséro, côte à côte. Nous étions restés enveloppés dans nos manteaux, nous avions froid, nous nous taisions, je regardais mon maître tristement.

« Tu penses au calife, n'est-ce pas, tu te demandes pourquoi il t'a laissé partir ?

— Je ne me demande rien, Ahmed, le calife fait ce qu'il veut, il peut me priver de lui mais il ne peut m'enlever mes souvenirs.

— Mais pourras-tu vivre seulement de souvenirs, seigneur ? »

Alors, Djafar se mit à rire :

« Non, tu as raison, Ahmed, j'ai froid et je m'ennuie, fais demander à Amina de me rejoindre. »

Elle vint, vêtue d'un long manteau noir dont elle rabattit un pan sur son visage en me voyant. Elle avait maigri depuis notre expédition en Syrie et ses yeux étaient immenses.

« Assieds-toi, dit Djafar, et réchauffe-toi. Ahmed va te faire du thé. »

Je fis bouillir de l'eau ; il m'était insupportable de servir cette femme mais je ne le montrai pas. Je leur apportai les verres et, comme j'allais me retirer, Djafar me fit signe de rester.

« Elle est pour toi si tu la veux, Ahmed, je te la donne ce soir. N'as-tu pas envie de goûter enfin au corps d'une femme ? »

Amina était silencieuse, elle avait le regard baissé mais je voyais sa bouche serrée et ses mains crispées sur son verre de thé. Pourquoi Djafar jouait-il ainsi avec ceux qui l'aimaient, se vengeait-il de sa passion pour le calife ? Son beau visage était devenu trouble, il souriait et ce sourire était presque douloureux.

« Tu sais bien, maître, que je n'aime que toi ; et Amina également. Ce que tu nous demandes est impossible.

— Tu ne désires pas cette femme, n'est-ce pas ? Eh bien, va-t'en ! moi je la veux. »

Sa voix était sèche et dure, je savais qu'il était malheureux.

Depuis quinze jours nous marchions, nous avions dépassé Hamadhan et nous dirigions vers Qum, suivant toujours la vallée, las maintenant de ces montagnes enneigées, murs dressés entre nous et le soleil. Après le soir d'Amina, Djafar était resté sombre et violent ; son corps marchait vers l'est mais sa volonté, son cœur, tout ce qu'il y avait en lui de meilleur était resté à Bagdad. Il était fatigué de voyager, fatigué de sa souffrance et du regard des autres sur lui. Ensemble nous parlions à peine, je faisais ses repas, cherchais pour lui des couvertures, allumais les braseros, mettais le thé à chauffer. Le gouverneur du Khurasan vivait comme un pauvre et souffrait comme un adolescent. La nuit je le regardais dormir, ses traits ne se détendaient que dans le sommeil, il dormait peu, mangeait à peine, maigrissait, fier, son regard était devenu lointain, sa barbe poussait, le vieillissant, je n'osais le supplier de prendre soin de lui-même.

Nous marchions depuis dix-neuf jours lorsque nous arrivâmes à Qum, à peine la moitié du chemin que nous avions à faire. La ville était grande, commerçante, riche. Située à un carrefour routier, les caravanes s'y arrêtaient, s'y reposaient dans les vastes caravansérails aux portes de la cité, juste derrière les remparts. On y parlait le persan, le pouchtou, le kurde, l'ourdou, d'autres langues plus lointaines encore aux intonations chantantes ou rudes. Autour des feux les visages étaient burinés, lavés par les vents et les pluies des routes interminables menant vers le soleil couchant, la richesse, les villes tissées de soie et d'or.

La cité nous fit un accueil chaleureux. Djafar sembla se détendre lorsqu'il vit la maison que l'on avait mise à sa disposition ; le vent n'y soufflait pas, partout étaient disposés des tentures et des tapis, un repas était servi, des braseros brûlaient dans chaque pièce. Après l'austérité de la route, cette demeure, celle d'un riche commerçant, nous sembla princière. Djafar demanda un bain, je le massai et, pour la première fois depuis notre départ, il parut presque heureux.

« Nous resterons là quelques jours, me dit-il, j'ai besoin de repos. Il me semble parfois que quelqu'un d'autre habite en moi. »

Dehors il pleuvait, une pluie de fin d'hiver, fine et glacée ; il dîna près du feu tandis qu'un musicien jouait de la lyre. Le vin était vermeil dans les coupes, et dans les brûle-parfum se consumaient des essences de jasmin et de mandarine. Debout derrière mon maître je le servais ; à la fin du repas, il me fit asseoir à son côté.

« Ahmed, me demanda-t-il, quand reverrons-nous Bagdad ? »

Il n'attendait pas de réponse, je n'en fis pas.

Djafar se coucha de bonne heure, il me demanda Amina mais, se ravisant, désira rester seul.

110

« On raconte qu'il y a de belles femmes au Khurasan, dit-il en souriant, il me faut savoir attendre.

— Toutes les femmes iraniennes sont belles, maître.

— Oui, répondit Djafar, mais qu'en sais-tu ? »

Et, couché à plat ventre sur son lit, à moitié recouvert d'une couverture de laine blanche, il s'endormit. Je restai longtemps à le regarder puis me couchai sur un tapis à ses pieds et m'endormis à mon tour.

Il faisait nuit encore lorsque l'on frappa violemment à la porte. Je sautai sur mes pieds. Djafar s'était redressé ; j'allumai une lampe à la lueur des dernières braises du feu et allai ouvrir.

« Qui est-ce ? demandai-je derrière la porte.

— Message du calife pour Djafar ben Yahya. »

Djafar s'était levé.

« Ouvre », me dit-il.

J'ouvris. Un homme trempé, exténué, se tenait devant nous. Ses mains tremblaient, il avait une lettre qu'il me tendait.

« Es-tu Djafar ben Yahya ?

— C'est moi », dit mon maître et, s'avançant, il prit le message.

L'homme se retira ; à sa place quelques taches d'eau brune s'arrondissaient sur les pavés de terre cuite. Djafar brisa le sceau du calife fermant la lettre, il la déroula ; peu de mots y étaient écrits mais de la main même d'Harun.

« Rentre, Djafar, disait la lettre, ton absence m'est insupportable. Je t'attends. »

Alors Djafar poussa un cri, un cri sauvage, triomphant, fou ; ses yeux brillaient comme ceux d'un fauve mais son rire était celui d'un enfant.

« A Bagdad, à Bagdad, Ahmed, tout de suite !

— Maître, il nous faut attendre le jour, faire les bagages, voir nos hôtes...

— Non, Ahmed, nous partons à l'instant, toi et moi. Va seller nos chevaux, prends nos manteaux, cela suffit, il n'y a pas un instant à perdre. Va, va. »

Il passa un pantalon de laine, des bottes, une chemise courte, un turban, un manteau ; j'étais déjà parti.

Ahmed se redressa, la métamorphose était brusque, évidente. Ses yeux brillaient, sa figure soudain devenait animée, presque belle, et ses vêtements souillés, déchirés, l'enveloppaient comme un manteau de prince. Oui, durant l'espace de quelques instants Ahmed retrouva sa jeunesse et l'enthousiasme de ce moment déchu, que le temps avait dispersé en poussière de souvenirs aux quatre coins de sa mémoire. Le vieil homme, pour la première fois, regarda la foule qui l'entourait, eut un petit rire qui ressemblait au grincement d'une porte de demeure abandonnée que le vent fait battre, un soir de tempête.

Non, aucun d'entre vous, pauvres gens de Bagdad, ne peut imaginer ce que fut notre retour. Pourrai-je vous le conter moi-même ? Que Dieu me vienne en aide, mais il y a des moments qu'aucun mot ne peut jamais débusquer. Comment vous décrire nos chevaux galopant dans la vallée entre les montagnes aveuglantes de blancheur, l'écume moussant aux coins de leur bouche, leur croupe fumante, et Djafar, couché sur l'encolure, regardant au loin, là-bas, là-bas vers l'ouest. Nous nous arrêtions quelques instants pour faire souffler les bêtes, manger une poignée de dattes, quelques fruits secs, et nous repartions. La première nuit, nous dormîmes dans une tente de berger, couchés à même le sol dans nos manteaux, avec, pour tout dîner, quelques olives, une galette et un fromage de chèvre donnés par les pasteurs. Serrés les uns contre les autres, hommes et bêtes, je songeais à la fabuleuse richesse des Barmakides, à leurs palais, leurs bibliothèques, leurs jardins, et je regardais Djafar parmi les plus pauvres, indifférent, superbement heureux. Nous repartîmes à l'aube dans les saluts de tout le campement. Une jeune fille avait fait du thé, elle avait la figure découverte comme l'ont les femmes de la campagne, et ses yeux ne parvenaient pas à quitter le visage de mon maître. Pour quelques instants dans sa misérable vie, cette fille allait pour toujours avoir dans sa mémoire le reflet d'une beauté qu'elle n'avait pu imaginer. Djafar vit son regard et lui tendit une pièce d'or. Elle refusa ; son père, d'un geste précis, la recueillit et la cacha sous sa robe avec mille remerciements et bénédictions. Nous fîmes la prière à l'aube, seuls près d'un verger dépouillé où sommeillaient des chèvres.

Un peu avant Hamadhan, le superbe étalon de Djafar se mit à boiter, nous nous mîmes au pas.

« Je vais l'échanger en ville, me dit mon maître, nous ne pouvons attendre.

— Echanger ton étalon, laisser Rajja, maître ! y penses-tu vraiment ?

— Rien n'a plus d'importance pour moi, Ahmed, que d'arriver à Bagdad. Ma vie est comme une flèche tendue sur la corde de l'arc, j'ai besoin de vitesse et de vent, j'ai besoin de m'envoler vers un soleil qui m'éblouit à l'horizon mais vers lequel mon destin me conduit. Ahmed, le calife me demande et j'accours, Dieu m'est témoin que je ne vais pas assez vite. »

Dans la ville nous cherchâmes un cheval. On nous conduisit chez un aubergiste qui en avait, de pauvres bêtes maigres qui semblaient harassées. Jamais aucune de ces montures ne nous conduirait à Bagdad. Djafar s'assit à l'auberge et m'envoya régler l'affaire. Il me fallait faire vite ; je tenais Rajja par la bride et me rendis à la demeure d'un marchand qui, nous avait-on dit, avait de beaux chevaux. Le marchand était absent, les serviteurs ne pouvaient rien faire. On alla le chercher aux souks où il se trouvait. Le temps passait, l'angoisse me prenait à l'idée de la colère de mon maître. Rajja me regardait tristement, peut-être comprenait-il que nous allions l'abandonner. Un gros homme vulgaire surgit enfin en soufflant, nous nous saluâmes.

« Qui es-tu, me demanda-t-il ?

— Le serviteur de Djafar ben Yahya al-Barmaki, gouverneur du Khurasan ; il a besoin d'un cheval, le sien boite. »

Le gros homme me regarda et éclata de rire.

« Tu es le serviteur de Djafar al-Barmaki, le mignon du calife ? Où est donc cette beauté sur la terre, cet homme exceptionnel dont tous les marchands venant de Bagdad nous parlent sans cesse ? Tu veux dire, ami, qu'il est à Hamadhan, ici, dans notre ville ? Nos jeunes gens doivent donc se garder et nos jeunes filles se cacher ! »

Je me reculai.

« Pour un seul mot de ce que tu viens de prononcer mon maître te tuerait, marchand. Tu ne connais pas la puissance des Barmakides. Je ne peux que m'en aller. »

Et, tirant Rajja par la bride, je me détournai. Il m'arrêta.

« Je plaisantais, ami. Ce cheval est superbe. Ton maître veut l'échanger ? Qu'il vienne lui-même, je voudrais voir cet homme-là. Laisse ici l'étalon et va ! »

Je courus à l'auberge, Djafar m'attendait en frappant sa botte de sa cravache. Je lui expliquai la demande du marchand sans rien lui dire des mots qu'il avait prononcés. Djafar se leva et me suivit. Nous arrivâmes devant la demeure du commerçant ; il nous attendait dans le vestibule de sa maison. Le gros homme s'inclina et salua Djafar servilement. Mon maître rapidement répondit à son salut.

« Je suis pressé, marchand, montre-nous ton cheval.

— Veux-tu me faire l'honneur, seigneur, de prendre le thé dans ma demeure ? demanda l'homme dans de multiples courbettes.

— Je t'ai dit que j'étais pressé, ami, donne-moi ton cheval contre mon étalon, tu ne perdras pas au change.

— Qu'en sais-tu, seigneur, les richesses ne sont pas seulement à Bagdad. »

Djafar s'impatientait.

« Je n'ai pas de temps, marchand, fais amener ton cheval. »

Le gros homme le regardait maintenant.

« Tu es donc Djafar al-Barmaki ? »

Djafar inclina la tête.

« Je le suis.

— J'ai entendu parler de toi. Tu es célèbre par ta beauté et par l'amour que tu inspires. »

Djafar s'était raidi, il était pâle.

« De quoi veux-tu parler, marchand ?

— Tu le sais, seigneur, le commandeur des croyants. »

Djafar ne lui laissa pas terminer sa phrase : dégainant son poignard, d'un bond il fut sur lui. Je savais qu'il pouvait le tuer et le pris à pleins bras.

« Maître, laisse ce chien, sa mort ne peut que nous retarder davantage. »

Djafar sut que j'avais raison et recula d'un pas. Alors, prenant sa cravache dans sa botte, il cingla le marchand en plein visage, deux fois.

« Ne prononce plus le nom du calife, tu le souilles dans ta bouche immonde. »

Et comme le marchand tombé à terre se protégeait le visage sans qu'aucun de ses serviteurs n'ose intervenir, Djafar me dit :

« Va chercher le cheval à l'écurie, Ahmed. »

Je partis en courant, un homme me guida, je pris une bête qui me sembla belle, une jeune jument, et revins la tenant par la bride.

Djafar était sorti de la maison, il monta sur le cheval puis, apercevant Rajja attaché près de la porte, dans la rue, il descendit de sa monture, dégaina son poignard et, d'un seul geste, trancha la gorge de l'étalon. Quand l'animal fut à terre il posa sa main sur sa tête et le regarda avec amour.

« Tu es un trop noble animal pour appartenir à des hyènes, Rajja. Que la paix soit avec toi, adieu. »

Il sauta sur la jument, et fendant l'attroupement qui s'était formé autour de la maison, nous partîmes au galop. Un serviteur du gros homme vint fermer la porte de la demeure, et les enfants agglutinés autour

116

du cheval le regardaient mourir. Je pensais à Tarek et j'avais la gorge serrée.

Jusqu'au soir nous galopâmes ne mettant nos chevaux au pas que pour quelques instants. La température devenait plus douce et nous vîmes fleurir près de Kermanchah les premiers arbres fruitiers.

« Enfin, dit Djafar en mettant pied à terre pour la prière du soir, enfin la solitude et le silence, nous dormirons ici.

— Ne veux-tu pas aller à un village, seigneur, pour demander l'hospitalité de la nuit ?

— Non, Ahmed, je veux rester ici, les hommes aujourd'hui me sont insupportables. D'ailleurs nous ne resterons que quelques heures, nous partirons avant le jour. »

Je fis allonger les chevaux et nous nous étendîmes contre eux sur nos manteaux ; nous n'avions rien mangé, juste bu un peu de l'eau de nos gourdes.

La lune était pleine, à moitié cachée par de légers nuages comme un visage de femme voilée. J'attendis que Djafar s'endorme et m'endormis. Je rêvais que les fleurs des orangers et des cerisiers se tachaient de sang et que ce sang tombait sur nos visages, goutte à goutte, comme une caresse ou une égratignure ; ce n'étaient que des pétales qui s'effeuillaient sur nous dans la brise légère de la nuit.

Avant l'aube Djafar me secoua, il était prêt, s'était lavé le visage, les mains et avait fait la prière. Sa barbe, qu'il avait rasée à Qum, repoussait, il était maigre, fatigué, le calife en le voyant saurait combien il avait désiré le rejoindre, il devinerait à travers la saleté et la fatigue de mon maître le galop sans fin, l'espoir et la joie de l'attente. Nous nous arrêtâmes pour manger et prier dans une petite ville au bord de la rivière, ville de paysans et de pasteurs presque tous absents à cette heure de la journée. Les filles qui allaient chercher de l'eau nous regardaient en riant, les enfants tournaient autour des chevaux et les chiens aboyaient. Nous étions des voyageurs pauvres demandant une hospitalité qui nous fut accordée, on nous servit un ragoût de légumes avec des galettes, du thé chaud. Avant de manger Djafar demanda où était la mosquée, il désirait y faire sa prière de la mi-journée, un enfant nous y conduisit. Nous poussâmes une porte de bois et entrâmes dans une petite salle au sol de terre battue, aux murs d'argile crépis de blanc. Quelques pauvres tapis de corde étaient posés sur le sol, une lampe brûlait. Un vieil homme lisait un parchemin qu'il déroulait en psalmodiant, il ne leva pas même la tête pour nous regarder. Ronde des mouches dans la bande étroite de lumière franchissant une fenêtre haute pour venir s'étaler en une flaque fluide et changeante sur la terre noire du sol. Le silence était apaisant. Ensemble, Djafar et moi posâmes nos mains sur nos genoux et commençâmes la prière. Avant de sortir je le regardai, et ce que je vis dans les yeux de mon maître, cet éclat, cette douceur, cette sérénité, cette force, me firent un instant croire à son bonheur, sa certitude rejoignait la mienne, son plaisir était le mien, en avais-je jamais eu en propre ?

Nous mangeâmes, Djafar donna encore une pièce d'or, et nous repartîmes dans notre galop sans fin. Nous couchâmes la nuit dans le campement d'une caravane venue du Penjab qui rejoignait Bagdad ; les chameaux autour de nous ruminaient, les chameliers accroupis faisaient cuire dans la braise des galettes de sarrasin qu'ils trempaient dans du lait caillé. Djafar mangea avec eux. Nous nous couchâmes côte à côte sous un toit de peau de chèvre tenu par quatre piquets de bois ; la nuit était pleine d'odeurs, excréments des chameaux, tannin de cuir, et bois brûlé. La lune décroissait, le lendemain nous serions à Bagdad.

Au matin, après avoir bu le thé brûlant et sucré, nous allâmes saluer les chefs de la caravane ; eux aussi allaient à Bagdad mais nous, nous y serions ce soir. Ces gens ne soupçonneraient jamais que l'homme le plus puissant de la ville ronde, celui devant lequel tous s'inclinaient et tremblaient, avait mangé parmi eux sous les étoiles et dormi à leur côté ? Le reconnaî-traient-ils seulement ? L'homme n'est que forme vague transformée par les heures et les jours, tantôt superbe, tantôt misérable, tantôt immense et tantôt minuscule. Cela est la volonté de Dieu.

Maintenant nous reconnaissions le paysage : ici Djafar jeune garçon s'était arrêté pour une partie de chasse, ici nous nous étions promenés adolescents, ici il avait suivi son père à cheval lorsque Yahya était jeune encore. Une oasis nous rappelait nos lèvres humides d'une eau fraîche qui nous donnait soif d'une humidité plus douce encore, plus persistante. Sur ce mur de pierre nous nous étions assis main dans la main, émus déjà d'un contact qui était à l'aube d'émotions plus violentes, de caresses plus savantes ; dans ce village nous étions passés à cheval au grand galop, chassant les poules et les chèvres en riant, ici Djafar était tombé et j'avais embrassé son genou qui saignait. Ces souve-nirs un par un passaient dans ma mémoire, en appelant d'autres et d'autres encore, tout un passé dans lequel je m'enroulais sur moi-même; Djafar était alors avenir, je n'étais que souvenir depuis toujours.

La nuit allait tomber, nous n'avions mangé que quelques dattes et bu l'eau d'une fontaine. Nos outres étaient vides, il nous fallait arriver à Bagdad avant le crépuscule, avant la fermeture des lourdes portes qui ne s'ouvraient qu'à l'aube. Une nuit à attendre, espace de temps infranchissable que Djafar se refusait à affronter; plus vite, plus vite encore pour arriver au coucher du soleil. Nos chevaux étaient fourbus, nous étions nous-mêmes méconnaissables, sales, nos vêtements déchirés, nos traits tirés par le manque de sommeil, la fatigue de l'éternel galop, cavaliers fantômes projetés dans l'espace d'un éternel devenir, courant vers ce que les hommes appellent le bonheur, ville fortifiée aux trois remparts, toujours lointaine, toujours inaccessible.

La campagne autour de Bagdad était verdoyante, les vergers en fleurs. Les paysans rentraient chez eux à pied ou sur le dos de leurs ânes; les femmes, un pan de leur fichu sur la figure, se hâtaient de regagner leurs maisons; les vieillards parlaient en groupes, assis aux rayons du soleil couchant ou appuyés sur leurs bâtons, vies de passage dans le courant des jours.

Alors, du haut des minarets, puissants, impératifs, rauques, les appels à la prière du soir se succédèrent; Djafar qui jamais n'y avait manqué me regarda. Les portes allaient fermer dans quelques instants, juste après la prière, et Bagdad était devant nous. Nous forçâmes les chevaux, Dieu nous pardonnerait. Nous traversâmes le premier rempart, le deuxième, le troisième, la nuit tombait, déjà la première porte allait fermer, les gardes debout de chaque côté laissaient entrer les derniers ânes, les dernières charrettes poussées par des marchands, des gens à pied qui rentraient chez eux. Nous les bousculâmes et ils s'écartèrent, se doutant que seul un homme puissant pouvait ainsi se frayer un chemin à coups de cravache, sans regarder à droite ni à gauche. Un garde devant la dernière porte nous arrêta.

« Etes-vous des voyageurs ? »

Djafar l'écarta du bout de sa botte :

« Je suis Djafar al-Barmaki. »

L'autre s'inclina et nous entrâmes dans la ville ; la nuit était tombée, toute une foule se pressait dans les rues, derrière le haut mur d'enceinte entouré de tours où les gardes inlassablement circulaient, surveillant chaque quartier limitrophe, chaque rue. Derrière la porte du Khurasan, Bagdad, Bagdad et ses ruelles, ses souks, ses palais, ses maisons de pisé ocre et jaune, ses fontaines, ses jardins, ses patios secrets où fleurissaient au bord des vasques les roses et le jasmin. Djafar s'arrêta, respira l'air et passa ses deux mains sur son visage, il semblait épuisé. Puis, me souriant, il dit :

« Nous l'avons fait, Ahmed, nous avons rejoint Bagdad en quatre jours ! »

Nous arrivions devant le palais. A la porte principale les gardes du calife nous arrêtèrent, mais, reconnaissant mon maître, ils s'écartèrent. Nous traversâmes la vaste cour contournant la fontaine de marbre, et, mettant pied à terre, Djafar franchit le vestibule où il fut regardé avec stupeur, la salle des gardes. Un homme l'empêcha d'avancer, il le repoussa.

« Laisse-moi aller, le calife m'attend. »

Le garde, qui avait sorti son sabre, reconnut la voix

de mon maître, mit une main sur le cœur, recula, tous l'observaient en silence.

Nous étions dans le patio, devant la salle du Conseil ; à notre droite, les appartements du calife. Djafar courait maintenant, j'avais du mal à le suivre. Devant la porte de la chambre d'Harun, l'esclave noir se dressa, sabre à la main.

« C'est moi, Muhammad, dit doucement Djafar. Ton maître m'attend. »

Alors l'esclave s'effaça, silencieux, impassible, et ouvrit la porte. Djafar, maigre, sale, déguenillé, entra chez le calife. Je restai à la porte, je vis seulement Harun qui devisait avec un parent se lever brusquement, congédier son hôte d'un geste, pâle, immobile, les yeux fixés sur Djafar et puis, un sourire, le regard éclairé comme si une lumière soudain s'allumait devant lui, je vis Djafar s'avancer et le calife ouvrir les bras. Muhammad referma la porte doucement.

Septième soir d'Ahmed

En longues volutes le vent soulevait la poussière, un vent chaud du sud, sec et âpre qui faisait pleurer les yeux, desséchait les lèvres, rendait les esprits inquiets, les corps fébriles, les gestes impatients. Un sable fin, impalpable, s'infiltrait sous les portes, par les fenêtres, venait se déposer dans les jardins, faisant se pencher les roses et pâlir les tubéreuses bleues. Les fleurs des lauriers tombaient comme tombaient les fruits dans les vergers sous la poussée du vent, verts encore, et les enfants les rejetaient après y avoir mordu en riant. L'Arabie envoyait à Bagdad ses odeurs âpres, ses couleurs de matins pâles et de soirs dorés, sa passion et son sommeil, ses espérances fugaces et son éternel oubli. Aux portes de Bagdad l'infinie lenteur devenait animation passagère, la nuit les chiens hurlaient, et couraient d'une terrasse à l'autre, enveloppées dans leurs voiles, les jeunes femmes qui ne pouvaient dormir. Les yeux des garçons brillaient, leur corps tendu sous la robe légère leur faisait se donner la main et chercher le regard des femmes, fugitifs et rieurs derrière les moucharabiehs. Les vieillards songeaient, immobiles, silencieux, et leur vie fluide et mouvante comme le sable s'écoulait sous la poussée des jours, rongeant peu à peu la dune légère de leur vie.

Ahmed, assis sur la grand-place depuis de longues heures, avait fermé les yeux, rabattu sur sa bouche un pan de son turban; il demeurait, une main de chaque côté de son corps maigre, les jambes repliées sous lui, prononçant parfois des mots que l'étoffe grise étouffait.

On s'assemblait autour de lui et il ne bougeait pas, les enfants se poussaient du coude en riant, les femmes bavardaient entre elles sous le masque de cuir ou de toile qui leur cachait le visage, les hommes, patients, attendaient.

La nuit était noire, étouffante, un feu, non loin du groupe, caressait de sa lueur penchée par le vent le bas des abayas et des robes, les pieds nus ou chaussés qu'il rendait semblables à des scarabées d'or. Ahmed ne bougeait pas.

Les autres conteurs eux-mêmes avaient suspendu leurs charmes et leur pouvoir entre les lèvres du vieillard, tous ils étaient là et il semblait que la grand-place de Bagdad dansait sous le vent autour d'Ahmed qui se taisait.

« Parle-nous de Djafar, vieillard, dit un jeune homme, nous sommes suspendus à ta mémoire ! »

Alors, au nom de son maître, Ahmed ouvrit les yeux, sans bouger la tête il promena son regard autour de lui, rencontra le jeune homme qui avait parlé, le considéra un instant avec une sorte d'intérêt, puis baissa à nouveau ses yeux vers le sol.

Je vais vous dire ce que furent les jours de Djafar, peut-être vos esprits en gardent-ils une lumière diffuse car ils furent étincelants comme un soleil en plein zénith. Mon maître eut tout, le calife chaque jour le comblait d'un nouvel honneur comme s'il était une source et Djafar une rivière ; il fut nommé chef de la garde du calife, directeur de la Poste, des ateliers de la monnaie et des tissus, son nom et son effigie gravés sur les pièces d'or circulèrent jusqu'aux confins du monde civilisé avec celles à l'image du calife, unis pour toujours dans les souks, les campagnes, les caravanes et les navires, aux quatre coins de l'empire abbasside. Sa puissance était sans limites, ses pouvoirs inimaginables.

Un matin de printemps, Aziza accoucha d'un fils, Abd Allah al-Mamun, et Harun vint le prendre dans ses bras pour le déposer dans ceux de Djafar son tuteur, selon la promesse qu'il lui avait faite. Peu après, l'enfant allait être reconnu second héritier de son père, après le prince Muhammad al-Amin, le fils aîné de Zubayda.

Aziza venait parfois rejoindre le calife et Djafar lorsqu'ils étaient ensemble, se promenant dans les jardins, écoutant de la musique ou lisant des vers. Parfois même elle venait au Conseil, cachée derrière un rideau, essayant de comprendre comment les deux maîtres de Bagdad gouvernaient leur empire. Sa beauté s'était encore accrue après sa maternité, elle était sereine et Harun l'aimait. A leur première rencontre elle se voila devant Djafar mais le calife s'était mis à rire.

« Tu es de sa famille, Aziza, ne l'as-tu pas connu tout enfant ? Tu peux laisser voir ton visage. »

Et désormais elle se montrait à découvert. Djafar se souvenait-il de son corps délicieux dans la lueur de la lampe à huile, tout en haut de la maison de son père ?

Il n'en parla jamais, et Aziza jamais ne sembla troublée devant lui. Elle savait les relations de Djafar avec Harun et, à l'inverse de Zubayda qui le haïssait, elle le chérissait comme un frère. A aucun moment elle n'oublia qu'elle lui devait son bonheur.

Très vite elle fut enceinte à nouveau et, malade de cette nouvelle grossesse, dut rester dans les appartements des femmes. Ce retrait, événement minuscule, devait être capital dans le destin de mon maître. La série des jours menant un par un Djafar à sa nuit de janvier prit sa source à ce moment même, et nul ne pouvait faire que ce courant remontât son cours, Dieu sait où nous allons.

La compagnie d'une femme vive, intelligente et douce, manqua au calife et manqua à mon maître. Harun se souvint d'une petite sœur, Abassa, princesse arabe, une enfant drôle, cultivée, jolie ; elle n'avait que treize ans mais son aurore promettait des heures exceptionnelles. Elle fut invitée, charma, demeura. Harun la regardait avec tendresse, Djafar avec respect et amusement. Il avait trente ans. L'enfant savait tout, comprenait tout, parlait aux savants avec candeur et habileté. Elle écrivait des vers, des poèmes d'amour qu'elle lisait le soir dans le patio du calife au bord de la fontaine de mosaïque bleue, et j'étais le seul à voir que, fugitivement, hâtivement, son regard caressait mon maître. Il la traitait en enfant, elle n'était pas encore voilée.

Nous partîmes pour Raqqa ; Yahya et Fadl demeuraient à Bagdad ainsi que les princes de la maison du calife et les deux héritiers, Al-Amin, Al-Mamun. Fadl était peu souvent admis auprès de son pupille, Zubayda le supportait sans l'aimer, elle accordait faveurs et amitiés au fils de l'ancien chambellan d'Al-

Mansur, au Syrien Fadl al-Rabi auquel le calife donnait désormais trop de témoignages d'amitié pour qu'ils aient une quelconque importance. Al-Rabi régnait sur une femme puissante, sur un petit garçon qui allait le devenir et il savait qu'il était dans le bon chemin. Il arrivait par hasard que Djafar et lui se croisent au palais, alors ils se saluaient mais jamais leurs regards ne se rencontraient. Djafar avait la faiblesse de croire cet homme sans pouvoir contre lui, Al-Rabi avait la force de sa patience et de sa certitude.

Raqqa, au bord de l'Euphrate, Raqqa entourée de son enceinte en fer à cheval ouverte sur le fleuve au nord de la Syrie, la campagne sèche, aride dès que l'on s'éloignait de la vallée, la proximité du territoire byzantin, le pays ennemi qu'Harun voulait faire plier, une atmosphère calme et tendue tout à la fois. Nous y étions bien, le protocole de la cour était plus simple, nos amis seuls nous entouraient, des jeunes gens poètes et lettrés, des familiers, des parents. Parmi ceux que le calife et mon maître aimaient, seule Abassa était demeurée à Bagdad avec sa mère. Peu de femmes d'ailleurs avaient fait le voyage de Syrie, quelques concubines d'Harun dont il ne s'occupait guère et une petite Soudanaise espiègle qui amusait Djafar.

Dans l'aridité de l'environnement, les jardins du palais semblaient féeriques, les fleurs les plus rares suivaient les allées de marbre, les ifs entouraient des bassins où nageaient des poissons noirs et dorés ; dans d'énormes volières de fer forgé se côtoyaient les oiseaux les plus fragiles, les plus colorés, ceux qui ressemblent à des insectes ou à des pierres précieuses. Nous vivions dans ce palais, coupés de tout, ne sortant que pour la chasse au faucon où l'oiseau du calife était

127

constamment le meilleur. Djafar ne dressait plus ses rapaces lui-même.

Nous attendions quelque chose mais personne, mis à part le calife et mon maître, ne savait quoi.

Puis vinrent les soirs de splendeurs où nous comprîmes pour quelle raison nous étions à Raqqa. D'abord arrivèrent les ambassadeurs byzantins accompagnés de serviteurs parés comme des princes. Harun ne les reçut pas en personne. Ce fut mon maître qui donna pour eux un dîner où ses amis et lui-même, vêtus de simples abayas noires, la tête couverte d'une kufiyya blanche ceinturée de noir, reçurent les Byzantins habillés d'or, de soie et de velours. Dans leur comportement sans prétention Djafar et les siens étaient d'une noblesse incomparable ; leur dignité, leur hauteur, donnèrent à leurs hôtes un éclat de parvenus. Les fêtes durèrent trois jours durant lesquels Djafar fut impassible, distant, impénétrable, parfaitement bienveillant envers tous et totalement indifférent. Puis commencèrent les négociations, l'impératrice Irène désirait la paix, elle était prête à payer tribut au calife et envoyait pour parlementer son surintendant des finances Nicéphore le Logothèque, le futur basileus qu'Harun ne verrait que pour la signature du traité, déléguant à mon maître tout pouvoir pour le représenter.

Les deux hommes se rencontrèrent seuls. Toute une journée ils s'enfermèrent dans la salle du Conseil avec des scribes et des interprètes, quoique Nicéphore parlât assez bien l'arabe. Debout contre la porte, je voyais Djafar de profil, assis devant une fenêtre basse donnant sur les jardins ; sa kufiyya tombait de chaque côté de son visage, il était immobile, le jour arrivait en biais modelant sa silhouette, ses cils, son nez droit, sa bouche, son menton. Il avait les jambes repliées sous lui, les mains posées sur ses genoux, attentif, secret. En face de lui, dans la même lumière diffuse, vêtu d'une robe lamée de fils d'or ceinturée, la tête nue, je considérais Nicéphore, la masse de ses cheveux bouclés, son nez court, sa bouche charnue, son cou puissant, et longtemps après, lorsque la tête de Djafar eut été clouée sur un pont de Bagdad et que huit ans plus tard le crâne du basileus tué par le khan Krum servit de coupe à boire, je songeai aux destins semblables de ces deux hommes, face à face dans cette salle lambrissée de cèdre aux confins des frontières syriennes en ce matin de printemps. Beaux, ils l'étaient l'un et l'autre et puissants et sûrs d'eux-mêmes. Le vent qui passe, le sentez-vous ? Il est chargé d'effluves de jasmin, il est doux, il vous caresse la peau, vous fait fermer les yeux, songer à l'amour, à la jeunesse, effleure les feuilles des arbres, puis, il devient fort, violent, âpre, il dessèche les lèvres, fait pleurer les yeux, ferme les portes, ploie les branches que d'un coup sec il brise. Après cela il s'en va, le voyez-vous au loin ? Tout s'apaise, il n'aura été pour vous qu'un amant de passage.

J'ai oublié Raqqa, je n'y entrevois plus que deux crânes ne pouvant se regarder ni se parler, et mes propres larmes coulant sur leurs os blanchis semblent s'échapper de leurs orbites vides pour tomber sur les coussins de soie rouge de la salle du Conseil et s'y étaler comme des taches de sang.

Nicéphore et Djafar conclurent un accord, le calife le ratifia ; tous les ans l'impératrice payerait tribut et Harun ne franchirait plus ses frontières. Hypocrisie mutuelle, faux-semblants d'amitié ; durant la fête du départ, Grecs et Arabes burent ensemble, mangèrent ensemble, possédèrent les mêmes femmes et puis se séparèrent pour ne jamais se revoir.

Nous passâmes l'été à Raqqa et, avec l'automne, Harun voulant accomplir le pèlerinage de La Mekke, nous fûmes de retour à Bagdad.

Au palais des Barmakides, Fadl attendait son frère ; cet homme incorruptible, tolérant, philosophe, allait se perdre et son départ ébranler l'édifice puissant de sa famille. Personne n'avait rien prévu, qui l'aurait pu ? Les remparts de Bagdad eux-mêmes n'ont-ils pas cédé sous le vent du désert ? Je les ai connus hauts, intacts, impénétrables et je vois maintenant les brèches s'agrandir et les corbeaux, l'hiver, venir y nicher.

Fadl et Djafar parlèrent longuement ; le soir mon maître m'apprit la volonté de son frère d'intervenir en faveur de Yahya ben Abd Allah pour lui permettre de quitter Médine. Il voulait également intercéder en faveur des Alides en Perse, leur laisser espoir et liberté. Djafar était songeur, il connaissait l'hostilité d'Harun pour les Alides mais lui-même, au profond de sa conscience, était du côté de son frère.

Au long des jours, à force d'écouter, de voir et de me taire, j'avais appris à connaître Harun, sa sensibilité, son intelligence mais aussi son orgueil, sa susceptibilité, son intransigeance religieuse, sa violence.

« Maître, dis-je seulement, maître, le calife t'aime, tu es fort mais ne lasse pas son amour car s'il te l'ôte, que Dieu t'en préserve, aucune cause ne te retiendra plus. Harun doit être le seul dans ta vie, Yahya ben Abd Allah ne compte pas. »

Djafar avait ri.

« Ahmed, que fais-tu des valeurs morales, des

aspirations de l'esprit? Nous nous devons, nous les Barmakides, de soutenir ceux qui sont avec nous. Et puis, qu'importe! Je me tiendrai à l'écart de cette requête, Fadl est le frère de lait d'Harun, le calife ne peut l'ignorer, je serai absent de Bagdad le jour où mon frère le verra. Es-tu satisfait Ahmed? »

Je regardai Djafar.

« Le calife, lui, sera satisfait, maître, et tu te réjouiras de le revoir bientôt. »

Nous partîmes le jour même pour une partie de chasse qui devait durer trois jours. Djafar s'amusa, galopa face au vent, il n'avait pas d'inquiétude. Au retour, Yahya nous attendait, droit, bouleversé, dans la propre chambre de mon maître. Djafar s'immobilisa, il était en tenue de chasse et avait encore un sourire aux lèvres.

« Le calife est entré dans une grande colère en écoutant ton frère, Djafar. Désormais il refuse de le revoir. Fadl a perdu toutes ses charges à la cour, excepté la tutelle du prince Al-Amin, que Dieu le garde. Il faut que tu ailles voir Harun, mon fils, que tu le fléchisses, ma propre intervention n'a servi à rien. »

Djafar, à quelques pas du vieux Yahya, avait pâli.

« Père, que me dis-tu? »

— Harun ne veut plus voir Fadl, plus jamais, tu dois le faire changer d'avis. »

Alors Djafar comprit et sa résolution fut prise en un instant.

« Père, je ne peux rien tenter pour Fadl sans me perdre moi-même. Laissons l'oubli appeler le pardon et que le nom de mon frère ne soit jamais prononcé ni par tes lèvres ni par les miennes devant le calife. Décide-le à partir, à s'éloigner quelque temps, je ne lui parlerai pas mais mon cœur sera avec lui, dis-le-lui. Moi je reste auprès d'Harun car rien ne peut m'écarter du calife, rien ni personne. »

Yahya considéra son fils longuement et inclina la tête. Puis, sans prononcer un mot de plus, il sortit. Il paraissait soudain très vieux.

Harun et Djafar ne parlèrent pas un instant de Fadl. Mon maître fut charmant, gai, séduisant, ils rirent, burent, jouèrent aux dés tard dans la nuit; puis il suivit le calife dans sa chambre et la porte se referma sur eux.

Le lendemain, alors que Djafar et Harun mangeaient ensemble, mon maître demanda :

« La princesse Abassa ne doit-elle pas bientôt revenir de La Mekke ? »

Jamais il ne m'avait parlé de la sœur d'Harun mais je sais qu'il y songeait parfois. Le calife sourit et son sourire était ambigu.

« Elle sera là bientôt, mais sais-tu qu'elle est femme maintenant ? Tu ne pourras plus la voir comme auparavant, elle devra se voiler devant toi. »

Djafar resta pensif. Abassa, dissimulée derrière un masque ou un voile ? N'allait-il donc plus jamais revoir son visage ? Ses yeux noirs fendus, son nez fin, sa bouche fruitée, ses petites dents, son cou de flamant rose ? Lui-même fut étonné de sa déception, quelle importance pouvait donc avoir pour lui cette petite princesse de quatorze ans, orgueilleuse de son sang arabe, amusante mais si fière d'elle-même ? Il l'écouterait rire et chanter, jouer de la lyre, réciter des poèmes, et c'était bien ainsi; le masque de cuir ou le voile étaient peu de chose...

Aziza accoucha d'un deuxième fils, Al-Mutasim, le

futur calife. Il y eut de grandes fêtes au palais, et le dernier jour, une illumination de tous les jardins et une joute poétique. Derrière chaque bosquet, chaque colonne, chaque fontaine, dans la roseraie et parmi les orangers, musiciens, jongleurs, magiciens, poètes, dans de simples vêtements blancs, recréaient le monde, le déroulaient en un serpent de feu, de miel, d'or et d'espace pour l'enrouler autour du poignet du calife. Harun, dans les feux de bengale, paraissait un génie, et Djafar, à ses côtés, une de ces statues antiques d'une beauté inaltérable, unique, existant en soi et pour soi jusqu'à la fin des temps. Au bout de la grande allée de marbre menant à la vasque de céramique bleu et vert, entre deux rangées de musiciens, Harun conduisait Djafar. Je ne savais pas où, vers une forme fragile assise au bord du bassin, enveloppée d'un manteau noir transparent semé de pièces d'argent : Abassa. Elle était masquée, masque léger de tulle laissant deviner son visage. Elle riait.

« Me reconnais-tu, Djafar ?

— Princesse Abassa, je n'ai pu t'oublier, tu as occupé mes pensées et mon cœur sans cesse depuis ton départ. »

Il avait un ton léger et enjoué mais je savais qu'il disait presque vrai.

Harun les regardait l'un et l'autre, il avait toujours ce sourire équivoque qui me faisait peur. Puis, il posa sa main sur le bras de Djafar et, sans quitter sa sœur des yeux :

« Et toi, petite sœur, avais-tu oublié la beauté de mon ami ? »

Abassa baissa son regard puis, relevant vite la tête, elle eut un petit rire.

« La beauté de Djafar ne s'oublie pas, n'est-ce pas, mon frère ? »

Alors le calife glissa sa main dans celle de mon maître, la caressa quelques instants, il voulait qu'Abassa le voie, puis il la lâcha.

« Venez-vous vous promener ? »

Une danseuse au milieu d'un groupe de musiciens agitant des tambourins semblait s'étirer vers le ciel, ses pieds volaient, ses bras battaient l'air tiède, ses hanches et son ventre se frottaient à la nuit. Les musiciens s'agitaient en cadence. Un peu plus loin, dans la lumière bleutée d'un feu de bengale, un vieux chanteur célébrait d'une voix monocorde le galop épique des cavaliers de l'Islam jusqu'aux confins du monde, et le nom de Dieu qui revenait sans cesse faisait s'incliner les deux jeunes gens qui l'accompagnaient.

« Venez boire, dit Harun, j'ai soif. »

Sous un bouquet de lauriers-roses ils s'assirent tous trois, des coussins étaient là comme un peu partout dans les jardins. La nuit de mai était nouée d'étoiles, l'air sentait le musc, le santal, le vin, le désert, partout la musique martelait le temps de ses tambourins et de ses flûtes, lui faisant perdre la notion des heures qui passaient, comme si le monde s'immobilisait au-dessus de Bagdad, fasciné par la fête et la lueur dansante des milliers de lampes. Les feux de bengale eux-mêmes, faisant paraître rouge l'eau des vasques et bleues les fleurs des arbres, donnaient à la nature une figure étrange, poétique, maléfique. J'avais peur en me penchant sur l'eau de voir du sang sur nos visages.

« Du vin, Ahmed », me dit Djafar.

Je partis chercher une carafe d'argent remplie de vin

de Chypre et des gobelets. Je les servis. Abassa souleva légèrement son masque et but, Djafar la regardait.

« Petite sœur, murmura le calife en prenant la main de la princesse, tu sais que désormais, sous aucun prétexte, tu ne dois te dévoiler devant mon ami. Ce serait offenser Dieu gravement et m'offenser moi-même irrémédiablement. »

Abassa inclina la tête et ne répondit pas. Le calife tenait toujours sa main.

« Aimes-tu mon ami, Abassa ?

— J'aime qui tu aimes, seigneur, et je te sais très attaché à Djafar.

— Tu as raison et je vais lui prouver aujourd'hui même, où nous célébrons la naissance de mon fils qui est un peu le sien, l'amour que je lui porte et qui ne faillira jamais. Regardez — et il montra sa main gauche —, regardez le sceau du calife, signe de son pouvoir temporel absolu. Celui qui le porte est le maître de notre monde, il est craint de la terre entière et nul ne peut se prétendre plus grand que lui. Ce sceau, je te le donne, Djafar, car tu es digne de le porter étant la partie la plus chère de mon cœur. »

Harun prit la main de mon maître et lui passa son sceau au doigt. Abassa les regardait stupéfaite, puis elle considéra Djafar longuement, un instant sérieuse, et comprit le pouvoir qu'avait cet homme, son influence, la fascination qu'il exerçait autour de lui, et je devinai qu'à cet instant elle les subissait, qu'elle le voyait le plus beau, le plus grand, le plus puissant de tous les hommes et que dans son cœur et son corps d'enfant elle le désirait comme on désire un être mythique, impossible, intouchable puisque, pour le posséder, il fallait le prendre au calife. Elle renversa un peu de vin de son verre et se leva.

« Mon frère, il me faut partir, je ne peux m'attarder dans les jardins avec toi, ma mère et mes tantes m'attendent au palais. Nous nous reverrons bientôt. »

Elle rabattit un voile de tulle sur son visage, le dissimulant tout à fait, mais je voyais ses yeux sur mon maître et ceux de mon maître sur elle. Harun les considérait l'un et l'autre, et dans le bassin, sous le feu de bengale, leurs visages à tous les trois étaient teintés de vermillon.

Abassa s'éloigna, mon maître voulut retirer le sceau de son doigt.

« Laisse, dit le calife, je ne jouais pas. Je te donne mon pouvoir sur cette terre, maintenant tu es mon égal, nous ne sommes qu'un. »

Djafar mit un genou à terre, prit la main du calife qu'il embrassa. Harun inexplicablement semblait presque malheureux, comme s'il pressentait une chose terrible ou peut-être même comme s'il la désirait. Il dit doucement :

« Je t'ai donné, Djafar, tout ce que tu désirais, désormais tu ne peux plus rien me demander. » Et il répéta d'une voix ferme : « Plus rien. »

Je devinais qu'il voulait parler d'Abassa.

Ils revinrent au palais en se tenant la main.

Plus tard Djafar convainquit le calife de donner son sceau à Yahya, son père spirituel. Puisqu'il voulait accorder cet honneur insigne à leur famille, le chef des leurs en était le seul digne et saurait en user pour le bien de tous. Il ne cherchait quant à lui que son amitié, rien d'autre, et il savait qu'il la possédait.

Les Barmakides n'en eurent pas davantage de

pouvoirs, ils gouvernaient l'empire, mais ils en eurent encore davantage de prestige, il semblait qu'aucun vent, jamais, ne pourrait les faire ployer.

A la fin de l'été, Harun désira retourner à Raqqa et y installer sa capitale. Jamais il n'avait manqué un pèlerinage ni une guerre sainte, accomplissant l'un et l'autre chaque année. Là-haut, en Syrie, il était plus proche des champs de combat, là où Dieu voulait qu'il soit. La piété du calife était grande, il se voyait parfois comme le bras de Dieu sur la terre, et accomplir scrupuleusement ses devoirs de musulman lui faisait espérer le pardon de ses faiblesses d'homme. Yahya gouvernait à Bagdad, l'empire était en de bonnes mains, des mains si puissantes que leur étreinte parfois oppressait le calife. A Raqqa il se sentait plus libre, plus grand. Djafar le suivit ainsi qu'Aziza et Abassa, les princes héritiers, tous ceux qu'il aimait. La reine Zubayda vint elle aussi et avec elle Fadl al-Rabi. Vivant chaque jour presque côte à côte, Harun et le Syrien reprirent l'habitude l'un de l'autre. Sans jamais le mettre en présence de Djafar, le calife le convoquait souvent, il avait besoin de lui pour se sentir puissant.

L'automne fut étouffant dans le désert syrien. Harun et mon maître passaient les soirées sur la terrasse du palais à écouter de la musique ou à jouer aux dés. Abassa souvent les rejoignait, elle restait voilée et savait ne plus exprimer en quoi que ce soit son attirance pour mon maître. Ce furent des jours heureux, paisibles, le regard du calife avait perdu son étrange lueur en présence de sa sœur et de son ami. Ils riaient, il semblait que leur entente serait sans fin. Mon maître eut trente-deux ans, Abassa quinze, c'était l'année 185 [1]. Je m'en souviens comme d'une porte, une porte tout au fond d'un jardin de délices, menant Dieu seul sait où et que personne ne voudrait ouvrir. Soudain se lève la brise, d'abord une douce risée, puis un vent de plus en plus violent, la porte commence à grincer, à s'ébranler, les gonds tournent tout seuls, elle s'ouvre lentement sans que la main de l'homme l'ait poussée. Alors, comme attiré par une force magique, le jardin d'Eden se désagrège, se précipite par la porte ouverte, est happé par le néant, le désert noir et glacé qui l'engloutit. Entre les murs de pisé le regard ne trouve plus que désolation et vide, une terre aride, ravagée, comme si des torrents de larmes l'avaient labourée... Le silence, soudain brisé par le croassement d'un corbeau ; il tient dans son bec quelque chose, un lambeau de chair. Où l'a-t-il prélevé ? Nul ne le sait, peut-être sur un pont de Bagdad... A la place de la porte arrachée, un visage de femme, presque d'une enfant, regard paisible, absent, tourné pour toujours vers l'intérieur de lui-même, vers un jardin d'Eden anéanti...

Djafar chassait souvent, longuement, parti à l'aube, rentré à la nuit, on aurait dit qu'il voulait épuiser un corps qui refusait de lui obéir, le briser, le dompter. Un matin, alors qu'il s'apprêtait à partir avec moi et quelques fauconniers, un serviteur du calife vint le prévenir qu'Harun et Abassa désiraient nous accompagner. Djafar eut un mouvement de joie et lorsque le calife le rejoignit il lui baisa la main.

« Seigneur tu ne pouvais m'apporter plus de plaisir

1. 801 de l'ère chrétienne.

et de fierté qu'en me donnant ta compagnie. Dieu m'est témoin que je m'en réjouis. »

Le calife le regarda en souriant, il avait posé sa main sur celle de mon maître incliné devant lui.

« Ne te réjouis-tu pas également de la présence de ma sœur ?

— Moins que de la tienne, seigneur, mais la princesse Abassa me fait honneur en suivant ma chasse. »

Elle était derrière le calife, frêle et minuscule dans son vêtement de cheval, ses culottes amples, ses bottes brodées, sa tunique serrée à la taille, et son voile court enserrant sa tête, cachant le bas du visage, ne laissant voir que ses yeux de gazelle heureuse.

« Allons, dit le calife, la journée va être chaude, il faut partir de bonne heure. »

La terre sèche volait sous les sabots de nos chevaux. Abassa était une très bonne cavalière, sa petite jument blanche filait comme le vent, et sa crinière, les coins du voile de la princesse, ressemblaient à des vaguelettes venant battre doucement le bleu du ciel. Harun et Djafar côte à côte la suivaient. Harun regardait sa sœur, mon maître l'encolure de son cheval, une gêne était entre eux et cette gêne galopait devant nous en riant. Nous nous arrêtâmes dans une oasis pour boire, la princesse s'écarta de nous pour abaisser son voile, elle avait chaud, des gouttes de transpiration coulaient le long de son front, sur ses tempes, et tachaient le voile comme des larmes. Puis nous remontâmes à cheval et ils marchèrent au pas tous les trois devant nous.

La chasse fut fructueuse, le faucon de la princesse tua une jeune gazelle, une outarde, une oie sauvage qui s'était perdue, elle-même excitait l'oiseau de la voix, et de sa gorge partaient des sons joyeux et agressifs comme le font les femmes au départ des hommes pour la guerre. Harun était las, il arrêta son cheval sous un bouquet de dattiers près d'un puits et désira se reposer. Djafar et Abassa partirent pour un dernier envol de leurs oiseaux, le calife les regarda s'éloigner, les suivit du regard aussi longtemps qu'il le put, enfin il prit de l'eau dans le creux de ses mains et la passa sur son visage.

Nous étions quatre, Djafar, Abassa, le fauconnier de la princesse et moi, quatre dans un vallon poussiéreux, derrière une colline que nos chevaux avaient franchie au pas, en soufflant. Mon maître et la princesse marchaient devant, nous nous taisions tous, il faisait chaud, l'endroit était majestueux et sauvage, nous étions oppressés et libres tout à la fois.

Aux aguets nous attendions un nouveau gibier, les chevaux grattaient le sol de leurs sabots et respiraient bruyamment, la chaleur semblait danser au ras du sol comme une fumée translucide, noyant les pierres, les herbes, les épineux dans sa fluidité aérienne. Les faucons s'agitaient sur leur perchoir. Soudain, dans le silence, retentit net, clair, le cri du fauconnier de la princesse :

« Là, là, un jeune renard ! »

Une petite forme rousse, à peine distincte de l'ocre du sol, surgissait de derrière un buisson de chiendent, filant à découvert droit devant elle.

En même temps Djafar et le fauconnier décapuchonnèrent leurs oiseaux, les rapaces clignèrent des yeux, battirent des ailes, les mousquetons cliquetèrent, le faucon de mon maître s'envola le premier, suivi immédiatement par celui d'Abassa.

« Va, va », cria la jeune fille.

Les oiseaux s'élevèrent dans le ciel, lents, majestueux, les ailes déployées, planant dans la brise, montant et descendant au gré des courants du vent, beaux tous les deux, impassibles et cruels. Le renard, sentant le danger, s'immobilisa les oreilles dressées, puis il repartit mais trop tard, les faucons l'avaient vu. Ensemble, exactement ensemble, ils tombèrent sur la bête, étonné chacun de la présence de l'autre. L'animal se débattait, déchiré par les becs qui cherchaient à blesser, à arracher les chairs. Puis les faucons s'observèrent, chacun chercha alors à demeurer seul sur sa proie, écartant l'autre à coups de bec et de pattes : le combat ne cesserait qu'avec la mort de l'un d'eux. Le renard, profitant du répit, se dégagea ; mais les oiseaux retombèrent sur lui, un instant solidaires avant de recommencer leur combat. La princesse serrait ses mains l'une contre l'autre.

« Va, dit-elle au fauconnier, sépare-les, ils vont se tuer. »

L'homme partit au galop.

Nous étions tous les trois, moi derrière, Djafar et Abassa côte à côte devant moi. Ce fut elle qui approcha sa jument du cheval de mon maître, elle qui fit que le flanc des deux bêtes se touchèrent et que sa jambe vint s'appuyer sur celle de Djafar.

Il tourna la tête lentement et la regarda. Debout près des oiseaux, le fauconnier les arrachait à leur proie qui, le ventre ouvert, se vidait de son sang.

Abassa, elle aussi, tourna les yeux vers Djafar. Leurs regards s'unirent... longtemps ? Peut-être pas, mais je crois que le soleil s'était arrêté dans le ciel pour les regarder. Leur destin les attendait là, dans ce vallon

141

perdu aux confins des frontières syriennes. Dieu m'est témoin que mon maître ne fit pas un geste, ce fut la princesse qui, ses yeux dans ceux de Djafar, baissa d'une main le voile qui était enroulé autour de son visage, geste simple, d'une immense audace, appel irrésistible qui fit trembler Djafar de désir. Elle sourit et il sourit aussi, sa petite main rejoignit la main de mon maître et s'y attacha.

« Djafar », murmura-t-elle.

Et ce fut tout mais mon maître savait que la princesse s'offrait à lui. Quand la prendrait-il? Ni l'un ni l'autre ne le savaient mais tous deux le voulaient plus que leurs rêves, plus que leur avenir, plus que leur vie.

Le fauconnier revenait, le renard en travers de son cheval, les deux oiseaux au poing. D'un geste vif, Abassa se couvrit le visage puis, poussant sa jument, elle s'éloigna de Djafar.

Mon maître était pâle, il ferma les yeux.

« Allons rejoindre le calife », dit-il.

Ils firent demi-tour. La princesse et Djafar évitaient de se regarder, et si par hasard leurs yeux se rencontraient, ils se troublaient aussitôt comme si un soleil les aveuglait. Harun, à cheval, venait à notre rencontre.

Huitième soir d'Ahmed

Le vent n'avait cessé de croître durant la journée, longues rafales brûlantes et sèches qui faisaient s'enfermer chez eux les habitants de Bagdad, claquant portes et fenêtres, se rassemblant dans les cours intérieures ou dans la pénombre des maisons. Les terrasses étaient vides, désertes les rues et les places. En fin d'après-midi, quelques magasins ouvrirent dans la fraîcheur des souks mais rares étaient les clients, et les mendiants à l'abri devant la porte des mosquées sommeillaient en attendant la nuit. Vint le soir, la grand-place était vide, il faisait chaud. Qui donc viendrait sous ce vent torride animer la nuit ? Quelles formes étranges pourraient prendre les rêves dans l'étuve des ténèbres, dans la moiteur de l'air, dans celle des corps qui brûlaient d'un désir toujours renouvelé, toujours errant ? Les ombres de Djafar et d'Abassa étaient-elles là, enlacées l'une à l'autre dans ce Bagdad qu'ils avaient tant aimé ? Qui se souvenait d'eux hormis ce vieillard qui, solitaire, ouvrait ses bras au vent comme pour mieux étreindre son passé ? Il allait parler seul ce soir, ou presque, et c'était bien ainsi car les moments d'amour qu'il était prêt à faire revivre allaient aussitôt disparaître avec le vent là où ils devaient échouer, peut-être nulle part, peut-être dans la mémoire du monde.

Mon maître éprouva de l'amour pour Abassa comme il n'en avait éprouvé encore pour aucune femme, parce qu'elle était très jeune, très belle, très savante, parce qu'elle était une princesse arabe d'une lignée exceptionnelle, la sœur du calife, et parce qu'il n'avait pas le droit d'y toucher, pas même celui de voir son visage. Son imagination, son goût de l'impossible, sa sensualité, tout était réuni pour donner à sa vie la direction d'Abassa. Il ne songea plus qu'à elle, et dans ses étreintes avec Harun ou avec d'autres femmes, c'est elle qu'il s'imaginait posséder.

Abassa, de son côté, l'évitait, était triste et silencieuse devant lui ; Harun les considérait et son sourire équivoque était revenu. Jamais il ne les laissait seuls et lorsqu'il sortait il exigeait que sa sœur sorte avec lui.

Etrange distraction d'un homme qui s'ennuyait, étranges soirées où tous les trois riaient avec des regards tristes. Le calife aimait caresser Djafar devant la princesse et caresser sa sœur devant Djafar, il jouissait de leur trouble et de leur impuissance. Mon maître eut alors pour Harun un regain de passion comme s'il s'acharnait sur lui pour le détruire, l'anéantir, se libérer. Un soir où j'étais derrière le rideau de la chambre du calife, prêt à sortir, je vis mon maître caresser la nuque d'Harun, ses cheveux ; ses longs doigts couraient dans les boucles brunes, sur les joues près de la courte barbe, sur les épaules. Alors le calife se retourna et le regarda en souriant.

« Aimerais-tu posséder ma sœur, Djafar ? »

Mon maître s'immobilisa :

144

« Pourquoi me le demandes-tu, est-ce qu'un regard, un geste de moi ont pu te faire penser cela ? »

Harun se mit à rire, un rire court, moqueur et méchant.

« Tout en toi la désire, Djafar, ton corps, ton esprit, ton ambition, mais tu ne l'auras pas, jamais. Oublie-la. »

Et, se penchant vers mon maître, il prit ses deux mains et les baisa.

Parfois il s'adressait à Abassa.

« Regarde comme Djafar est beau, petite sœur, regarde son visage, son corps parfait. Il est ardent, intelligent, courageux, tu ne pourrais trouver un homme qui le vaille mais il n'est pas pour toi. Tu épouseras un prince arabe que je te choisirai bientôt. »

Un jour il ajouta : « Je pense à Fadl al-Rabi, ne serait-il pas un mari convenable ? »

Abassa jamais n'avait l'air troublée ; la force, le courage de cette jeune fille étaient exceptionnels.

« Fadl al-Rabi n'est pas prince, mon frère, il est le fils d'un chambellan.

— Djafar est bien le fils de mon vizir, Abassa, quelle différence ?

— Mais je n'épouserai pas Djafar, mon frère, sauf si tu le désirais car je t'obéirai en tout. »

Forte, la princesse l'était, mais elle ne montait plus à cheval, ne sortait plus, mangeait à peine. Le calife ne prenait ses repas avec elle qu'en l'absence de mon maître car il ne l'autorisait toujours pas à lever son voile, et ensemble ils restaient silencieux. Sans Djafar le plaisir du calife était abîmé.

Après une partie de dés, tard dans la nuit, le calife

prononça doucement comme s'il s'agissait d'une chose anodine :

« La princesse Abassa va épouser Fadl al-Rabi. Je récompense ce serviteur exceptionnel par ce que j'ai de plus précieux. »

Djafar pâlit affreusement, il eut un mouvement nerveux, involontaire, et les dés roulèrent à terre. Enfin il regarda le calife et, par opposition à la tension extrême de ses nerfs, son regard était caressant et tendre.

« Seigneur, ne fais pas cela, je t'en supplie.

— Et pourquoi, Djafar ? Fadl est un bon serviteur et un ami !

— Il est ennuyeux, il a déjà deux épouses. Veux-tu d'un mari pareil pour la petite Abassa ? Marie-la à n'importe quel prince arabe, j'en serais heureux, mais pas à Fald al-Rabi, pas à lui ! »

Le calife baissa la tête.

« Nous verrons cela. D'ailleurs Abassa est jeune encore, mais je la vois triste et je pense qu'elle désire se marier.

— Parle à Aziza, seigneur, elle trouvera pour la princesse quelqu'un qui lui conviendra. C'est une femme de grande sagesse et de grande bonté. »

Harun parla en effet à la Persane et son attitude envers Djafar changea, il ne s'amusa plus à le torturer, le considéra même avec tendresse. Une trêve avait lieu, mon maître et Abassa, loin d'en profiter, s'évitèrent davantage encore, leur présence mutuelle les faisait inéluctablement souffrir.

Enfin, par un matin merveilleux d'automne, alors que le calife, Djafar et Abassa se promenaient dans la roseraie sous une lumière tendre et blonde parmi les

146

fleurs qui s'effeuillaient, Harun s'assit sur le rebord de la fontaine, prit Abassa par la main et la fit asseoir à son côté.

« Petite sœur, dit-il lentement — et son regard brillait —, tu vas te marier parce que tu es belle et que tu ne peux rester seule. »

Abassa ne bougeait pas, ses yeux baissés considéraient les fleurs et les oiseaux qui semblaient écouter son frère dans la mosaïque bleue tout autour de la vasque. Le calife continua, et ses paroles tombaient entre deux murmures de l'eau, entre deux effluves de roses.

« J'ai parlé hier soir à la princesse Aziza, elle m'a demandé quelque chose à laquelle j'ai consenti sous une condition que je te dirai. Mais d'abord, veux-tu savoir le nom de ton futur époux ? »

Abassa se taisait toujours. Djafar, debout devant eux, effeuillait une rose, ses mains arrachaient les pétales comme s'il voulait leur faire partager sa propre souffrance. Harun ne parlait plus, jouissait de son silence ; enfin il trempa ses doigts dans la vasque, recueillit de l'eau dans le creux de sa main et, ouvrant celle-ci brusquement, la répandit sur la mosaïque, sur un golestan de faïence, l'oiseau mythique de la Perse, qui y était représenté et qui resplendit alors au soleil.

« Tu vas épouser l'être que j'aime le plus au monde, qui m'est plus cher que mes propres yeux, mon ami, mon frère Djafar al-Barmaki. »

Abassa ne put s'empêcher de tressaillir, mon maître, lui, arrachant les derniers pétales, jeta la tige au loin et regarda le calife ; il n'osait exprimer quoi que ce soit, sûr qu'Harun plaisantait encore. Le calife se mit à rire.

« Cette espérance ne semble pas vous réjouir comme

elle me réjouit, et pourtant c'est la sagesse même que d'écouter la princesse Aziza. Vous vous voyez tous les jours et ma petite sœur doit garder un voile qui la gêne, désormais elle sera libre devant toi, Djafar, et nous pourrons nous voir tous trois sans contraintes. Elle pourra manger, boire avec nous et nous serons heureux, ne le seras-tu pas, mon frère ?

— Seigneur, je ferai ce que tu me diras de faire. Si ta volonté est que j'épouse la princesse je l'épouserai... mais tu as parlé d'une condition. »

Abassa derrière son masque de tissu noir plissé regardait Djafar et ses yeux brillaient ; elle s'était redressée et se tenait des deux mains au bord de la fontaine, anxieuse, attentive.

« Oui, Djafar, j'ai parlé d'une condition. Tu épouseras Abassa parce qu'il est plus simple pour notre vie à tous que tu l'épouses, mais ce mariage tu ne le consommeras pas, jamais. Tu ne toucheras pas ma sœur, tu ne seras jamais seul avec elle et ce serait m'offenser irrémédiablement que de me désobéir. C'est ma volonté, l'acceptes-tu ? »

Djafar faisait un effort immense pour se maîtriser, pour ne pas se jeter sur Harun et le renverser. L'offense que lui faisait le calife en lui donnant une femme qu'il ne pouvait pas toucher était grave, et il avait le plus grand mal à ne pas montrer sous l'injure sa déception et sa colère.

« Tu es le maître, seigneur, je ferai ce que tu exigeras mais demande d'abord à la princesse si elle consent à ce mariage, je ne l'épouserai pas sans sa volonté. »

Alors Abassa se leva, droite et fière, elle considéra

longuement son frère, son regard était à la fois dur et chargé de pitié.

« Mon frère, tu exiges de moi ce qu'aucun homme n'a le droit d'exiger d'une femme, et si notre père était vivant il t'en demanderait raison. Mais tu es le calife, le maître, aussi je t'obéirai, j'épouserai Djafar et me tiendrai éloignée de lui. Il est pourtant l'homme que j'aime et contre mes sentiments tu ne peux rien faire. Quand nous marieras-tu ?

— A la fin de l'hiver, à Bagdad. Tu en choisiras toi-même le moment et tu décideras des fêtes que je donnerai pour toi car tu es la maîtresse de mon cœur et ta volonté m'est sacrée. »

La princesse se tut un instant, sa colère semblait tombée elle était songeuse.

« Harun, tu sais combien tu m'es cher et je sais que tu m'aimes aussi. Djafar est ton frère, ton ami, fais attention, ne fais pas s'éloigner de toi ceux qui t'aiment car la solitude est la mort de l'homme, seul il n'est rien, ne l'oublie pas. »

Et elle s'éloigna dans l'allée, silhouette fragile et légère dans sa longue robe noire brodée d'or. Harun la suivit du regard puis ses yeux se portèrent sur mon maître.

« Djafar, il te faudra donc m'aimer beaucoup pour le cadeau que je viens de te faire, beaucoup et longtemps. Accompagne-moi, nous allons marcher un peu, j'aime cette roseraie lorsque les fleurs viennent y mourir, elle ressemble à un cimetière soyeux et parfumé, chaque pétale est la tombe de quelques instants d'été et de bonheur. Ne soyons pas comme eux, gardons-nous heureux aussi longtemps que nous vivrons, il le faut. Viens, mon beau Djafar, mon frère, dis-moi un poème pour me faire croire au bonheur, pour me faire t'aimer davantage encore et ne t'afflige pas, les femmes sont sans importance ; fragiles comme ces roses, elles passent, le vent de notre vieillesse les balaiera et nous resterons, toi et moi, seuls pour toujours. »

Ils marchaient, et Djafar s'arrêta, le visage tourné vers le soleil, les yeux clos. Il dit un poème qu'Harun écouta sans le quitter du regard, contemplant le visage de mon maître avec une expression de désir si intense que j'en fus effrayé :

Je voudrais tant savoir qui elle était
Et comment était venue la nuit.
Elle, qui était-ce, la face du soleil ou de la lune ?
Etait-ce une impulsion d'intelligence, dénoncée par son activité
    même
Ou une vision de l'esprit révélée en moi par la pensée ?
Ou une image formée dans mon âme de ma propre espérance et
    que ma vue croyait percevoir ?
Ou bien encore n'était-ce rien de tout cela
Mais au contraire quelque intersigne envoyé par le destin pour
    provoquer ma mort ?

Alors le calife s'approcha de Djafar et lui toucha le bras.

« Viens, dit-il, j'ai grande envie d'être seul avec toi. »

Mon maître demanda à rentrer à Bagdad, il désirait voir ses parents, s'occuper de ses affaires et préparer son mariage. Harun le lui accorda, ils souffraient de se séparer mais cette souffrance était petite dans la douleur morale qu'était devenue leur vie quotidienne. Abassa s'était prétendue malade, ils ne l'avaient ni l'un ni l'autre revue.

Djafar prit congé d'Aziza, il était déjà en tenue de voyage et un serviteur tenait son cheval sellé dans la cour. La princesse le reçut dans son salon d'honneur, voilée, au milieu de ses femmes et de ses esclaves. Ils parlèrent de Bagdad, de choses sans importance car des oreilles étrangères les écoutaient ; enfin, comme Djafar allait partir, elle se pencha vers lui.

« J'avais obtenu d'Harun ton mariage avant qu'il ne m'impose sa condition. Refuse d'épouser Abassa car le calife est jaloux de toi, il vous aime tous deux d'amour. Prends garde. »

Et comme une servante s'approchait avec un plateau de dattes et de gâteaux, elle dit à voix haute :

« Que ton voyage se passe dans le bien, Djafar al-Barmaki et que la paix de Dieu soit sur toi. »

Djafar s'inclina et recula.

« Et que la paix de Dieu soit également sur toi, princesse Aziza. »

Puis il ajouta en la regardant en face :

« Nous nous reverrons à Bagdad lors des fêtes de mon mariage. »

Aziza sut alors que rien n'empêcherait mon maître d'aller vers son destin.

Djafar quitta le palais, monta sur son cheval et partit au galop comme s'il cherchait à fuir Raqqa pour toujours, il ne devait jamais revoir cette ville.

A Bagdad tous furent éblouis à l'annonce du mariage de Djafar, les Barmakides allaient donc monter si haut ? Unir leur sang à celui de la famille du Prophète ? Ils étaient décidément indomptables, irrésistibles. Perses et Alides firent fête, l'espérance était sans fin, immense, on se pressa au palais de Djafar, tout le monde voulait être son ami. Lui, demeurait impassible, hautain, et l'on mettait ce détachement sur le compte d'un orgueil justifié, le sang du Prophète et celui des Barmakides, mélangés pour l'éternité! Ils étaient puissants, ils étaient riches, ils s'alliaient maintenant à la famille arabe la plus jalouse de sa pureté. L'œil de Dieu était sur eux!

L'or coula semblable à un cours d'eau en fin d'hiver. Djafar, pour sa fiancée, achetait bijoux, parfums et les robes les plus belles que l'habileté humaine pouvait tisser. Pour cette jeune fille qu'il ne toucherait pas, il voulait tout, et lorsqu'il pensait à elle parée, parfumée, couverte de ses bijoux, son corps se mettait à trembler. Alors il faisait venir une de ses concubines auprès de lui, parfois Amina, parfois d'autres, et jusqu'à l'aube il restait avec elles sans dire un mot. Au matin il s'endormait, son visage était épuisé et triste.

L'hiver était fini. Les orangers, les citronniers perdirent leurs fleurs, dans les champs les canaux d'irrigation fendaient une herbe verte, abondante que les chèvres voulaient brouter, écartées à grands coups de bâton par de jeunes bergers rieurs. De grands garçons maigres passaient dans les rues les mains dans les poches de leur robe et les femmes taquinaient leur mari à la tombée du soir ; nouveau printemps, chimères nouvelles, la nature comme les hommes ne cesse d'espérer. Djafar se préparait à son mariage mais il était sans illusions.

Le calife annonça son retour et celui de sa cour, le palais s'anima, la ville s'enfiévra. Quand, quand aurait lieu la fête ?

La princesse Abassa, complètement dissimulée aux regards, regagna le palais califal sur un chameau sous les cris de joie des femmes qui s'étaient assemblées sur son passage. La totalité l'enviait, la pensée qu'elle partagerait la couche de Djafar ne les faisait-elle pas toutes frissonner ? Même les plus âgées d'entre elles, en poussant leurs youyous joyeux, retrouvaient un instant l'enthousiasme de leur jeunesse. Un corps, une bouche, des yeux pareils, un cadeau de Dieu, un cadeau de Dieu... Le chameau se balançait et la princesse invisible écoutait autour d'elle les cris de réjouissance pour son bonheur ; lenteur du pas de la bête, ondulation de son dos, petit navire là-haut perdu sous un vent qui l'emportait là où elle ne voulait pas aller, pleurait-elle ? La princesse Abassa ne pleurait jamais.

La porte du palais se ferma derrière elle, murs blancs sur la fraîcheur de la cour, un instant je pensai à une tombe. Je revins vers mon maître.

« La princesse est de retour, lui dis-je, le calife rentre demain. »

Djafar ne bougea pas, il n'était pas convenable qu'il aille au palais, il fallait attendre, mais attendre quoi ?

La séparation d'Harun et de Djafar prit fin, ils se retrouvèrent, retrouvèrent leurs corps, leur amour et leur haine si étroitement mêlés qu'ils ne distinguaient plus douceur de violence, attirance de répulsion. Harun et Djafar se noyaient l'un dans l'autre, peut-être parce qu'ils avaient perdu pied depuis longtemps et flottaient à la dérive ; leur force, leur puissance, leur richesse, tout cela était comme une eau profonde et tumultueuse qui les engloutissait. Je pensais à Djafar mangeant et couchant avec les bergers lors de notre galop fou vers Bagdad, son manteau déchiré, son visage sale et barbu, et je savais que jamais il n'avait été aussi heureux, jamais il n'avait autant aimé. Le fruit était en sa plénitude, prêt à être cueilli ou à pourrir, à être dégusté ou jeté. D'un homme fort, volontaire, courageux, idéaliste on avait fait un courtisan, les odeurs suaves du palais étaient devenues nauséabondes et il ne pouvait plus s'en apercevoir. Fadl, qui était resté pur, intransigeant, avait été écarté, Djafar triomphait mais au prix de lui-même.

Le soir, seul sur la terrasse au-dessus des appartements de mon maître, je regardais le ciel. Qu'avais-je été ? Peut-être le seul être qui ait vraiment aimé Djafar al-Barmaki, le seul qui ait été sincère. Abassa ? Abassa gagnait Djafar, elle le prenait à son frère, elle le voulait pour le fondre en elle, pour faire sienne sa renommée, sa beauté, ce qu'il représentait dans l'empire. Rendre fou d'amour l'amant de son frère, le calife, quelle victoire pour une petite fille de quinze ans ! L'aimait-elle, ce frère ? Il me venait à l'esprit parfois qu'elle le haïssait. Et moi, simple serviteur, je priais Dieu pour le calife tout-puissant devant lequel le monde s'inclinait, et qui était plus seul que le Bédouin perdu dans l'immensité du désert.

Les fêtes du mariage furent décidées. En mai, Bagdad, comme un astre qui éclate, retomberait en une pluie lumineuse, en un feu grégeois qui, jusqu'aux murs de Byzance, de Samarcande, de Jérusalem, de Cordoue, dirait les fastes de la cour abbasside. Tout autour des conteurs, aux quatre coins de l'empire, à l'ombre des minarets, la communauté des musulmans s'assemblerait pour écouter comment, par une belle semaine de printemps, la princesse Abassa, de la famille du Prophète, la sœur du calife Harun al-

Rachid, que Dieu le garde, avait épousé Djafar ben Yahya al-Barmaki, le Persan, puissant vizir aux richesses immenses, à la beauté légendaire. Ils diraient la musique, les danses, les repas, le vin, les robes somptueuses, les bijoux, les parfums, les cavalcades effrénées, et les enfants écarquilleraient les yeux. Mais pourraient-ils imaginer, ces pauvres gens, la splendeur véritable de ces fêtes qui durèrent une semaine ? Les jours précédant l'événement, mulets, chameaux, charrettes, se bousculaient aux quatre portes de la cité, aux portes de Kufa, de Basra, du Khurasan et de Damas, chargés de victuailles de toutes sortes pour les repas que le calife offrait à la ville tout entière, pour le Palais d'Or où la cour d'Harun allait festoyer et pour la résidence de Djafar où lui, sa famille, ses amis, célébreraient le mariage. Au dernier jour des fêtes, au dernier soir, les fiancés se rejoindraient pour l'ultime repas, Abassa soulèverait son voile pour Djafar, et chacun s'en irait les laissant seuls. Combien de temps Harun leur accorderait-il ? Cinq minutes, moins peut-être, Djafar ne voulait pas y penser. Il verrait Abassa dont il n'avait plus aperçu le visage, excepté si fugitivement lors de la chasse, depuis près de trois ans. Il en avait gardé le souvenir d'une beauté unique et brûlait de la contempler à nouveau.

La veille du premier jour, Bagdad s'endormit dans la fièvre ; chacun dans son palais, les fiancés pensaient l'un à l'autre et ne dormirent pas. A l'aube tambourins et flûtes retentirent, la fête commençait, chanteurs et danseurs envahirent les places ; on avait dressé des tables où étaient servis des ragoûts, du pain, des gâteaux et de grandes jattes de lait caillé. Jongleurs, avaleurs de feu, acrobates, rivalisaient d'adresse pour capter l'attention des badauds qui ne savaient plus où se rendre. Les souks étaient fermés, artisans, commerçants, apprentis, étaient dans la rue, des groupes se formaient et se séparaient, les femmes riaient ensemble sous leur voile et les enfants couraient partout, attrapant au passage un pain ou un gâteau.

Le soir, les rues s'illuminèrent, des milliers de lampes à huile avaient été disposées un peu partout, donnant aux façades des maisons des sourires errants tantôt joyeux, tantôt grimaçants. On but et on mangea jusqu'à l'aube et cela pendant cinq jours.

Au palais du calife les femmes entouraient Abassa, ensemble elles festoyaient, riaient, se paraient, assistaient à des danses, écoutaient poèmes et histoires d'amour, regardant Abassa avec envie, plaisantant de ses plaisirs futurs et des mérites de l'époux qui leur semblaient immenses. La princesse les écoutait, riait peu. On pensa qu'elle était pudique et on n'en tint aucun compte. Chaque jour qui les rapprochait de la nuit de noces les excitait encore davantage ; on évoquait devant Abassa avec des mots précis les mille talents de son époux, et la jeune fille baissait la tête, il n'y avait rien à dire, rien à faire, seulement attendre. Aziza, qui seule savait, lui prenait la main parfois et la serrait dans la sienne. La veille du dernier jour, alors qu'elles étaient toutes deux un peu isolées des autres femmes — ce fut la princesse elle-même qui le dit plus tard à Djafar —, elle murmura en arrangeant les tresses des cheveux de la mariée :

« Espère, Abassa, je t'aiderai mais tu dois attendre le bon moment, même s'il tarde à venir. »

Alors la princesse pour la première fois depuis le début des fêtes montra de la joie. Harun célébra le mariage de sa sœur préférée avec ses parents et ses amis. Durant les cinq jours il sembla parfaitement heureux et la magnificence de son hospitalité confondit tout le monde. La nuit et le jour étaient unis dans un cortège de festins et de danses, de musiques et de parfums qui tournaient les têtes autant que le vin frais. Les hommes parlaient de la fiancée avec respect et y pensaient avec audace, on disait qu'elle était si belle ! Djafar avait trouvé dans la couche du calife un cadeau royal.

Au palais de mon maître, le luxe de la fête était incroyable, les Barmakides, fous d'orgueil de cette alliance, répandaient sur leurs amis, parents, relations, clients, l'immensité de leur fortune. On buvait dans des gobelets d'or et l'on mangeait dans des plats de vermeil ; des poètes, des conteurs, des savants, charmaient les hôtes durant les interminables repas où l'on vit servir jusqu'à trente plats. On parlait l'arabe, le persan, le grec, les hommes les plus cultivés, les plus raffinés de l'empire étaient présents. Alides et sunnites mêlés célébraient le fiancé, l'ami le plus cher, le plus admiré, le plus envié. Djafar remerciait, mangeait et buvait avec ses amis, parlait littérature, poésie, arts, chasse et femmes avec le même intérêt, il semblait heureux. La convoitise qu'il suscitait le laissait indifférent, il était trop grand seigneur pour se prévaloir de sa fortune et de son bonheur. On ne parla guère de la fiancée, si ce n'est avec la plus grande déférence ; son rang et sa noblesse empêchaient toutes les plaisanteries habituelles lors des mariages. Le respect qui les environnait isolait ces deux jeunes gens, les figeait en la froideur, l'immobilité et la beauté de ces statues antiques regardant pour toujours la vie de leurs yeux vides, étendant leurs bras pétrifiés devant leurs corps parfaits. Djafar, magnifiquement habillé, son visage étonnant encadré de la kufiyya blanche, semblait parfois presque mort dans sa perfection; puis il souriait et le charme magique opérait, répandant la vie, la jeunesse, la sensualité autour de lui. Durant ces cinq jours il dormit à peine, je me tenais auprès de lui et nous parlions. Pas d'Abassa, jamais, mais de notre jeunesse, de nos folies, de la Syrie, des fêtes au palais du calife, des affaires politiques, de littérature, de sciences et de la mort. Mon maître qui était pieux ne croyait pas au paradis.

La veille du dernier jour, jour où on lui amènerait enfin sa fiancée, il me demanda :

« Pourquoi m'aimes-tu Ahmed ? Nos chemins ont été si différents depuis notre jeunesse. Nous avons trente-cinq ans et jamais je n'ai vu quelqu'un d'autre que moi à tes côtés, ni femme, ni homme, pourquoi ? »

J'attendais cette question depuis longtemps à quoi bon se taire, voilà des années que j'en savais la réponse.

« Seigneur, chaque homme possède en lui dès la naissance un capital d'aspirations et de rêves, toute sa vie il cherchera à le répandre, à le donner pour se recevoir lui-même en échange, se rebâtir peu à peu jusqu'à ce que l'édifice tienne et que l'heure de mourir soit venue. Tu t'es cherché dans tes concubines, dans Harun et maintenant dans Abassa, ton image se complète morceau par morceau, chacun étant une petite partie de toi-même. Moi j'ai tout trouvé à un seul moment, celui où j'ai su que je t'aimais ; j'étais recréé, complet, prêt à mourir. Dieu m'a donné cette faveur, ne pas être errant, ne pas implorer, ne pas

158

regretter. Je ne suis rien et je suis tout, une sphère parfaitement ronde, un monde clos, une orange d'or dont tu es la moitié. Rien ne peut me compléter, rien ne peut me finir, je suis, et c'est bien ainsi. Ma seule exigence, mon seul désir est que tu tiennes ce globe entre tes mains, que tu le réchauffes et que tu y reflètes ton visage. » Djafar me regarda longuement sans rien dire, puis il me prit la main.

« Tu as de la chance, Ahmed, tu es petit et immense à la fois, et moi qui te tiens entre mes mains je voudrais devenir à ton image lisse et serein alors que je suis bouillonnant comme un cœur qui bat trop fort. J'ai tout et voudrais bien davantage. »

Je serrais sa main dans la mienne, nous étions ce soir-là proches l'un de l'autre :

« Seigneur permets-moi de te dire un passage du Coran qui me vient en mémoire :

Vous êtes obsédés par le désir de plus et de plus jusqu'à ce que vous descendiez dans vos tombes.
Mais vous en viendrez à savoir ! Si seulement vous saviez avec la connaissance certaine vous verriez assurément dans quel enfer vous êtes.
Au temps venu, certes, vous le verrez avec l'œil de la certitude.
Et ce jour-là, on vous demandera ce que vous avez fait du bienfait de la vie.

Djafar resta muet, cette réponse décisive le laissait songeur. Enfin il se leva, me demanda à boire et dit seulement :

« J'ai le pressentiment que je verrai tout cela très clairement bientôt. Va, Ahmed, va, j'ai soif et demain est un grand jour. »

159

A l'aube le lendemain commença la dernière fête, la plus fastueuse, celle où Djafar enverrait chercher sa femme pour la ramener chez lui.

Au palais du calife, Abassa, comme une poupée docile, se laissait baigner, épiler, parfumer, masser, par ses femmes. On la coiffait, brossant longuement ses longs cheveux frisés avant de les enduire d'huiles odorantes, on la maquillait, entourant ses yeux de khôl, fardant ses joues et sa bouche, on teignait ses mains et ses pieds au henné jusqu'à ce qu'ils deviennent bruns. Puis arriva, portée par deux esclaves, la lourde robe entièrement tissée de fils d'or, incrustée de saphirs aux couleurs de Djafar, les babouches dorées, le voile de soie transparente noire, semé de perles et de médailles d'or, le masque noir également attaché derrière la tête par des fils d'or. Deux autres servantes apportaient les bijoux, collier de front en or et saphirs, longues boucles d'oreilles incrustées de diamants, colliers de perles, ceinture d'or, innombrables bracelets de poignets et de chevilles. Ces parures, devant la fragilité de la princesse, semblaient déplacées, écrasantes, la faisant paraître plus frêle, plus petite encore, femme-oiseau captive dans un filet d'or. Elle ne bougeait pas. Songeait-elle que, préparée minutieusement, sensuellement pour le plaisir d'un homme, comme un objet merveilleux, chaud, humide, doux et odorant entre ses bras, sous sa main, contre son corps, elle se verrait seule le soir, dévorée par le désir de cet homme, son mari, qu'elle ne pourrait approcher? Ou songeait-elle que bientôt rien ne pourrait l'arrêter ni personne et qu'elle serait enfin à lui? Son visage impassible ne montrait rien.

Dans le salon des femmes la longue journée se

poursuivait. On installa Abassa sur un lit d'apparat qui ressemblait à un trône, et durant des heures les femmes défilèrent pour l'admirer, la complimenter. La chaleur était étouffante, une esclave éventait la petite mariée, une autre lui apportait à boire, sa peau luisait sous le maquillage excessif, sous la robe trop chaude mais elle ne bougeait pas, s'offrant aux regards, aux convoitises avec un détachement qui ressemblait à de l'indifférence.

Au milieu de la journée, lorsque chacune eut admiré la mariée, un repas fut servi auquel les femmes engoncées dans leurs robes d'apparat touchèrent à peine. Désormais toutes les attentions, tous les désirs étaient tournés vers l'arrivée du cortège qui, du palais de Djafar, viendrait chercher Abassa. Les plus jeunes couraient aux fenêtres, les plus âgées guettaient les bruits venant de la cour d'honneur. On grignotait des fruits, des gâteaux, laissés à peine entamés. Les chevaux étaient-ils prêts? les chameaux et les serviteurs? Ferait-on bonne figure dans le court voyage entre les deux palais? Plusieurs d'entre elles sortaient au-dehors pour la première fois depuis des années, et ces oiseaux captifs se cognaient aux murs, aveuglés par la lumière trop vive.

Enfin un bruit vint, se répandit, montant de la cour vers les appartements des femmes : le cortège arrivait, le cortège était là! On fit se lever Abassa qui, allongée sur des coussins, sommeillait, écrasée de chaleur. Vite on arrangea son voile, ses vêtements, on attacha le masque de tissu, remit du rouge sur les lèvres, sur les pommettes, du noir autour des yeux, de l'ambre et du jasmin derrière le cou, les oreilles, à la saignée des poignets. Ses femmes se groupèrent autour d'elle, derrière la mère de la mariée, ses tantes, ses cousines et les deux reines Zubayda et Aziza, l'Arabe et la Persane, côte à côte pour la première fois. Un eunuque ouvrit la porte, les dames pouvaient descendre, le vieux Yahya lui-même venait chercher sa future fille, il l'attendait avec Fadl al-Barmaki son fils, des parents, des amis, en bas du grand escalier.

Abassa descendit lentement, la tête haute, raide et souple à la fois comme une jeune tige que l'été n'a pas couvert de fruits encore. Parmi l'or, les saphirs et les perles, on ne voyait que le menton, une bouche charnue, un cou long et mince, des mains brunies au henné, lenteur des gestes, feu du regard ; sous la carapace de métal, de tissu et de pierres précieuses, brûlait l'ardeur d'une passion qu'elle ne parvenait pas à faire taire. Froideur d'une femme dont le corps chavirait en pensant à l'homme qu'elle allait rejoindre, frémissement de la bouche, immobilité mal contenue des mains qui auraient voulu danser sur la peau de l'amant. Abassa descendait, les flûtes, les tambourins, les cithares jouaient, musique sensuelle, obsédante, joyeuse, une fête pour le don d'un corps.

Dans la cour, suivant les Barmakides, elle cligna des yeux au soleil déclinant dont l'or venait se tisser sur celui des parures. Un cheval blanc l'attendait harnaché d'argent et de perles, deux serviteurs noirs l'aidèrent à s'y asseoir et, de chaque côté de sa selle brodée, on vit apparaître ses chevilles enserrées de bracelets entre le pantalon bouffant et les babouches. Harun était là avec sa famille et ils s'inclinèrent devant la mariée. Alors Muhammad, l'esclave personnel du calife, vêtu de noir, prit la bride du cheval tandis que de chaque côté de la princesse se plaçaient deux cavaliers portant l'étendard des Abbassides. On se mit en marche; derrière sa sœur, le calife aux côtés de Yahya et de Fadl, puis les parents les plus proches, quelques serviteurs, des musiciens. On sortit du palais, la foule s'était massée le long des rues décorées de palmes et de fleurs, les youyous des femmes sur les terrasses couvraient les tambourins et les instruments à vent, le soleil se couchait et dans la douceur du crépuscule les clameurs accompagnant la princesse semblaient fébriles, violentes et sauvages. Abassa avançait ne regardant ni à droite ni à gauche, les yeux vers le palais de son fiancé, cette somptueuse demeure où elle se rendait pour la première fois. Percevait-elle la fièvre qui l'entourait, cette attente sensuelle qui faisait vibrer tous les habitants de Bagdad et les ferait ce soir s'enlacer dans l'obscurité des chambres?

Le cortège franchit le fleuve après avoir traversé le quartier des Barmakides à Shamassiya. Devant eux apparut le palais de Djafar, vaste, simple, superbe, entouré de ses hauts murs de pisé crénelés. Des gardes entouraient la porte, tous vêtus de noir et de bleu, sabre à la main, les portes de cèdre sculpté étaient ouvertes à double battant, le cortège pénétra dans la cour pavée de marbre blanc, entourée d'orangers en caisses. Les sabots des chevaux foulèrent le parterre de mosaïques bleues et vertes, contournèrent le bassin qui y était creusé, recevant au passage l'embrun des deux jets d'eau que crachaient les dauphins de marbre noir. A quelques pas, en retrait de la colonnade qui ceinturait la cour, droit, immobile, vêtu de bleu, d'argent et de noir, Djafar attendait sa fiancée. Le cheval de la princesse s'arrêta et ils se regardèrent, quelques secondes, très longtemps, souffle court, poitrine oppressée, vidée. Puis mon maître se porta à la rencontre du calife, et sans attendre qu'il ait mis pied à terre, prit sa main et la baisa. Les femmes amenaient Abassa vers le salon d'honneur.

La cérémonie recommençait, défilé, congratulations, Abassa toujours droite attendait, les serviteurs s'activaient pour servir le repas, la tante de Djafar, sœur de sa mère morte, entra, majestueuse, opulente dans une robe écarlate brodée d'or. A la main elle tenait un plat de vermeil et, sur ce plat, un gâteau simple, rond, luisant de miel. Elle s'arrêta devant sa future nièce, brisa le gâteau et, par trois fois, lui fit manger un morceau dans sa propre main. Abassa était désormais une Barmakide, on fit cercle autour d'elle, Djafar s'approcha, s'arrêta à quelques pas, ils étaient face à face. Joyeuse, la musique éclata, on murmurait, on attendait. Enfin, après un regard au calife qui inclina la tête, la petite princesse toute droite porta les mains à son masque, elle ne tremblait pas, ses yeux ne quittaient pas ceux de Djafar. Repoussant l'aide d'une servante, ses doigts dénouèrent les liens d'or attachés derrière le voile, elle resta ainsi quelques secondes et sans hésitation retira le masque. Dans la salle on poussait des cris, la musique était assourdissante, Abassa et Djafar comme s'ils étaient seuls se regardaient. Djafar voyait le visage mince, le nez fin et droit, les joues rondes d'une enfance préservée, la bouche sensuelle, le menton, et ce visage dont il avait tant rêvé était maintenant à découvert devant lui. Il aurait voulu tendre la main, le caresser et il ne pouvait rien faire. Abassa contemplait son mari, ses cheveux, son regard, sa bouche, son corps, tout ce pour quoi elle allait vivre désormais. Le temps s'était arrêté, ils étaient l'un et l'autre comme des oiseaux planant dans la brise du soir, dans le silence d'une immensité. On prit la princesse par le bras, elle tressaillit ; l'heure du repas était venue, dans l'appartement des femmes pour les femmes, dans le salon d'honneur pour les hommes. Ensuite ce serait le départ des invités, le couple laissé seul, la nuit d'éternité.

Les Barmakides donnèrent pour ce repas de noces un festin somptueux. Le calife qui honorait de sa présence leur demeure resta près de Djafar souriant et paisible. Qu'avait-il prévu, qu'avait-il décidé, je ne pouvais en rien le déceler. Il mangeait et plaisantait avec ses hôtes, et seul son regard, parfois posé sur Djafar, indiquait une légère tension, une émotion que je pouvais percevoir.

L'heure avançait, les invités couchés sur les coussins, étourdis de musique, de nourriture et de vin, restaient à parler ou à sommeiller. On attendait que le calife se lève. Les femmes, de leur côté, guettaient la fin du repas des hommes dans le salon d'honneur pour prendre congé de la mariée, la laisser dans la chambre, seule, attendant son époux. Harun se redressa enfin, imité aussitôt par Djafar et par tous les invités, il tendit une main à Yahya que le vieillard baisa puis, prenant mon maître par le bras, l'emmena quelques pas à l'écart. J'étais tout proche.

« Je t'attends ce soir à mon palais, Djafar, car je ne t'ai guère vu depuis une semaine. Ne tarde pas, je voudrais que nous soyons déjà ensemble toi et moi. »

Et comme mon maître, pâle, immobile, ne disait rien, il ajouta :

« Sois discret, il ne serait pas bon de faire savoir que tu délaisses ta jeune épouse. Muhammad mon esclave restera avec toi, il t'accompagnera pour t'éviter de mauvaises rencontres dans les rues de Bagdad. Ces fêtes ont attiré la racaille des environs, que Dieu te garde ! »

Et, portant son regard sur l'ensemble des invités, il partit.

Les hôtes se levèrent et prirent congé à leur tour, Djafar resta seul avec son père et son frère.

« Viens, dit Fadl, je t'emmène chez ta femme, elle t'attend. »

Ils arrivèrent devant la porte, suivis par l'esclave du calife. Fald s'inclina et partit, Djafar entra, le serviteur demeura à la porte, muet, impassible, parfaitement impénétrable ; il avait des ordres qu'il allait exécuter, sans passions, scrupuleusement. Debout devant un vaste lit recouvert de coussins et de draperies, Abassa attendait. On lui avait retiré sa robe, ses bijoux, on l'avait coiffée et vêtue d'une simple galabiya blanche, elle regardait s'avancer vers elle son mari. Alors, brusquement — était-ce l'émotion, la fatigue, la tension nerveuse ? —, elle éclata en sanglots. Mon maître était près d'elle, il ouvrit les bras et elle vint contre sa poitrine, contre la tunique épaisse et brodée qui égratignait sa peau. Ils restèrent ainsi l'un contre l'autre quelques instants, puis elle leva son regard vers lui et Djafar, d'un doigt timide, caressa ses yeux, ses joues, sa bouche. Abassa murmura :

« Combien de temps avons-nous ?

— Je ne sais pas, Muhammad est derrière la porte, il m'attend. »

Ils tremblaient l'un et l'autre, ne sachant plus que faire ni que dire dans le court instant qui leur était imparti, leur impatience se heurtait à leur certitude que l'esclave allait frapper à la porte à tout moment. Alors, Abassa noua ses bras autour du cou de Djafar, se haussa sur la pointe des pieds et ses lèvres prirent la bouche de son mari. Mon maître frémit, ses mains s'affolèrent et, comme s'il le pressentait, l'esclave tapa à la porte.

« Seigneur, dépêche-toi, le calife nous attend. »

Djafar, mon maître, le courageux, le fier, l'arrogant Djafar, eut comme un sanglot et repoussa sa femme.

« Que Dieu nous garde, Abassa, il me faut aller. »

Elle, à trois pas de lui, les yeux chavirés, ne le quittait pas du regard.

« Je serai à toi, Djafar, bientôt. Je te ferai savoir lorsque le moment sera venu. »

Muhammad frappait à nouveau :

« Va ouvrir, Ahmed, me dit Djafar, et dis-lui que je viens. »

Il regarda une dernière fois sa femme et sortit. Le calife l'attendait pour sa nuit de noces, pour qu'il le remercie de ce cadeau empoisonné qui lui laissait à la bouche une affreuse amertume.

A l'aube nous revînmes chez mon maître. Abassa n'y était plus, deux serviteurs l'avaient ramenée au Palais d'Or où désormais elle vivrait. N'était-ce pas la place d'une princesse royale ? Djafar ne dit rien, mais sans prendre de repos il partit chasser à l'est, dans la montagne, et ne revint que trois jours plus tard.

Neuvième soir d'Ahmed

Le vent s'était apaisé mais la chaleur restait lourde et orageuse. La pluie, bienfait de Dieu, viendrait-elle laver la cité, rafraîchir les champs, faire frémir les bêtes, chameaux alanguis, vaches maigres, chèvres errantes ? Demain peut-être ou après-demain ou plus tard, beaucoup plus tard. Dans l'assoupissement de l'été le temps ne comptait plus guère, une sorte de paix, écrasante et moite faisait s'immobiliser les corps, se calmer les esprits. Les voisines ne se querellaient plus, les enfants jouaient à l'ombre paisiblement et les vieillards monologuaient dans le clair-obscur des souks ou des mosquées. La vie ne commençait qu'à la nuit, lorsque le feu des rues et des maisons s'échappait vers le ciel pour allumer les étoiles. De terrasse en terrasse les amis s'appelaient, se visitaient, et la grand-place soudain s'illuminait de mots, de gestes, d'odeurs et de souvenirs. Ahmed, où était Ahmed ? La veille si peu l'avaient entendu et on voulait savoir, sauter dans le passé, rejoindre l'époque glorieuse où le pouvoir était à Bagdad, où le monde entier était ébloui par les splendeurs de la ville ronde. Des enfants le cherchèrent, ne le trouvèrent pas. Personne ne lui connaissait de maison, alors où? Ici ou là, au coin d'une rue, au fond d'une cour, près d'une fontaine? Un autre conteur essayait en vain de capter l'attention mais Ahmed était bien ce soir-là la seule source de rêves où chacun voulait venir s'abreuver. Un homme suggéra d'aller voir près du pont où ses souvenirs devaient inlassablement le ramener mais il n'y était pas. Alors, où le chercher encore? N'était-il pas mort comme un chien au coin d'une rue, écrasé par le vent du sud? Etait-il endormi dans sa mémoire, réfugié dans son passé? Un vieillard soudain s'avança. Il savait, oui, il savait où était Ahmed, il l'avait vu souvent tassé loin de là, dans le quartier ouest de la ville, au-delà du fleuve, devant la haute porte de cèdre d'une vaste demeure à l'abandon, le palais de Djafar, celui qu'avait possédé par la suite le calife Al-Mamun et qui désormais s'ouvrait aux quatre vents de l'oubli du monde. Un jeune pouvait-il y courir sur un âne et le ramener? Alors s'avança à son tour un garçon svelte et grand, son beau visage entouré d'un turban: il connaissait bien le quartier persan car il y habitait. Un commerçant prêta sa mule et il partit au trot, ses jambes minces apparaissaient nues sous la galabiya, de chaque côté de l'animal. Pour occuper le temps on parla affaires, famille, on grignota quelques gâteaux, quelques dattes, les femmes d'un côté, les hommes de l'autre. Ceux qui avaient été présents la veille racontaient l'histoire de Djafar mais les mots n'étaient pas les mêmes, l'émotion était absente. Parfois un enfant courait jusqu'au bout d'une rue pour voir s'il arrivait, puis revenait en faisant de grands gestes, non il n'y avait personne. Enfin, on perçut le trot d'une mule, et là-bas, tout au fond d'un passage étroit dans le souk des épiciers, le jeune Persan surgit avec derrière lui, tassé, accroché à sa taille, le vieil Ahmed dont la tête se balançait doucement de droite et de gauche. Devant le cercle qui s'ouvrit la mule s'arrêta et le jeune homme sautant à terre prit le vieillard dans ses bras comme une poupée de son désarticulée et légère. Ahmed les yeux fermés dodelinait toujours de la tête sans rien dire, ses lèvres closes sur ses dents absentes. On l'assit, dos au mur comme il en avait l'habitude, on posa près de lui son bâton.

« Veux-tu boire ? » demanda le jeune homme.

Ahmed, du menton, acquiesça. On alla lui chercher un gobelet plein d'eau fraîche qu'il but, puis il ouvrit les yeux et regarda les gens qui l'entouraient.

« Pourquoi êtes-vous là ce soir ? demanda-t-il.

— Pour t'écouter, vieillard, répondit-on de partout, pour savoir ton histoire. »

Ahmed agita la tête.

« Oui, mon histoire. Je n'en aurai plus pour long-temps, il faut que je me hâte car ma vie s'éteint comme une lampe, le vent d'hier l'a soufflée et réduite à une lueur... Je m'étais assoupi près du palais de mon maître, j'y retourne souvent pour converser avec lui, parler des choses de la vie, et voilà que ce sommeil refusait de me quitter, me laissait sur le sol incapable de me lever, incapable même de le vouloir. Ce jeune homme est venu, je l'ai suivi, il faut finir maintenant avant de me rendormir, oui il faut que je termine ce que j'ai commencé, que ma bouche délivre Djafar enfermé en moi avant que je ne disparaisse, afin que je ne l'étouffe pas dans ma mort. Libre, il fera de lui ce que Dieu voudra, nous sommes tous entre ses mains. »

Ahmed se tut un instant, but encore une gorgée d'eau et leva son regard vers le ciel.

Voyez comme notre été est chaud, torride, ainsi fut l'été 185[1]. Dès juin l'air des rues, comme un bain de vapeur, faisait luire les visages et transpirer les corps. On ne sortait qu'à la nuit où l'on dormait sur les terrasses ou, dans les maisons riches, auprès des vasques dans les jardins intérieurs, là où le bruit de l'eau rafraîchit les songes, apaise les corps. Djafar, Abassa et Harun se voyaient presque chaque jour. La princesse avait le visage découvert maintenant entre son frère et son mari, elle mangeait parfois avec eux, les rejoignant surtout le soir dans le patio pour une partie de dés ou d'échecs, ou bien encore pour écouter de la musique et des poèmes. Déférente avec le calife, elle était distante avec Djafar, fuyant son contact, évitant de le regarder. Lorsque aux dés leurs doigts se frôlaient, elle s'écartait aussitôt, et Harun qui l'observait, souriait. Il caressait moins mon maître devant sa sœur mais toute son attitude montrait clairement qu'il estimait le posséder totalement. Quant à Djafar, sa rancœur contre Harun était tellement enchevêtrée à son désir, qu'il ne savait plus lequel était le plus fort. L'un se nourrissait de l'autre.

Le ramadan tomba en juillet cette année-là, et la cœur entra en sommeil, plus de fêtes, plus de repas. Abassa aimait se promener seule dans les jardins au lever du soleil avant de rentrer chez elle et d'attendre la nuit ; sa petite silhouette allait et venait entre les parterres de fleurs, s'asseyait au bord du bassin et y

1. 801 de l'ère chrétienne.

laissait tomber les doigts, ou bien elle contemplait les oiseaux dans la volière, longtemps, comme si elle se voyait dans son propre miroir. Djafar pendant le mois de jeûne ne venait plus guère au palais, il lui envoyait chaque jour un message que je portais moi-même. Une fois, une seule fois, dans le grand jardin, suivie d'une gazelle apprivoisée qui ne la quittait pas, je vis la princesse pleurer en prenant la lettre. Elle ne l'ouvrit pas.

« A quoi servent les mots, me dit-elle, quand la bouche qui les prononce, quand la main qui les écrit sont loin de vous pour toujours.

— Toujours n'existe pas, princesse Abassa. Mon maître tient à toi plus qu'à ses yeux, comment ne saurait-il pas un jour te le prouver ? »

Abassa s'arrêta, prit sa gazelle par le cou.

« Oui, peut-être, mais dis-lui, Ahmed, de se hâter car je me sens perdue en l'attendant et mon courage m'abandonne. Je ne survivrai pas à une année sans lui. »

Je la regardais cachée derrière son masque mais ses yeux étaient si expressifs qu'elle était comme à découvert devant moi.

« Princesse, mon maître n'ose rien entreprendre de peur de te nuire, mais au moindre signe de toi il accourra.

— Alors dis-lui, Ahmed, de se tenir prêt ; quitte à mourir, je préfère mourir après avoir été sa femme. »

Je ne pus m'empêcher de rire.

« Princesse Abassa, on ne meurt pas à quinze ans. »

Ses yeux se chargèrent de colère, elle éloigna la gazelle d'un geste :

« Crois-tu cela ? Alors tu n'as jamais aimé ! »

Nous nous regardâmes un instant sans parler. Voyant à mes yeux qu'elle m'avait blessé, elle sourit et posa sa main sur mon bras.

« Dis à Djafar que je l'appellerai bientôt et que, quoi que je décide, il faudra qu'il m'obéisse. »

Je m'inclinai et la quittai ; au bout de l'allée je me retournai, elle était assise au bord du bassin et lisait la lettre de son mari, elle ne pleurait plus.

Les fêtes de la fin du ramadan furent joyeuses. Malgré la chaleur on dansa, on partagea le mouton et les gâteaux, on sortit dans les rues. Au Palais d'Or une grande fête fut donnée à laquelle vint Djafar et toute sa famille. Yahya et Fadl avaient compris que le brillant mariage de mon maître était un leurre mais n'en avaient jamais parlé et, à tous leurs clients et amis qui demandaient des nouvelles de la mariée, ils répondaient que sa santé était parfaite et que les jeunes époux partageaient le même bonheur.

Pour la fête, Harun dirigea lui-même la grande prière à la mosquée. Il y avait foule, les femmes gagnaient l'emplacement qui leur était réservé, les hommes se massaient dans la salle de prières. La famille du calife était présente ainsi que les Barmakides, se côtoyant sans se mélanger. Fadl al-Rabi tourna la tête lorsqu'il croisa Djafar ; son visage rond et satisfait montrait clairement qu'il ne le craignait pas.

Ambiance recueillie et palpitante de la prière, bruissement des vêtements frôlant les dalles de marbre, pénombre verdâtre donnant à la lumière l'apparence de l'eau dormante d'un lac. Sur des carreaux de faïence bleue et blanche, l'imam, le calife, conduisait la prière et chacun l'observant suivait ses gestes sous les centaines de lampes à huile cachées dans des globes de cristal. L'écho de la prière venait mourir contre la porte de bronze de la mosquée, contre les grilles de cèdre derrière lesquelles priaient les femmes, sur les tapis où glissaient les pieds nus, et la chaleur elle-même demeurait arrêtée derrière les murs épais de l'édifice. Il faisait frais.

Le soir, la princesse Aziza recevait dans ses salons ; c'était la première fête qu'elle donnait, et Harun se réjouissait de la voir moins discrète, moins réservée. Il l'aimait toujours avec tendresse et elle venait d'accoucher de son troisième enfant, une fille. Le deuxième prince héritier, Al-Mamun, était à ses côtés, petit garçon aux yeux vifs, au cœur tendre qui ravissait son père, son tuteur, tous ceux qui l'approchaient. Aziza, merveilleusement parée de tous les bijoux offerts par le calife, cachée derrière un masque brodé de fils d'argent, accueillait ses hôtes. Elle était belle encore, quoique opulente, et ses yeux verts, mis en valeur par les émeraudes qui pendaient à ses oreilles, qui ceignaient son cou et ses poignets, semblaient traverser ses invités pour en chercher un autre qui tardait à venir.

Enfin Abassa entra et derrière elle Djafar son mari, Harun et la reine Zubayda tenant par la main l'héritier Al-Amin, maigre et noir dans sa galabiya brodée, l'air buté. Sa mère, à force de lui parler avec mépris de la Persane et de ses fils, en avait fait un être méfiant, hautain, vaniteux. Il devait le rester toute sa courte vie.

Devant Abassa Aziza se leva, la salua ; les hommes se regroupaient dans un coin du salon parlant chasse, faucons, chevaux, les femmes masquées ou voilées riaient en sourdine, tendant la main vers les plateaux de gâteaux, admirant leurs bijoux, leurs robes brodées. Aziza, d'un geste naturel, prit le bras d'Abassa et l'entraîna dans un coin où elles furent seules. Le calife qui leur tournait le dos ne les vit pas. La princesse parla vite et à voix si basse que la jeune fille s'approcha d'elle. Elles étaient l'une contre l'autre sentant leur propre chaleur.

« Princesse Abassa, écoute-moi et ne m'interromps pas car le temps presse. Ma tante, la sœur de ma mère, que Dieu la protège, vit tout près du palais dans une modeste maison au début du quartier des drapiers. Elle est venue me rendre visite récemment et je lui ai demandé, au prix de sa vie, un dévouement illimité. Elle a accepté, cette femme est comme une mère pour moi. Je lui ai demandé d'ouvrir sa porte sans question aucune à une de mes amies qui avait besoin d'elle, qu'elle y recevrait un homme et que si la chose se savait nous mourrions tous. Elle n'a montré aucune curiosité, elle le fera. Pendant tes absences je retiendrai Harun mais ne sois jamais en dehors du palais trop longtemps. Tu sortiras habillée modestement, comme une servante, le garde te laissera rentrer, il a eu de l'or, il ne sait pas mais il ne cherchera pas à savoir pourquoi une de mes femmes regagnera le palais la nuit, c'est lui qui sera de faction durant tout le mois à venir, ensuite nous verrons. Pendant cette fête que j'ai donnée pour toi, tu vas dire à Djafar ce que j'ai arrangé, il me fera un signe d'acquiescement s'il approuve mes plans, alors je préviendrai ma tante et dès demain sa porte sera ouverte. Va maintenant, et parle à ton mari. »

Abassa prit la main de la princesse, elle n'osa la baiser pour ne pas attirer l'attention et s'éloigna d'un pas, son regard était extraordinairement brillant. J'étais proche d'elle et elle ne se défiait pas de moi.

« Pourquoi fais-tu cela, Aziza ? Je ne le sais, mais que Dieu te bénisse pour ton aide.

— Va, Abassa, je suis persane moi-même et je dois à Djafar mon bonheur. Je sais qu'il t'aime, que Dieu vous garde tous les deux ! »

La princesse s'éloigna, rejoignit Zubayda avec laquelle elle parla un instant — elles étaient parentes et se voyaient malgré la haine que la reine portait à Djafar —, puis elle resta un peu à l'écart, regardant de temps à autre Aziza qui s'approchait d'Harun. Le calife se tourna vers la princesse, elle lui baisa la main. Abassa, après les avoir considérés un instant, vint à son mari, le salua et, à mi-voix, comme s'ils parlaient de choses sans importance, sans que leurs yeux se rencontrent une seule fois, elle rapporta les paroles d'Aziza. Djafar tressaillit, son regard s'illumina mais son corps ne bougea pas. Son père s'approchant, la princesse s'éloigna.

Le temps était devenu poème, chant d'amour, musique exquise, prière sans fin. Djafar regarda le ciel par la fenêtre, il avait envie de s'y fondre, d'être comme lui lumineux, illimité, léger et fluide, il ferma les yeux. Lui, Djafar ben Yahya al-Barmaki, était invincible, il allait posséder le lendemain la seule pièce qui manquait à l'édifice de son bonheur, serrer contre lui le corps d'une princesse royale, la posséder, devenir elle. La princesse Abassa avait le cœur qui battait si fort qu'elle dut s'asseoir et qu'une femme vint lui demander, tant elle était pâle, si elle se sentait souffrante. La joie et l'angoisse l'oppressaient, demain elle serait femme, demain cet homme qu'elle aimait la verrait nue, offerte dans la lumière jaune de la lampe, demain elle posséderait sa bouche, sa salive, son corps, elle caresserait sa peau, elle entourerait sa taille de ses cuisses et de ses bras, elle le sentirait vivant en elle. Dieu, comme elle était soudain oppressée! Pourquoi, pourquoi donc?

Djafar quitta le groupe des hommes et s'approcha d'Aziza.

« Je te remercie, princesse, de ton hospitalité, il faut que je regagne mon palais où l'image de ta beauté et de ta noblesse m'accompagneront. »

Il s'inclina, s'éloigna à reculons et avant de se retourner pour partir, la regarda en face et fit oui de la tête.

Aziza l'avait vu, elle se détourna et rejoignit Harun qui lui aussi prenait congé, il voulait passer la nuit avec la princesse et n'avait pas retenu Djafar.

Nous revînmes à cheval côte à côte jusqu'au palais de mon maître. J'étais inquiet.

« Que feras-tu si le calife te réclame demain soir? Ne trouvera-t-il pas singulier qu'Abassa et toi soyez absents? »

Djafar souriait:

« Ahmed, s'il s'agissait de retrouver quelqu'un que tu aimes, le ferais-tu?

— Certes, maître, je le ferais, mais je ne suis qu'un serviteur et le risque que je prendrais serait petit. Il n'en est pas de même pour toi.

— Crois-tu, Ahmed, que ma dépendance envers Harun soit si grande? Crois-tu réellement que mon pouvoir n'est rien en face du sien?

— Devant le calife, maître, aucun homme ne peut se cabrer; tu peux être un étalon fier, noble, ardent, tu peux galoper jusqu'au bout du monde, mais tu ne peux pas le jeter à terre. »

Djafar chemina silencieux, il était songeur mais sa joie demeurait.

Enfin, comme nous arrivions au palais et pendant que les gardes ouvraient les portes, il me regarda :

« La princesse Aziza nous aide, Ahmed, elle saura retenir le calife, elle sera capable de lui rendre longue la nuit et courte la défiance. Le crépuscule et l'aube se rejoindront comme une couronne autour de nos têtes, et Abassa sera au palais, quand la chaleur de la princesse enveloppera encore le corps d'Harun, je le connais. »

Je mis pied à terre et pris la bride de son cheval.

« Que cette nuit, seigneur, te soit brève et la suivante infinie, je t'accompagnerai chez la tante de la princesse et tuerai de ma main celui qui voudrait pénétrer dans cette maison, même si c'est le calife en personne qui désire y entrer. Passe une nuit dans la paix, seigneur, je coucherai devant ta porte. »

Que fîmes-nous le lendemain ? Je ne sais, ma mémoire n'a retenu ni les paroles, ni les gestes que nous échangeâmes Djafar et moi, sans doute parce que nous nous contentâmes de laisser passer les heures comme passe le vol des grouses au-dessus du désert aux premiers jours de l'automne. Un frôlement, un déplacement de lumière et de vent, une traversée.

Djafar alla au palais du calife, siégea au Conseil, partagea son repas du soir ; la nuit maintenant ombrait les jardins, la roseraie et le patio où bruissait la fontaine. Les fleurs des étoiles s'éparpillaient, bouquets d'ombelles dans le vase sans fond de l'infini. La chaleur peu à peu se noyait dans l'espace qui s'ouvrait à la tendresse du soir, coquillage marin dont les valves s'offrent à la caresse de la mer.

Reprenant l'appel à la prière d'un minaret à l'autre, les muezzins criaient leur espérance. Djafar et Harun s'inclinèrent vers la Ville sainte, leurs bras et leurs épaules se touchaient mais leurs cœurs ce soir-là ne battaient pas ensemble, une vague les éloignait l'un de l'autre pour les mener à des rivages lointains sur lesquels attendaient des femmes différentes, une Persane pour l'Arabe, une Arabe pour le Persan, similitude totale jusque dans leur différence. Je songeai à ces deux hommes si proches et si lointains, l'Arabe né en Perse, le Persan né à Médine, toute leur vie n'aurait été que le confluent de leurs deux rivières.

Le calife et mon maître firent une partie de dés dans le patio, les cigales bruissaient, quelques oiseaux de nuit s'appelaient dans la pénombre des greniers et des tours. Il était tard déjà.

« Veux-tu de moi ce soir ? » demanda Djafar.

Et il prit tendrement la main d'Harun qu'il garda dans la sienne. Le calife sourit.

« Mon beau Djafar, je te donne ta nuit car je vais t'être encore infidèle.

— Infidèle, imam ? »

Harun rit, son rire clair était sans équivoque.

« Oui, infidèle, mon frère, mais avec la femme que tu m'as donnée, avec la princesse Aziza. J'ai en ce moment pour elle une grande tendresse et un grand désir. Si Dieu le veut, nous aurons bientôt un autre petit prince. »

Il se leva et tendit sa main à baiser, mon maître s'inclina.

« Alors à demain, seigneur, peut-être le soir aurai-je pu reconquérir ton désir !

— N'en doute pas, Djafar, et passe une nuit dans le bien. »

Mon maître sortit lentement, je le suivis mais dès qu'il fut dans la cour d'honneur et qu'un serviteur lui eut amené son cheval, je vis ses mains trembler.

« Allons, Ahmed, me dit-il, la princesse Abassa doit m'attendre. »

Il était pâle, j'entendais presque battre son cœur. Nous regagnâmes le palais de Djafar. Il fallait que l'on nous voie rentrer, que nous laissions les chevaux aux écuries pour ressortir ensuite secrètement. Mon maître monterait dans ses appartements, ferait savoir qu'il ne voulait pas être dérangé et quitterait le palais avec moi par les terrasses et les jardins. Il devait être près de minuit, tout était calme, nous croisâmes des gardes et quelques serviteurs qui nous saluèrent. Djafar passa, paisible et altier, derrière lui je fermai la porte peinte de feuillages d'or de ses appartements. Alors, en un instant mon maître se débarrassa de son abaya de cour, de sa kufiyya, de sa galabiya, je lui tendis un simple vêtement de toile grise ceinturé et il enroula ses cheveux dans un turban blanc. Par précaution il prit un poignard qu'il cacha dans une poche de sa robe et, sans même me laisser le temps de changer mes sandales, nous repartîmes. Djafar riait ; à trente-cinq ans il courait sur les terrasses comme un adolescent, pour retrouver une femme, et cette escapade, son déguisement, tout excitait son désir, le rendait fou, juvénile et joyeux.

Au-dessus de nos têtes le ciel était clair, de la lune croissante se dégageait un souffle opaque et irisé qui caressait les étoiles, quelques chiens aboyaient, un tambourin sonnait là-bas, tout là-bas sur une terrasse, la paix du soir était sur Bagdad.

Nous remontâmes quelques ruelles désertes où traînaient des odeurs d'épices et de tannin ; au coin d'une fontaine, un vieux mendiant assis sommeillait, Djafar déposa sur sa robe une pièce d'or. « Que Dieu soit avec toi, murmura l'homme ! », et Djafar me regarda, oui, Dieu puisse être avec lui !

Le souk des drapiers était désert, les échoppes fermées, nous remontâmes la rue principale en silence ; tout au bout, au coin d'un passage voûté, une petite maison ocre. Pour entrer il fallait descendre quelques marches, la porte était de bois, les fenêtres minuscules, abritées par des grilles de fer forgé. Ne cherchez pas cette maison, elle n'est plus que dans ma mémoire, le feu, un feu soudain, imprévisible, l'a fait disparaître il y a des années de cela, quelques mois après la mort de mon maître. La vieille femme qui y demeurait périt dans l'incendie, un malheur, oui, un malheur. Sur les cendres le calife fit construire une petite medersa où les enfants du quartier inlassablement répètent les paroles sacrées. Les mots divins effacent les actions humaines, l'espérance abolit les souvenirs ; lorsque j'erre dans le quartier je ne vois ni le feu, ni la mort, ni la vengeance, je ressens du bonheur et j'aime entendre les enfants réciter le Texte saint. Je m'assieds et je reste à les écouter jusqu'au moment où le souvenir de ces nuits rend sourdes mes oreilles. Alors resurgissent les images du passé et, pour ne point offenser Dieu, je m'en vais.

Djafar frappa à la porte avec le marteau de fer forgé en forme de main. Une jeune servante vint nous ouvrir et derrière elle nous aperçûmes la tante d'Aziza enroulée dans son tchador.

« Entrez vite, dit-elle, ne faites pas de bruit. »

Elle parlait le persan, sa voix était un peu rauque, sensuelle.

« La jeune femme vous attend. »

Je voulus demeurer en bas.

« Monte, me demanda Djafar, j'aimerais que tu restes devant la porte pour me prévenir s'il y avait le moindre danger. »

L'escalier était étroit, un instant je pensai à notre première visite dans la demeure des parents d'Aziza, Djafar y songeait-il, lui aussi ?

La vieille femme nous précédait, petite forme noire, légère, muette, incarnation du destin ou de la mort. Elle écarta un rideau de coton rouge tissé de motifs géométriques blancs.

« C'est là », dit-elle seulement.

Et Djafar, se courbant pour passer car la porte était basse, entra.

Je vis Abassa debout dans la lumière stagnante d'une lampe à huile, elle portait une simple tunique de lin blanc qui lui découvrait les bras, ses cheveux étaient dénoués et elle était pieds nus. Elle regardait entrer Djafar, sa respiration était rapide et ses yeux brillaient. Djafar s'arrêta, sa haute silhouette obturait l'ouverture de la porte, je voyais son dos et les yeux de la princesse. Le rideau se rabattit, j'aperçus avant de me retourner Abassa qui, d'un geste, retirait sa robe et Djafar tomber à genoux devant elle. Son corps élancé de très jeune fille était fragile et délicat, elle avait une poitrine ronde et menue, une taille minuscule, des cuisses et des jambes longues et minces. Son abondante chevelure brune et frisée tombait sur ses hanches, elle portait des bracelets de poignets et de chevilles qui brillaient dans la lumière de la lampe. Djafar l'avait enlacée à pleins bras et elle ne disait rien, la tête un peu penchée, elle posa ses mains sur le turban de mon maître qu'elle enleva, mit ses doigts sur ses cheveux bouclés et, doucement, les caressa.

Je ne vis plus rien, je n'entendis plus rien, un chien parfois qui aboyait ou une conversation dans la rue ou encore les bruits du pas de notre hôtesse au rez-de-chaussée de la maison. Les rumeurs une à une disparurent, la nuit était avancée. Je restai debout, attentif et vigilant, éclairé par le reflet de la lampe à huile derrière le rideau d'où ne sortaient que quelques murmures semblables à un souffle à moins que ce ne fût le vent de la nuit.

Quelques coqs chantèrent ; je somnolais debout et tressaillis. Aucun bruit ne venait plus de derrière le rideau et nous devions partir. Au jour, les clients de Djafar, ses amis, entraient dans son appartement pour traiter des affaires, demander des conseils ; il fallait qu'il soit chez lui, l'œil et l'oreille du calife étaient partout.

« Maître, dis-je sans soulever le rideau, maître, le jour est proche. »

Je n'eus pas de réponse.

« Maître », dis-je encore, et j'écartai le rideau.

Djafar et Abassa étaient couchés nus, enlacés, et semblaient dormir ; les cheveux de la princesse couvraient la poitrine de mon maître et ses épaules, leurs jambes étaient mêlées, leurs bras entrelacés, leurs figures si proches que leurs lèvres se touchaient presque. Ils étaient si beaux que j'en fermai les yeux.

D'une voix plus forte j'appelai.

« Seigneur, il nous faut partir. »

Djafar tressaillit, s'écarta légèrement de la princesse et se redressa, ses yeux étaient cernés, sa bouche gonflée mais, sitôt éveillé, il regarda Abassa et lui sourit. Elle se releva à son tour et l'entoura de ses bras. Alors, devant moi, leurs bouches s'unirent à nouveau et leurs corps se rejoignirent, je voyais mon maître tendu vers la princesse comme le col d'un méhari vers le mirage de l'eau et elle, humide et tiède, l'attendait pour désaltérer ce voyageur dans sa course sans fin.

Je restai debout à les découvrir, et mon corps lui aussi se dressait vers eux, vers cette beauté que je contemplais et qui me faisait trembler. Je mis ma tête entre mes mains pour ne plus les voir, reculai et sortis.

La vieille femme montait.

« L'aube est proche, murmura-t-elle, dis à ton maître qu'il lui faut aller, dans quelques instants la rue s'animera et il ne doit pas être vu. Tout retard est une grande imprudence. »

J'appelai à nouveau :

« Seigneur, la nuit se termine, pour la sécurité de la princesse tu dois t'en aller. »

Djafar m'entendit, je perçus du bruit dans la chambre, le bruissement de vêtements qu'on enfile, il écarta le rideau. Ses traits semblaient figés, ses yeux absents, derrière lui j'aperçus la princesse qui elle aussi se vêtait.

« Allons, Ahmed », dit-il seulement.

Il ne se retourna pas et nous partîmes. Le chemin du retour, parmi les aboiements des chiens et le chant des coqs, me sembla bref, mon maître était silencieux. Près du palais, alors que nous traversions les terrasses des écuries, Djafar sembla sortir de son rêve, ses traits s'animèrent, ses yeux se remplirent de vie. Nous sautâmes sur une terrasse en contrebas qui donnait sur les jardins potagers.

« Ahmed, me dit-il, et son regard brûlait, Ahmed, il y a de l'éternité dans l'homme ! »

D'un bond nous fûmes en bas, mon maître avait ramené son turban sur le bas de son visage pour qu'on ne le reconnût pas. Devant les écuries il s'arrêta.

« Ahmed, selle mon cheval.

— Ton cheval, seigneur ! Mais ne rentres-tu pas dans tes appartements ?

— Il faut que je galope droit devant moi. Ce matin, vois-tu, je ne pourrai supporter aucune contrainte, je me sens comme un faucon devant l'appel du vent, dépêche-toi. »

J'essayai de le raisonner :

« Ne dois-tu pas recevoir ton père et tes cousins ? »

Djafar s'impatienta :

« Va, va, Ahmed, dis-leur que je suis parti chasser, qu'ils ne m'attendent pas.

— Je ne t'accompagne pas, seigneur ?

— Non, Ahmed, je veux être seul. »

Je m'inclinai, c'était la première fois que mon maître me refusait. J'allai seller son cheval ; Djafar avait chaud, il était épuisé mais il se sentait presque surnaturel. Il sauta en selle, donna un coup de talon à sa monture qui se cabra puis, poussant un grand cri guttural, belliqueux, triomphant, il s'élança.

Je ne le revis qu'au soir, il avait mangé et dormi avec des Bédouins, son visage était paisible, heureux. La paix était sur lui et en lui, il tenait entre ses mains une petite princesse arabe, perle d'ambre lisse, sensuelle,

apaisante dont le parfum violent le rendait ivre. Djafar
était arrivé à un rivage, limite du monde ou de vie, il
allait s'allonger et se trouver heureux. Rien n'avait
d'importance désormais.

Le soir il était au palais du calife, son bonheur le
rendait extraordinairement bienveillant envers Harun.
Sa sœur, son dernier bien, le plus défendu, le mieux
gardé, était à lui, il avait fait d'elle une femme, il
l'avait possédée comme il avait possédé son frère, et il
se sentait fort, grand, invincible. Son pouvoir, sa
fortune, sa séduction, tout le rendait l'homme le plus
puissant de l'empire, et lorsqu'il regardait le calife ses
yeux ne se baissaient plus. Pourquoi l'auraient-ils fait ?

Harun et Djafar jouèrent aux dés jusqu'à l'aube,
Abassa ne vint pas ; au calife qui avait demandé des
nouvelles de sa sœur, on avait répondu que, fatiguée
par la chaleur, la princesse se reposait. Vers le matin
Harun prit un peu de sommeil et il voulut que Djafar
restât auprès de lui. Mon maître le regardait dormir, il
souriait.

En fin d'après-midi, alors qu'ils sortaient du
Conseil, Djafar demanda au calife :

« Me permets-tu, imam, d'aller rendre visite à ma
femme dans ses appartements ?

— Va, lui répondit Harun, et salue-la de ma part.
Dis-lui qu'il me plairait qu'elle fût ce soir avec nous. »

Mon maître et moi nous fîmes annoncer chez la
princesse. Quel risque y avait-il ? Nous ne serions pas
seuls un instant et le calife le savait. Une de ses femmes
vint nous prévenir qu'Abassa se promenait dans ses
jardins, une servante était allée lui annoncer notre
présence, il nous fallait attendre. Une enfant souda-

naise arriva en courant, elle riait et ses dents étincelaient, perles de nacre sur la perle noire de son visage.

« La princesse attend son mari dans la roseraie près du bassin bleu. »

Nous traversâmes une petite cour plantée d'orangers où coulait une vasque de marbre rose en forme de coquillage, puis un jardin ombragé d'oliviers et d'amandiers, fleuri de lis et de fougères autour de murets de pierres qu'escaladaient des giroflées et des pois de senteur, enfin, derrière une porte cintrée entrouverte, nous vîmes la roseraie et, tout au fond, le bassin où la princesse faisait élever les canards les plus étranges et les plus colorés, colverts, sarcelles, pilets, canards de Chine. Elle venait les voir souvent, leur parlait, les nourrissait parfois. L'allée était sablée et le bruit de nos pas étouffé.

Abassa nous tournait le dos ; entourée de deux servantes, elle était penchée au-dessus du bassin et laissait traîner sa main dans l'eau parmi les nénuphars et les amaryllis. Des canards verts, bleus, jaunes, roux l'entouraient, nageant ou se dandinant parmi les touffes d'herbes fleuries qui entouraient la pièce d'eau. Djafar fut derrière elle ; immobile, il la regardait et Abassa, voyant l'image de mon maître dans l'eau, poussa un petit cri et se retourna. L'un et l'autre se contemplèrent, elle à genoux, lui la dominant de sa haute taille, ils ne bougeaient pas, ne disaient rien, mais leurs yeux étaient transparents. Alors la princesse se leva ; elle était si menue dans son kaftan brodé qu'elle ressemblait aux fleurs qui l'entouraient de toute part. Ses cheveux étaient nattés en une multitude de petites tresses où des fils d'or se mêlaient à des perles, dégageant son visage nu qui semblait ciselé comme un bijou. Elle était belle, belle de ses yeux noirs et fendus, belle de sa bouche charnue et gonflée comme celle des enfants, belle du fruit de sa peau mate et duvetée, belle de ses dents, belle de son cou et de son corps, et Djafar se noyait dans toute cette beauté, essoufflé, sans forces devant ce puits sans fin où il désirait tomber.

Leurs mains se joignirent un instant, prise de possession, seule caresse qu'ils pouvaient se donner. Abassa ne quittait pas mon maître des yeux et elle souriait. Cet homme dont le visage, le corps, la puissance, faisaient rêver jusqu'aux Bédouines sous leurs tentes de chèvre dans le désert d'Arabie, cet homme était à elle et Harun ne le possédait plus. Il pouvait prendre son corps, c'est à elle qu'il penserait dans l'étreinte, à elle qu'il se donnerait comme il s'était donné la nuit précédente. Harun l'avait considérée comme son bien et elle s'était vengée. A quinze ans, l'amour n'est pas une île, l'amour est l'océan lui-même, tumultueux, violent, indompté. Abassa aimait Djafar avec passion, elle avait éprouvé par lui sa première jouissance de femme, et son plaisir était source d'amour, elle s'y laissait glisser croyant être de l'eau courante.

Ils se regardaient et de ne pouvoir s'étreindre les faisait trembler de désir.

« Que la paix soit sur toi, Abassa », dit enfin Djafar.

Sa voix était basse et mal assurée.

« Et sur toi la paix, seigneur. Que me vaut le bonheur de ta visite ?

— J'ai su hier par le calife, que Dieu le bénisse, que tu étais souffrante et j'étais inquiet.

— La chaleur seule m'a indisposée, seigneur, je

brûlais et mes forces s'étaient élancées hors de moi. J'avais besoin de me soustraire au soleil.

— Il n'y avait pas de soleil, hier, princesse Abassa, il n'y avait que le ciel vide, le soleil s'était consumé lui-même. »

Les servantes un peu à l'écart écoutaient, devaient-elles rapporter les conversations de leur maîtresse au calife ? Djafar les vit enfin.

« Abassa, j'aimerais marcher avec toi dans cette roseraie, veux-tu ? »

Abassa fit un signe à ses femmes.

« Suivez-nous, ordonna-t-elle, nous allons nous promener dans les jardins. »

Elle ne leur avait pas demandé de l'attendre, que devinait-elle, que savait-elle ? Cette enfant passionnée et déraisonnable était également prudente et perspicace.

A quelques pas devant moi, suivis par les deux femmes, ils firent le tour de la roseraie. Abassa montrait les fleurs, les sentait, elle riait, ses nattes bougeaient autour de sa tête, ses mains parlaient en même temps que sa bouche. Djafar la regardait encore et encore, et il souriait de sa joie, de ses paroles, de ses gestes. Je garde cette image d'eux comme une éternité dans mon cœur, un début et une fin, un cercle de beauté et de bonheur tressé autour de ce crépuscule chaud et parfumé de la roseraie ; et dans ce cercle parfait, brillant et poli, je me regarde et je vois mon reflet, vision trouble et précise de mon visage tantôt homme, tantôt femme, comme si, selon la lumière et les jours, j'étais parfois Djafar et parfois Abassa. Beauté et jeunesse, drogue puissante faiseuse d'oubli.

Nous marchions toujours dans la roseraie et ils ne

parvenaient pas à se séparer. Les servantes parlaient derrière moi, elles chuchotaient et riaient à l'abri de leurs mains. Le palais savait qu'Abassa était une épouse sans mari, et de voir cette princesse altière punie d'une faute qu'ils ne connaissaient ni ne comprenaient les réjouissait et les attristait tout à la fois, selon que les femmes en parlent entre elles ou qu'elles y pensent dans la solitude de leurs nuits. Avoir Djafar al-Barmaki, l'homme le plus beau de l'empire, comme époux et dormir seule dans son lit, quel étrange et funeste sort ! Elles, regardaient Djafar et n'osaient y porter leurs yeux.

Enfin, comme la nuit tombait, la princesse s'écarta :

« Il me faut rentrer, seigneur, on m'attend pour le repas du soir.

— Te verra-t-on chez le calife ? Il est anxieux de ta visite.

— Y seras-tu ?

— J'y serai.

— Alors à ce soir, seigneur, car ta présence est pour moi comme un appel. »

Elle se détourna, prit un chemin entre deux haies de lauriers-roses et disparut. Je restai avec mon maître quelques instants immobile.

« Par Dieu, dit Djafar, je suis assoiffé de cette femme.

— Tu t'y rafraîchiras encore, seigneur, sois-en sûr, la source est aussi altérée que le voyageur.

— Que la princesse Aziza retienne Harun bientôt ou je serai mort de soif ! »

Il rit, je savais qu'il ne doutait pas un instant de revoir sa femme.

Passèrent les jours, Djafar et Abassa se voyaient et

se quittaient, leurs regards, d'enjoués, étaient devenus fiévreux, chaque soir, ils attendaient une parole, un message qui ne venait pas. Harun réclamait mon maître presque chaque nuit, et si Djafar désirait encore le calife, il évitait ses caresses devant Abassa, cherchant à montrer une indifférence qu'il n'éprouvait pas.

Harun par ailleurs était soucieux ; l'empire était agité de spasmes, des troubles se produisaient en Perse, à la frontière byzantine où l'impératrice Irène continuait à lui verser tribut. Les Alides le préoccupaient également et son aversion envers eux le rendait violent et partial. Djafar essayait de le raisonner, de le calmer, il fallait accepter les hommes dans leur différence, dans leur caractère et leur nature. L'empire était vaste, musulmans, sunnites, shiites, juifs, chrétiens, se côtoyaient, partout dans le monde on admirait la liberté dont chacune des communautés jouissait, il fallait continuer sur cette voie, montrer que le calife abbasside était le protecteur de tous, grands ou petits, riches ou pauvres, ainsi que le voulait Dieu. Harun l'écoutait mais sa piété qui devenait presque exaltée le poussait à haïr ce qui différait de lui. Son ami Fadl al-Rabi le poussait dans ce sens, il fallait épurer l'empire, le débarrasser d'une vermine qui l'empuantissait, Dieu le voulait. Que les chrétiens et les juifs se fassent petits, tout petits, que les Alides rentrent dans l'ombre, que leurs prétentions ridicules cessent et qu'ils se taisent. Le calife approuvait Fadl al-Rabi ; si Djafar n'avait pas été là il serait intervenu, mon maître savait tout cela mais son honneur lui interdisait d'abandonner ses amis et il faisait face. Lorsque Harun parlait de faire supprimer le chef Alide Yahya ben Abd Allah, à Médine, le clan entier des Barmakides s'y opposait, et

191

Harun ne répliquait rien, il rentrait sa docilité en lui-même comme un feu grégeois prêt à dévaster, force d'autant plus grande qu'elle était retenue, violence d'autant plus vive qu'elle était cachée. Harun et Djafar, évitant les conversations politiques ou religieuses, commencèrent à parler de leur passé.

Enfin, un soir, une vieille femme enroulée dans un tchador se présenta au palais de Djafar et demanda en persan à lui parler. On l'amena dans le vestibule et un garde vint me chercher. Je reconnus la tante de la princesse Aziza et la conduisis dans un coin.

« Dis à ton maître de venir cette nuit chez moi », marmonna-t-elle seulement.

Et elle s'en fut, sans un autre mot, sans un regard.

Djafar parlait de ses affaires avec des clients, je m'approchai de lui et lui rapportai à voix basse le message que j'avais reçu. Son visage s'éclaira.

« Par Dieu, dit-il, mon serviteur me donne une nouvelle qui me réjouit, et vous allez tous bénéficier de la joie qu'elle me cause ; allez, et faites comme vous l'entendez ! »

Les hommes se levèrent et se dispersèrent.

« Du vin, ordonna-t-il, du vin frais pour célébrer mon bonheur, nous boirons à la santé de la princesse Aziza. »

Pendant que nous buvions, un messager se présenta du Palais d'Or. Le calife faisait dire à son frère Djafar ben Yahya qu'il serait occupé ce soir et qu'il pouvait disposer de sa nuit. Il l'assurait de son amitié et lui souhaitait la paix. Djafar fit répondre aussitôt que le lendemain à la première heure il serait au palais, qu'il souhaitait au calife une nuit dans le bien et dans la paix. Le messager partit et mon maître éclata de rire. Il avait vingt ans à nouveau.

Nous repartîmes par les terrasses et les jardins. La lune était pleine et nous éclairait, des femmes nous regardaient sur d'autres terrasses et souriaient. Toute une complicité, une indulgence, un mélange de sentiments favorables et amusés de femmes qui se souvenaient ou qui espéraient. D'un bond nous fûmes dans la ruelle, pénétrâmes dans le souk des drapiers. La maison était devant nous, familière déjà et indulgente, la porte s'ouvrit, nous entrâmes. La même petite servante dans la pénombre souriait, nous ne vîmes pas la vieille femme. Djafar monta aussitôt, écarta le rideau. Abassa était là, nue, étendue sur le lit et elle le regardait. La chaleur faisait luire son corps mat, ses cheveux étaient dénoués, sa bouche entrouverte, une sensualité douce et violente émanait d'elle, une incitation presque animale qui fascinait Djafar au point qu'il ne pouvait plus faire un geste. Ce fut elle qui l'appela, il s'avança et, debout, la caressa doucement de l'extrémité des doigts, elle ferma les yeux.

Je baissai le rideau ; malgré la température oppressante, il me semblait presque avoir froid. Le feu brûlait là, derrière cette toile, et sa chaleur ne m'atteignait pas. Un sentiment de solitude que je n'avais pas encore connu m'envahit, je n'étais pas Djafar, il n'était pas moi, nous étions comme des amandes jumelles attachées l'une à l'autre mais séparées, différentes, non interchangeables. Notre divergence était Abassa.

Ils se parlaient, mots égrenés comme un chapelet d'ambre quand les mains sont impatientes et le corps fébrile, mots apaisants et troublants, chuchotés, à peine écoutés. Leurs voix se mêlaient comme se mêlaient leurs corps, puissance du rêve à l'instant où toute solitude semble disparue, où les mains s'accrochent, les jambes se mêlent, les bouches se joignent. J'avais toujours cherché dans ces moments-là une vérité, une générosité, un échange, quelque chose qui me fît grandir, ajoutant l'autre à ma propre mesure, faisant de nous un être plus important, plus fort, plus fraternel. Avais-je trouvé ce que je désirais ? Je ne sais pas, non je ne sais pas, les vieillards n'ont plus de mémoire.

J'ai oublié également combien de fois s'unirent Djafar et Abassa en cette fin d'été et ce début d'automne. Souvent ? Peut-être pas mais ils ne vivaient l'un et l'autre que pour ces rencontres.

Ahmed se tut, sa tête s'inclina en avant, il semblait dormir. Le cercle autour de lui ne disait rien, attentif, il était tendu vers le conteur. Enfin, après quelques instants de silence, un enfant demanda :

« Ton récit est-il terminé, Ahmed, pour que tu te taises ? Devons-nous revenir demain ? »

Le vieux mendiant leva la tête, il avait le regard perdu comme s'il ne voyait personne.

« Demain, oui, demain, si Dieu le veut, car ma voix s'éteint comme s'éteignit en cet hiver 186[1] la dernière année de mon maître. Il n'avait plus qu'un an de vie en espérance, et moi je n'attends que quelques jours. Revenez demain, mon histoire prendra fin et je me retirerai dans un coin de Bagdad pour y mourir, la

1. 801-802 de l'ère chrétienne.

mémoire vide, libéré de ce fardeau que je portais depuis tellement d'années, qui bougeait en moi et me blessait tant il était devenu grand et fort.

Passez tous une nuit dans la paix.

Dixième soir d'Ahmed

Ce soir-là, le dernier soir, personne ne reconnut Ahmed. Il était déjà assis sur la place lorsque la nuit vint, assis sur un petit tapis de prière d'une couleur rare et d'un dessin précieux. D'où lui venait ce trésor, où l'avait-il caché ? Lui-même était vêtu avec grand soin, il portait un kaftan brodé aux coloris passés, une abaya usée noire gansée d'or, son turban sale et déchiré avait fait place à une kufiyya ceinturée d'un iggal de laine noire entouré de fils d'argent. Sa barbe blanche était soigneusement peignée, il semblait prêt pour une fête, pour une célébration importante dont lui seul connaissait le lieu et l'heure. Devant la foule étonnée se tenait un vieil homme qui ressemblait à un prince, ce qu'il racontait était donc vrai ? Il avait réellement vécu cette vie de luxe et de plaisirs ! Le respect maintenant l'entourait, on le salua et les enfants s'écartèrent d'un pas. Une telle sérénité, une telle dignité se dégageaient du vieillard que tout le monde pressentit que quelque chose allait arriver, mais quoi ? La fin de son histoire, un adieu peut-être, le début d'une vie différente sans errance, sans faim, sans misère. Peut-être avait-il une maison quelque part avec des serviteurs et une fontaine d'eau courante où une famille, des fils l'attendaient ! ou peut-être allait-il disparaître comme une apparition qui hante les nuits sans lune, un esprit du passé revenu parmi les hommes ! Il était immobile et muet, les yeux clos, mort vivant que la nuit des souvenirs allait éveiller. Des odeurs d'épices, de viandes grillées, se répandaient sur la place, un vent d'ouest soufflait, il faisait un peu moins chaud. Ahmed ouvrit les yeux.

En décembre, il y eut un grand repas au Palais d'Or en l'honneur de chefs de tribus d'Arabie. On servit des moutons, des pigeons au miel, des ragoûts aux amandes et aux olives, des pâtisseries à la semoule et à la fleur d'oranger, pas de vins, car Harun dans sa piété écartait désormais de sa table toute boisson fermentée. D'interminables discussions eurent lieu dans la salle du Conseil, Djafar y assista et Fadl al-Rabi également. L'empire se raidissait et cette rigidité le rendait fragile, prêt à craquer de toute part. Harun n'admettait plus ni conseils, ni contestation, il s'enfermait en lui-même pour se défendre des autres et de l'influence qu'ils avaient sur lui, dans son entourage il n'écoutait plus que Djafar et Fadl al-Rabi, deux hommes totalement différents et qui se haïssaient. Le Syrien conseillait à Harun le partage de son empire entre ses fils, Djafar le réprouvait. En ne voulant en léser aucun, leur père les désavantageait tous. Un léopard, un aigle découpés n'étaient plus que viande morte, charogne et pourriture. Al-Mamun, son pupille, semblait à mon maître le plus qualifié pour succéder à son père ; c'était en tout cas celui qui lui ressemblait le plus. Fadl al-Rabi était proche d'Al-Amin, il le voyait tous les jours et l'adolescent l'admirait beaucoup. « Lorsque je serai le calife, lui disait-il, tu seras mon vizir », et Al-Rabi savait qu'il disait vrai.

On parla des révoltes alides, du prisonnier de Médine, Djafar avec ardeur le défendit, le protéger était une question d'honneur. N'avait-il pas reçu la parole de son frère Fadl ben Yahya ? Les Barmakides ne se laisseraient pas flétrir, sa sécurité était pour eux une affaire de réputation personnelle. Harun, attentif, écoutait parler son ami, il ne disait rien, ne montrait rien mais parfois ses yeux rencontraient ceux du Syrien et il semblait que leurs pensées étaient les mêmes.

Les chefs arabes approuvèrent Djafar, ils ne tenteraient rien contre l'Alide qui par ailleurs ne causait aucun trouble. Hôte de l'Arabie, il avait leur parole. On attendit l'acquiescement du calife, il restait la tête penchée sous sa kufiyya noire, les mains sur les genoux. Enfin il leva les yeux, les promena sur l'assemblée autour de lui, les arrêta sur Djafar.

« Passons à un autre sujet », dit-il.

Djafar se leva et sortit.

L'assemblée entière était plongée dans le silence, comment Harun allait-il montrer sa colère ? En allait-il être fini avec l'arrogance des Barmakides ? Je n'avais pas suivi mon maître, je regardais Harun ; il semblait calme, presque amusé. Sur ses lèvres se dessina même un étrange sourire et, était-ce hasard ou similitude de pensée, Fadl al-Rabi souriait comme lui.

On parla d'autre chose, Djafar fut présent au repas du soir à côté du calife. Harun lui parlait avec amitié, les Barmakides pouvaient donc garder la tête haute. La fin du colloque arabe fut marquée par des fêtes éblouissantes, Harun les présida de loin, entouré selon le protocole de ses deux fils aînés, Al-Amin et Al-Mamun. Sous le dais où ils mangeaient seuls je trouvai le calife soucieux, vieilli, sa barbe noire commençait à se pailleter d'argent, il était alourdi, sa jeunesse était comme un poème dont on garde le souvenir alors que les mots déjà égrenés ont rejoint le chant du monde. Djafar, de deux ans seulement plus jeune, avait gardé intacte la beauté de son corps et de son visage, il était comme un fruit en plein été qu'une rafale brusquement allait cueillir.

L'hiver fut précoce et froid, il y eut quelques chasses au faucon, puis Harun eut la fièvre et resta dans ses appartements. Le soir, mon maître rejoignait Abassa, enveloppé d'une burda grise pour se garder du vent froid soufflant de l'est. Tous deux tendaient les mains au feu de leurs corps pour les réchauffer de leur propre ardeur.

Un matin, Djafar se réveilla à son tour brûlant de fièvre.

« Va au Palais d'Or, me demanda-t-il. Dis au calife que mon état ne me permet pas de me rendre auprès de lui, que je lui envoie salut et paix. »

J'allai, on me laissa entrer porteur du message de Djafar. J'arrivai dans les appartements du calife, il n'y était pas. Alors que j'allais frapper à son cabinet privé où il recevait certains messagers, j'entendis sa voix et celle du Syrien. Il n'y avait pas de gardes, on ne se défiait pas de moi ; j'écoutai.

« Ma décision est prise, ami, disait Harun, et doit rester secrète. Fais partir pour Médine, maintenant, deux hommes sûrs et qu'ils viennent aussitôt me rendre compte du succès de leur mission. » Harun s'arrêta un instant et reprit, sa voix était plus forte :

« Tout cela doit être fait de sorte que toute idée de meurtre soit à écarter, les Alides en feraient un martyr et nous n'avons pas besoin de cela. »

Quelqu'un bougea, j'eus peur que Fadl al-Rabi ne sorte et ne me voie, je m'écartai vivement et me cachai derrière une tenture. Effectivement le Syrien apparut, traversa le salon du calife et s'en alla. J'attendis quelques instants et frappai à la porte, Muhammad vint m'ouvrir. En lui remettant le pli j'aperçus, au fond de la petite pièce, Harun assis près de la fenêtre qui lisait un message. Il ne leva pas les yeux pour me regarder.

Mon cheval n'allait pas assez vite pour me porter au palais de mon maître. Les souks encombrés me ralentissaient, le pont était obstrué lui aussi, me frayant un passage avec ma cravache, je le traversai. J'entrai au galop dans la cour d'honneur, les gardes étonnés me virent sauter à bas de mon cheval alors qu'il courait encore et me précipiter vers les appartements de Djafar. Etendu sur son lit, sous une couverture de martre, il ne dormait pas. Me voyant bouleversé, il se souleva sur un coude.

« Qu'y a-t-il, Ahmed ? Il semble que les djinns soient à tes trousses.

— Maître, j'ai surpris chez le calife des paroles qui vont te précipiter hors de ta couche comme un faucon s'arrache au poing du chasseur à l'odeur du sang. Yahya ben Abd Allah va être assassiné sur l'ordre d'Harun. »

Djafar effectivement rabattit sa couverture et se leva d'un bond. Sur son visage fatigué par la maladie s'imprimaient les marques d'une vive colère.

« Que dis-tu, Ahmed, en es-tu certain ?

— Certain, maître, j'ai entendu la voix même du calife donner cet ordre au Syrien. »

Djafar promptement enfila un kaftan, passa son abaya, enroula l'iggal autour de sa kufiyya, il était déjà devant sa porte.

« Vite, Ahmed. Allons au palais de mon père, il n'y a pas un instant à perdre. »

Nous partîmes au galop, le Ksar al-Tin était proche, nous y fûmes en quelques instants. Nous étions à peine descendus de nos montures que le vieux Yahya, alerté par des serviteurs que quelque chose d'insolite se passait, sortait de ses appartements. Djafar le salua, prit son bras et l'entraîna dans le salon privé où la famille se réunissait.

« Père, dit-il d'une voix brève, saccadée par la course et la fatigue, père, on trame l'assassinat de Yahya ben Abd Allah. »

Le vieil homme eut un sursaut.

« Ce n'est pas possible.

— C'est la vérité, père, il faut agir tout de suite. »

Yahya considéra longtemps Djafar. Enfin, d'une voix calme, tranquille, il dit :

« Mon fils, je sais qu'il te répugne de prendre parti contre le calife et je comprends tes raisons. Veux-tu soudain te compromettre, te perdre peut-être dans une affaire dont tu as toujours voulu te tenir éloigné ?

— Père, il ne s'agit pas cette fois-ci de palabres sans fondements, il s'agit de notre honneur et je ne puis m'en désintéresser. Il faut agir discrètement, faire sortir Yahya de Médine en secret pour que les messagers trouvent vide sa demeure. Le calife ne nous soupçonnera peut-être pas, n'importe quel partisan alide peut être l'auteur de cette évasion.

— Tu oublies, mon fils, que Yahya ben Abd Allah ne quittera jamais Médine sans y être contraint. Il a donné sa parole. »

Djafar eut un rire bref.

« Le calife comprendra aisément qu'une parole peut se reprendre. »

Yahya posa une main sur l'épaule de mon maître.

« N'agis-tu pas davantage contre Fadl al-Rabi que pour Yahya ben Abd Allah ? Que ta décision ne soit pas une vengeance, qu'elle soit la résolution d'un homme d'honneur. La vie ou la mort de notre ami n'a pas d'importance, nous sommes tous entre les mains de Dieu.

— Père, je sais qui nous sommes et la foi que nos amis ont en nous. Comment pourrions-nous les garder s'ils doutent de notre parole, jamais nous n'y avons manqué. »

Derrière Yahya apparut Fadl accompagné de son fils Al-Abbas déjà adolescent.

« Djafar a raison, faisons partir de suite quelques serviteurs sûrs et qu'ils persuadent Ben Abd Allah de les accompagner, ils l'amèneront ici où personne n'osera porter la main contre lui. »

Fadl chercha le regard de mon maître et lui sourit :

« Tu as de la fièvre, mon frère, dit-il simplement, va te reposer. »

Nous regagnâmes le palais de Djafar.

Les jours suivants furent anxieux, une partie de dés se jouait, rapide, inexorable, un homme en était l'enjeu, mais était-ce vraiment cet homme qui était l'essentiel ? Je revoyais les sourires du calife et du Syrien lors de la conférence et j'eus peur. Quelque chose de plus important que le sort de Yahya ben Abd Allah était en train de se décider.

Quinze jours s'écoulèrent, nous n'avions aucune nouvelle. Djafar s'était rétabli et voyait quotidiennement le calife. L'un et l'autre semblaient détendus, parfaitement normaux, mais tous deux étaient dans l'attente d'un message qui ne leur parvenait pas. Ils passèrent ensemble une nuit. Que pouvaient-ils se dire ? Ces deux hommes, figés dans leur détermination et leur silence, me troublaient ; que cherchaient-ils à se prouver dans leurs étreintes, que cherchaient-ils à oublier ? Etait-ce la tendresse ou le désir de briser l'autre qui leur faisait joindre leurs forces ? Double image, l'une voulue, l'autre rejetée. Ils ne se donnaient plus, ils prenaient de l'autre la force de s'affirmer. Miroirs déformants, en se contemplant ils se voyaient plus grands, plus puissants, s'étonnant ensuite de ne pouvoir se couler dans cette forme distorse qui les trompait.

Un matin, à l'aube, une grande agitation au palais nous réveilla ; deux cavaliers, épuisés, poussiéreux, demandaient à être reçus tout de suite par Djafar. Ils disaient venir directement de Médine. Mon maître descendit aussitôt, des domestiques allumèrent des lampes dans son salon privé, d'un geste il les renvoya et les cavaliers entrèrent. Alternance d'ombres et de lueurs grises venant des fenêtres et d'une clarté jaune répandue par les lampes à huile ; les silhouettes des deux hommes inclinés ondulaient selon le vacillement des mèches, et leurs ombres sur les murs suivaient la ligne sinueuse des sculptures de plâtre blanc. Le silence était total, Djafar, debout, attendait. Les hommes se redressèrent, l'un des deux avança d'un pas, suivi par son ombre qui glissa sur les coussins brochés d'or comme un chat silencieux.

« Seigneur, dit-il, nous avons obéi à tes ordres, Dieu en est témoin, mais ton ami a été enlevé par un groupe d'hommes plus important que le nôtre, nous n'avons rien pu faire. »

J'observai Djafar, deux sillons barraient son front, ses yeux brillaient, sa voix était froide, impérative.

« Comment cela s'est-il passé ?

— Nous avons été à Médine, seigneur, chez Yahya ben Abd Allah, il ne nous a suivis que lorsque nous lui avons appris que nous tenions nos ordres des Barmakides. A quelques heures de la ville, alors que nous approchions de Khaïbar, des méharistes nous ont rattrapés ; ils étaient une dizaine, voilés, vêtus de noir, armés. Nous avons sorti nos poignards mais ton ami lui-même nous a arrêtés. " Ne vous faites pas tuer, nous dit-il, voyez, ils sont bien plus nombreux. Laissez-moi, la volonté de Dieu est que je ne quitte pas Médine. " Il pensait qu'un chef arabe avait été mis au courant de son départ et qu'on le ramènerait chez lui. Un méhari attendait, il y monta. " Seigneur ! criai-je alors que le groupe se remettait en marche, dis un mot et nous combattrons pour toi. " Il se retourna. " Que Dieu vous donne la paix, amis, retournez auprès de vos maîtres et dites-leur qu'ils sont dans ma mémoire et mon cœur jusqu'à ma mort. "

— A-t-il prononcé notre nom ? demanda Djafar.

— Non, seigneur, il a dit : vos maîtres, c'est tout.

— Vous a-t-on suivis ?

— Je ne le pense pas.

— Allez, dit Djafar, et ne parlez à personne de ce qui s'est passé. »

Les deux hommes se retirèrent, je restai seul avec mon maître.

« Le calife a été mis au courant de nos projets, murmura Dafar. Comment ? Par qui ?

— Les oreilles d'Harun sont partout, maître, ici dans ton palais, au Ksar al-Tin, dans toute la ville et dans tout l'empire, elles surprennent jusqu'aux murmures, aussi bas soient-ils chuchotés.

— Que Dieu nous garde ! dit mon maître. La colère du calife va être terrible. Qu'il garde aussi Yahya ben Abd Allah car sa vie ne pèse pas plus lourd désormais qu'une plume de faucon. Peut-être est-elle déjà soufflée par le vent de la mort. »

Je voulus essayer de redonner confiance à mon maître :

« Harun ignore peut-être que les hommes qui accompagnaient Yahya ben Abd Allah étaient les vôtres. Pourquoi ne soupçonnerait-il pas des partisans alides ?

— Il sait où se sont rendus ces cavaliers. A l'instant même des espions doivent lui en rendre compte au Palais d'Or et, dans la matinée, sois-en sûr, le calife va me faire appeler. »

Effectivement, vers dix heures, un messager d'Harun vint prévenir Djafar que le calife l'attendait toutes affaires cessantes. Djafar se vêtit et nous partîmes en silence. Il faisait froid ; enveloppés dans nos manteaux de laine, suivis par quelques gardes nous traversâmes la ville. Les rues étaient calmes, les passants se hâtaient des souks à leur demeure, des marchands se réchauffaient à des braseros allumés dans leurs échoppes et au coin des rues, le ciel gris donnait aux maisons ocre la couleur de la terre.

Nous entrâmes au palais, un chien aboya devant l'étalon de Djafar, qui se cabra ; mon maître faillit être désarçonné mais il ne tomba pas. J'y vis un signe du destin.

Le calife attendait Djafar dans son salon privé, il était debout devant une des fenêtres ; dans un coin, Muhammad, le cimeterre à la main, nous regardait entrer ; il n'y avait aucune expression sur son visage.

« Que la paix soit sur toi ! » dit Djafar.

Et il s'avança pour baiser la main d'Harun. Celui-ci recula d'un pas, son regard était irrité et froid.

« Je ne reçois de salutations que de mes amis, Djafar ben Yahya. En es-tu ? »

La voix de Djafar ne tremblait pas.

« Comment pourrais-tu en douter, imam ? Ne suis-je pas ton frère ? »

Le calife le regardait, Djafar ne bougeait pas, il semblait calme, ses yeux ne s'abaissaient pas.

« Mon frère, Djafar ! Sache que mes frères ne me trahissent pas.

— Te trahir, seigneur ! Que veux-tu dire ? »

Le calife portait la main à un chapelet d'ambre qui pendait à sa ceinture, mais il se dominait et ne le prenait pas. Sa voix sèche perdait de son assurance, il tremblait légèrement. Enfin il cria :

« Cesse donc de me défier, Djafar al-Barmaki, car je peux te briser, te jeter hors de ce palais comme un mendiant ! »

Mon maître tressaillit, la colère montait en lui, j'eus peur d'un geste irréparable.

« Maître », dis-je doucement.

Djafar me regarda un instant, son irritation sembla décroître, il reprenait le contrôle de lui-même.

206

« Dis-moi ce qui me vaut ta colère, imam, qu'ai-je fait pour te déplaire à ce point ?

— Ton hypocrisie, Djafar, me confond. Peux-tu m'expliquer comment Yahya ben Abd Allah a quitté sa résidence de Médine ? »

Djafar respira longuement, le problème était posé, clair, précis, il pouvait maintenant l'affronter.

« Seigneur, j'avais appris qu'il risquait d'être assassiné. Je savais combien ce meurtre te déplairait et serait nuisible à ta politique, j'ai voulu le mettre à l'abri. Apparemment il a été reconduit à Médine où certainement tu pourras le faire protéger. »

Le calife regardait mon maître, sa colère semblait s'atténuer.

« Qui t'a parlé d'assassinat ?

— Un bruit, imam, un simple bruit mais j'ai cru devoir y attacher de l'importance.

— On n'assassinera pas Yahya ben Abd Allah. Maintenant, s'il meurt, tu en seras le responsable car les chefs arabes n'ont plus confiance en sa parole.

— Si ta volonté est qu'il vive, imam, il vivra et Dieu sera avec toi. »

Harun se détendait, son bras pendait le long de son corps, il s'était un peu voûté.

« Djafar, j'avais confiance en toi et tu n'en as pas été digne. Comment pourrai-je désormais te croire ? »

Alors mon maître s'avança vers le calife et mit un genou à terre, puis il lui prit la main et y posa ses lèvres.

« Harun ! » dit-il seulement.

C'était la première fois que je l'entendais appeler le calife par son nom. Sa voix était chaude, sensuelle. Harun tressaillit.

« Tais-toi, ordonna-t-il, et sa voix était mal assurée. Je suis sans forces devant toi et cette faiblesse m'irrite au plus haut point. Que l'on ne me parle plus jamais de Yahya ben Abd Allah, m'entends-tu, Djafar ? »

Djafar se releva, ils étaient l'un devant l'autre une fois de plus soudés par ces chaînes poisseuses qui enserraient leurs corps.

« Ma confiance en toi est totale, imam, je ne crains plus pour mon ami et ne t'en reparlerai pas. »

Le calife eut un petit rire moqueur :

« Je n'ai pas à mériter ta confiance, mon frère, peut-être seulement puis-je solliciter ton amitié et ton désir, ne l'oublie pas ! Va, maintenant, et rejoins-moi en fin de journée, je voudrais faire une partie d'échecs avec toi, puis nous souperons et je pourrais avoir envie de ta présence cette nuit. »

Il avait une lueur dans le regard en considérant mon maître.

« Oui, il se pourrait bien que j'aie envie de toi ce soir. »

Djafar pâlit.

« Imam, je n'ai jamais failli à ton désir, tu n'as pas à me donner d'ordres pour que je veuille être à tes côtés ! »

Harun rit encore.

« Ne te fâche pas, mon frère, car assurément mon amitié pour toi est ardente. »

Et, s'approchant de Djafar, il caressa son bras. Vivement mon maître prit sa main et la serra avec force, ils se regardaient. Enfin, Harun sourit :

« Va, dit-il, et reviens vite. »

Sa voix était sourde, mal assurée, son regard

presque suppliant. Je savais ce que le calife ressentait et mon cœur se serra. Nous sortîmes.

Jamais personne ne sut ce qu'il était advenu de Yahya ben Abd Allah : il ne regagna pas sa demeure de Médine ni aucun autre endroit dans l'empire. Les Barmakides ne l'évoquèrent plus à la cour mais ils savaient, et le vieux Yahya regarda Harun, son pupille, avec étonnement. Il l'avait donc fait assassiner ? Il y eut en Perse un souffle de vengeance mais les brises passent, seuls les ouragans détruisent.

En mars les prémices du printemps réchauffèrent nos yeux et nos cœurs. Les amandiers fleurirent, les maisons de Bagdad à nouveau semblèrent expirer le soleil, les chasses reprirent, les concerts dans les jardins et le repos près des fontaines à l'abri du vent dans les patios intérieurs.

Harun et Djafar semblaient en paix, leurs regards, leurs paroles, leurs gestes ne voulaient plus sans cesse affirmer une supériorité dont ils ne voulaient pas vraiment. Seuls, dans l'anonymat d'une province, ces deux hommes réellement se seraient aimés. Après un dîner intime, Harun qui paraissait de très bonne humeur congédia Djafar.

« Il me semble que la princesse Aziza rajeunit avec le printemps, elle m'a lancé aujourd'hui un regard qui pour un époux est un ordre. J'irai la rejoindre ce soir. Va, Djafar, mon frère, ne sois pas jaloux car la part la plus grande et la plus noble de mon âme est à toi. »

Djafar s'inclina, il pensait que dans quelques instants il serait avec Abassa et son cœur bondissait de joie.

La rareté de leurs rencontres avait laissé intacts leurs désirs. Lorsqu'ils se voyaient au Palais d'Or, ils étaient apaisés par leurs certitudes et leurs souvenirs, mais quand ils s'enlaçaient dans la maison de la Persane, la flamme se ravivait au souffle de leurs bouches et les brûlait. La petite fille était devenue femme, experte, avide, passionnée, ses bras, ses jambes, ses lèvres prenaient Djafar comme une liane s'enroule autour d'un arbre, et lui, paisible, puissant, prêtait sa force à cette étreinte pour la serrer davantage encore, pour mieux s'ajuster à elle. Unis, ils étaient une forêt bruissante, obscure, moite, profonde, leurs murmures ressemblaient aux cris étouffés des bêtes cachées, un monde, un univers. Je les regardais parfois et, voyageur solitaire, je me tendais vers eux comme vers un pays maléfique sans frontières et sans nom, fasciné et terrifié par cette violence secrète, cette douceur humide, marécageuse, cet individualisme impitoyable.

Ce soir-là Abassa, qui d'habitude attendait Djafar nue sur le lit, était habillée, debout devant la fenêtre. Elle nous regardait entrer et ses mains jointes étaient serrées l'une contre l'autre. Djafar s'avança, elle ouvrit les bras et se précipita contre lui.

« Qu'as-tu, ma douce? murmura mon maître. Qu'as-tu? » et il lui caressait tendrement les cheveux d'une main tandis que l'autre étreignait sa taille.

Abassa pleurait. Sa tête contre la poitrine de mon maître était secouée par les sanglots, il dut lui prendre le menton pour la forcer à le regarder.

« Dis-moi, ma princesse, dis-moi, qu'as-tu? »

Abassa reprit son souffle, s'essuya les yeux avec un coin de l'écharpe de soie rose qui ceignait son kaftan :

« Seigneur, je ne sais quoi faire. Harun va me tuer. »

Et elle se remit à pleurer.

Djafar s'inquiéta, il la prit par les épaules et la secoua.

« Pourquoi donc, Abassa ? Pourquoi le calife te tuerait-il ? »

Alors, dans un souffle, tout en continuant à verser des larmes, la princesse murmura :

« Je suis enceinte. »

Djafar la lâcha et recula d'un pas. Comment n'avait-il pas prévu, comment n'y avait-il pas pensé ! Il restait stupéfait, ne trouvant rien à dire. Abassa le regardait, elle ne pleurait plus.

« Qu'allons-nous faire ? » demanda-t-elle.

L'attitude de Djafar changea soudain totalement, rejetant la tête en arrière, il se mit à rire.

« Un enfant ! Dieu nous bénit, j'aurai un fils de mon Abassa ! »

La princesse le regardait étonnée, puis elle aussi sourit.

« Oui, Djafar, un don de Dieu, rien ne pouvait me rendre plus heureuse et pourtant je vais mourir.

— Mourir, Abassa ? Qui te laissera mourir ? Il faut que tu quittes Bagdad, que tu partes dans un endroit tranquille loin d'ici pour donner naissance à mon fils. Ensuite tu pourras revenir. »

La petite princesse semblait avoir oublié son chagrin, elle riait, ses mains avaient pris celles de Djafar et ils se parlaient les doigts enlacés. La voix d'Abassa, maintenant, était rapide, enjouée.

« J'irai chez mes grands-parents maternels à La Mekke, ils m'accueilleront et ils me protégeront. Chez eux personne ne viendra m'inquiéter, pas même Harun qui les respecte et les aime. Je vais annoncer bientôt que je désire les revoir et que je veux passer l'été auprès d'eux. Ils sont vieux, mon frère comprendra que je veuille profiter de leur tendresse. Le mois prochain je partirai, ma grossesse ne sera pas encore visible. »

Djafar posa sa bouche sur les cheveux de sa femme.

« Quand accoucheras-tu ?

— En octobre, si Dieu le veut. » La voix de la princesse se fit triste « Tant de temps sans te voir...

— Je ferai un pèlerinage à La Mekke à l'automne, nous serons ensemble. Prépare ton voyage, entoure-toi de personnes sûres, tout se passera bien. »

Il la serrait dans ses bras, embrassait son front, ses joues, sa bouche, elle se laissait faire en riant. Je n'avais pas leur gaieté ; cet enfant, je le sentais, était un germe de mort.

L'aube arriva, je n'avais pas vu passer la nuit tant mes pensées avaient vagabondé, essayant de tout prévoir, de tout deviner. Contre le danger qui menaçait mon maître je ne pouvais rien faire, je ne pouvais pas même le définir vraiment.

Djafar, lors du chemin du retour, se montrait intarissable sur son bonheur, la famille du prophète et celle des Barmakides avaient fait souche. L'amitié ou la défaveur du calife n'avaient désormais plus de prise sur lui, son enfant allait être le cousin d'Al-Amin, le fils de l'orgueilleuse Zubayda, et cette pensée le comblait d'une joie moqueuse. Qu'importait le fait que cette naissance devait rester secrète, lui savait, et son regard sur la famille du calife ne serait jamais plus le même. Dans le ventre hashémite d'Abassa, c'était toute la Perse qui se développait, grandissait, allait éclater, toute la Perse et tous ceux que les Abbassides considéraient du haut de leur noblesse et de leur pureté. Mon maître riait et ce rire m'étouffait.

Quelques jours plus tard, Harun demanda à Djafar s'il connaissait le projet de la princesse Abassa d'aller passer la fin du printemps et l'été à La Mekke.

« Non, répondit mon maître, je ne vois jamais seul la princesse Abassa ; lorsque je lui rends visite les servantes qui l'entourent constamment empêchent toute conversation personnelle. »

Le calife sourit :

« C'est bien ainsi, mon frère, c'est ce que je désire et tu le sais. Le départ d'Abassa n'est d'ailleurs peut-être pas étranger au fait qu'elle souffre elle aussi de ces présences inévitables autour d'elle. Elle désire un peu de solitude et de repos auprès de ses grands-parents maternels, que Dieu les garde, et je la comprends. A son retour sans doute vaudra-t-il mieux que tu ne cherches plus à la voir car ce mariage ne la rend pas heureuse. »

Djafar eut un petit rire.

« Qui parle de mariage, imam, toi ?

— Cela suffit, dit Harun, j'ai peut-être eu tort et le chagrin de ma petite sœur m'est douloureux car je l'aime infiniment. Nous envisagerons un divorce l'année prochaine et je lui choisirai un mari qui, j'espère, lui rendra son sourire.

— Je suis déjà son mari, seigneur, ne veux-tu pas que je la rende heureuse ?

— Pas toi, dit le calife sèchement, jamais. »

Djafar s'inclina, je voyais la colère monter en lui mais il la réprima et une pensée que je devinai le fit même sourire.

Abassa préparait son départ. Une caravane était

prête pour le voyage, des dromadaires pour les bagages, des méhara de selle, quelques soldats de la garde du calife pour l'escorte. Elle ne revit pas Djafar avant son départ, et mon maître attendit chaque soir un message qui ne vint pas.

Un matin, alors que nous traversions les jardins pour nous rendre dans le grand salon d'honneur où des hôtes l'attendaient, Djafar me dit :

« Ahmed, je veux donner à la princesse une femme sûre qui veille sur elle et puisse me donner de ses nouvelles. Il me faut quelqu'un de dévoué et de fidèle comme Amina. Elle partira avec Abassa. »

Je sursautai.

« L'Afghane, seigneur ! Mais elle t'aime, comment pourrait-elle protéger ta femme ? »

Djafar rit :

« Justement parce qu'elle m'est très attachée, ce qui est à moi doit lui être sacré.

— Maître, une fille qui aime n'est jamais loyale, je le sais. »

Le rire de Djafar devint moqueur.

« Que connais-tu des femmes, Ahmed ? Allons, ne te fais pas de soucis pour ce qui n'en mérite pas. Tu vois partout des pièges et des trahisons, mais Dieu m'est témoin que je peux compter sur mes amis. »

Le soir, après le souper, il me demanda d'aller faire chercher Amina.

L'Afghane arriva peu après, voilée ; elle avait les yeux brillants et son bonheur me montra aussitôt qu'elle se méprenait sur les raisons qui l'avaient fait venir. Elle s'approcha de Djafar et lui baisa la main, son corps était penché, souple, humble et provocant.

« Relève-toi, Amina, dit mon maître doucement, j'ai à te parler.

— Oui, seigneur, je t'écoute.

— Amina, tu sais que ma femme bien-aimée, la princesse Abassa, désire se retirer auprès de ses grands-parents à La Mekke.

— Je l'ai appris par des servantes.

— J'ai besoin pour l'accompagner d'une personne fidèle et totalement dévouée. Tu partiras avec elle, tu seras sa compagne et le lien entre elle et moi. »

Amina sursauta, ses yeux avaient une lueur étrange.

« Partir, seigneur, te quitter ?

— Je le veux, Amina, emmène ta fille avec toi. La princesse Abassa te dira des secrets que tu devras garder au plus profond de toi-même. Je sais que tu le feras.

— Je le ferai, maître, si tu l'exiges, mais quitter ton palais me déchire. »

Djafar rit et je savais que ce rire blessait la jeune femme.

« Je te confie mon bien le plus précieux, ajouta mon maître — et je tremblai de ces paroles. Quelle preuve de confiance plus grande pourrais-je te donner ? Va, maintenant, et tiens-toi prête pour le départ. »

Amina recula d'un pas, la lueur dans ses yeux n'avait pas disparu.

« Ne me gardes-tu pas auprès de toi ce soir, maître ?

— Non, dit Djafar, retourne chez les femmes, j'ai envie d'être seul, va ! »

Il se détourna. J'aurais voulu lui prendre les bras et les nouer autour d'Amina. S'il l'avait fait le destin aurait peut-être pris un autre chemin. Oui, peut-être l'aurait-il fait. Ceux qui sont aimés ne savent pas les pensées de ceux qui aiment ; moi, je les connaissais, et ce que j'avais vu dans les yeux de l'Afghane me parlait clairement. Je ne dis rien, qu'aurais-je pu dire ? L'univers de Djafar n'était pas le mien.

Un matin d'avril, la caravane qui devait mener la princesse à La Mekke quitta Bagdad. Du haut de son dromadaire, écartant un pan du dais qui la cachait, elle regarda son mari pour la dernière fois. Leurs regards enlacés ne parvenaient pas à se détacher, et le balancement de la bête les faisait naviguer, flot de souvenirs et d'espérances, un sourire les sépara, le tissu retomba. Djafar ne devait plus revoir le visage d'Abassa. Il voulut escorter la princesse à cheval au-delà des murs de la ville, mais Harun le retint.

« Reste, demanda-t-il, je suis peiné du départ de ma sœur et j'ai besoin de ta présence. »

Djafar me tendit les rênes de son étalon et suivit le calife, son visage était impénétrable.

La fin d'avril était glorieuse dans la tendresse des matins et la douceur des soirs. Nous apprîmes que la princesse était arrivée à La Mekke et s'était installée dans la maison de ses grands-parents. Djafar, cette nuit-là, resta seul, il marcha dans les jardins et demeura longtemps dans sa chambre debout devant sa fenêtre à regarder la lune. Qu'y voyait-il ? Songeait-il que la même lumière baignait le lit d'Abassa, là-bas en Arabie ? Qu'elle y reposait, coquillage palpitant et tendre dans la nacre de la nuit ?

« Joue-moi de la cithare, Ahmed », me demanda-t-il.

Je jouai, il s'allongea sur son lit à plat ventre, la tête entre ses bras et ne bougea pas. Enfin il tourna vers moi son visage.

« Je devrais me réjouir, mon ami, et je me sens triste. Les murs de ce palais dans les murs de Bagdad m'oppressent. Je voudrais que mon corps, comme le vent, se glisse sous toutes ces portes pour rejoindre le désert et se dissoudre dans ses nuits étoilées. J'avais en moi des espérances sans fin, je me retrouve avec des souvenirs et un temps présent qui n'est plus le mien. Qu'est-il arrivé pour que je me sente soudain pris dans un piège que je n'ai pas vu dresser ? Ce que je voulais, je l'ai eu mais je me suis trompé de vouloir. J'aurais dû, comme les soldats du Prophète, galoper devant moi jusqu'aux confins du monde sur un cheval noir qui me portât sans me rien demander. Sous ses sabots se seraient répandus mes désirs à tous les vents, j'aurais été à la mesure du monde. Ahmed, me trouves-tu beau ?

— Oui, seigneur, tu es le plus beau des hommes et tu le sais.

— Cette beauté m'a perdu, ami, elle a été un masque dissimulant mon visage, faisant de moi une ombre magique. On m'a voulu et je ne voulais personne, je voulais juste quelque chose, quoi ? L'image d'un homme, peut-être, qui me faisait rêver, toi d'abord, le calife ensuite, mais ce n'était pas vous que je cherchais, c'était moi. »

Je continuais à jouer, Djafar avait fermé les yeux.

« Quoi que je fasse maintenant, tout sera petit ; la montagne est derrière moi et je marche dans la plaine. Qu'ai-je à y faire désormais ? »

Je jouais toujours, un chant persan plaintif et nostalgique.

« Seigneur, veux-tu donc tant que cela être auprès d'Abassa ? Te manque-t-elle à ce point ? »

Djafar me regarda.

« Non, Ahmed, je n'ai besoin ni d'elle, ni de personne. Lorsque le calife nous aura fait divorcer, la princesse et moi, je quitterai Bagdad et n'y reviendrai plus.

— Maître, Harun ne te le permettra pas. »

Djafar sourit.

« Crois-tu cela, Ahmed, crois-tu que le calife soit Dieu ?

— Seigneur ne dis pas cela, ces paroles pourraient te faire grand tort !

— Je le dis, Ahmed, et je le ferai, je prendrai mon fils et nous irons dans le Khurasan ou ailleurs, la roue de mon destin s'arrêtera quelque part et nous y demeurerons mais, par Dieu, pas à Bagdad, il n'y a pas un visage ici que je désire revoir. »

Il resta en silence un instant et, me regardant, il ajouta :

« Sauf toi, Ahmed, car tu es le seul à me regarder avec mes propres yeux. »

J'arrêtai de jouer. Nous étions proches l'un de l'autre, plus proches que nous ne l'avions jamais été. J'avais envie de le toucher, de le caresser mais je n'en fis rien ; je savais que Djafar désormais ne voulait plus prêter aux autres ce corps, ce visage qu'ils avaient tous tant aimés. Je dis seulement :

« Sois en paix, Seigneur, et pense à ton fils. L'obscurité où il devra vivre le rendra dépendant de ta lumière, ne l'oublie pas. »

Djafar prit ma main et la serra dans la sienne :

« Que Dieu protège mon fils, si j'ai un fils, car il en aura besoin. »

Je sortis et me couchai devant sa porte. Dans la chambre je n'entendais aucun bruit.

Abassa ne pouvait écrire que des messages parfaitement insignifiants et Djafar lisait entre les lignes, lui-même écrivait mais jamais il ne me fit lire une seule de ses lettres. Elles devaient être banales car la police d'Harun en prenait connaissance.

Nous eûmes un long été. De mai à octobre la chaleur tomba sur la ville, s'y installa, chauffa les murs à blanc, les jardins, le sol même des rues. Djafar chassait beaucoup, il revenait au soir harassé, trempé de sueur, poussiéreux, puis il se baignait, dînait et rejoignait le calife ou réclamait l'une de ses concubines. Pas une nuit il ne resta seul. Au Palais d'Or, Harun organisait des fêtes, des dîners où les épices embrasaient les corps dans la chaleur du crépuscule. Djafar partageait la couche du calife, partageait ses femmes, et il riait; j'étais le seul à savoir que ce rire cachait une absence. Un soir, rentrant chez lui à l'aube après une nuit de plaisir, il me dit en se couchant :

« Il me tarde, Ahmed, que mon enfant naisse pour qu'un peu de fraîcheur pénètre dans ce palais. Les étés de Bagdad pourrissent tout. »

Et en riant il ajouta :

« Mais par Dieu, comme j'aime la vie! »

Il demanda à boire, je lui portai un verre d'eau fraîche, il le but d'un trait, s'essuya les lèvres et me regarda :

« As-tu vu, Ahmed, ce jeune garçon qui servait le calife? Il est beau comme tu l'étais à quinze ans, l'as-tu remarqué?

— Oui, seigneur, je l'ai remarqué.

— Veux-tu que je le prenne à mon service ? Harun ne me le refusera pas.

— Tu es le maître, seigneur. Si tu le veux, prends-le. »

Djafar me regardait. Voyant mon visage impassible, il eut un petit rire.

« Comme tu es sérieux, Ahmed, et ennuyeux. Ne t'inquiète pas, je vais le demander au calife et j'en ferai un eunuque pour mon harem. »

Je voyais le visage, le corps de ce jeune garçon, et j'eus de la pitié pour lui. Un homme malheureux ne peut-il donc répandre que le malheur ?

Fin octobre, lumière déclinante et douce, apaisant le feu du ciel. Raisins, pommes et poires étaient mûrs et les enfants les mangeaient dans les souks en riant. Dans les jardins les fleurs s'épanouissaient en massifs exubérants, les roses grimpantes retombaient en grappes sur les tonnelles où l'on buvait au soir du vin frais. Les vieillards sortaient à nouveau et les femmes se retrouvaient sur les terrasses, Bagdad sortait d'un sommeil de cinq mois.

Un après-midi, le chef d'une caravane venant d'Arabie demanda à parler à mon maître personnellement. Djafar le reçut, il savait que cet homme allait lui parler d'Abassa. Le chamelier s'inclina.

« Seigneur, je viens de La Mekke et j'ai un message de ton oncle. Il m'a chargé de te dire que ta servante avait accouché de deux fils qui se portaient bien. »

Djafar ne bougea pas.

« Merci de cette nouvelle et que la paix soit sur toi. »

Puis il me fit un signe.

« Emmène cet homme, Ahmed, et récompense-le. »

L'homme s'inclina encore et sortit avec moi. Quelques instants plus tard je rejoignis mon maître dans ses appartements. Il était assis, la tête entre ses mains comme assommé par un choc. Je lui touchai l'épaule :

« Deux fils, seigneur. Tu vois bien que Dieu est avec toi. »

Djafar releva la tête, il souriait et il avait des larmes dans les yeux.

« Ahmed, j'éprouve un bonheur que je ne pensais jamais pouvoir ressentir encore. Il me faut partir pour La Mekke et voir mes enfants, je vais dire au calife que je désire faire le pèlerinage.

— Ne te presse pas, seigneur, sois patient. Si le message de ce chamelier est connu du calife il s'étonnera de ton empressement à te rendre auprès d'une servante. Ne tente rien pour le moment, attends. »

Djafar m'approuva, il savait que j'avais raison mais sa hâte était grande de contempler ses fils. J'étais sûr qu'il pensait aussi à Abassa.

Le soir, il y avait au palais du calife une fête à laquelle Djafar se rendit, mais il n'y passa pas la nuit, prétextant une grande fatigue ; il rentra chez lui pour songer à ses fils. Ce jour-là rien d'autre ne pouvait le retenir.

Une semaine exactement s'écoula. A l'heure même où le chef de la caravane s'était présenté au palais de Djafar, un messager arriva au Palais d'Or et demanda à voir personnellement le calife. On l'écarta, l'imam ne recevait pas ce jour-là. Il insista et un garde partit chercher Muhammad, l'esclave d'Harun qui ne le quittait jamais. Le grand Noir survint, écouta l'homme et lui fit signe de le suivre ; le calife le reçut aussitôt.

Au palais de Djafar ce jour fut un jour ordinaire. Mon maître reçut des clients, déjeuna avec son père, se promena dans ses jardins, écrivit, parla avec ses amis. Comme il se préparait pour aller au palais du calife, un messager arriva porteur d'une lettre brève signée de la main d'Harun. « Ne te dérange pas, disait la missive, car la fête n'aura pas lieu. Je veux être seul. » Il n'y avait ni salutation ni aucune formule d'amitié.

Djafar haussa les sourcils, plia le parchemin et le mit dans sa poche.

« Qu'en penses-tu, Ahmed ? me demanda-t-il.

— Tout est possible, seigneur, le pire comme le plus banal, tu sauras demain le pourquoi de ce mot. »

Mon maître ne m'en reparla pas. Y pensait-il ? Il ne semblait pas soucieux.

Le lendemain Djafar se présenta au palais, Muhammad, dans la salle d'audience, l'empêcha d'entrer. Un garde vint lui dire que le calife était souffrant, il ne siégeait pas au Conseil ce jour-là. Nous revînmes chez Djafar. La journée fut horriblement longue. Djafar essaya de se plonger dans des activités qu'il ne parvenait pas à mener à bien, il mangea à peine, je le savais nerveux et anxieux. Le soir vint, aucun message du Palais d'Or. Djafar avait écrit au calife un mot demandant de ses nouvelles, il n'avait pas eu de réponse. La nuit il ne dormit pas. Harun savait-il quelque chose ? Abassa et ses fils étaient-ils en danger ? A l'aube, pâle, ses joues piquées de barbe, les yeux cernés de brun, il décida de se rendre chez le calife, de le voir coûte que coûte et de savoir le motif de son silence. Nous nous présentâmes en début de matinée, Muhammad nous conduisit aussitôt chez son maître.

Harun, debout devant le bassin d'eau de son patio, lisait un poème. Il sourit en nous voyant entrer.

« La paix soit sur toi, Djafar. Que me vaut le plaisir de ta visite de si bon matin ? »

Djafar baisa la main d'Harun.

« Imam, je m'inquiétais pour toi, ton silence me faisait craindre que tu ne sois souffrant.

— Je me porte à merveille, tu le vois, ami. Je lis même quelques lignes sur la vanité des choses de ce monde, sur leur beauté trompeuse. Aimes-tu la vie, Djafar ?

— Seigneur, tu le sais bien.

— Tu as raison, la vie est un don de Dieu. Lis donc toi-même ce poème, il est fort beau, et marchons ensemble. »

Djafar se détendait, je voyais ses traits se décontracter, ses mains s'ouvrir, il me sourit mais je ne lui rendis pas ce sourire, quelque chose d'indéfinissable m'oppressait, le regard d'Harun peut-être, ou sa voix, une façon d'être anormale qui me faisait peur. Je voulais en parler à mon maître et ne le fis pas. Il avait passé des heures d'inquiétude, pourquoi les lui faire revivre ? Je n'avais que des pressentiments.

Le lendemain le vieux Yahya se présenta chez son fils. Il venait lui annoncer son prochain départ pour le pèlerinage de La Mekke. Le calife, la veille au soir, lui avait annoncé qu'il désirait s'y rendre en sa compagnie et en celle de ses fils Al-Amin et Al-Mamun. Pourquoi cette décision soudaine ? Il ne le savait pas, il lui fallait maintenant commencer ses préparatifs et il venait faire ses adieux à ses fils.

Djafar pâlit.

« Le calife souhaite-t-il que je l'accompagne ?

— Il n'en a pas parlé, répondit Yahya, j'ai su sa décision par un messager. »

Mon maître resta pétrifié après le départ de son père. Harun à La Mekke ! Quel était le but véritable de ce voyage ?

Il se rendit au Palais d'Or, le calife l'accueillit comme à l'accoutumée. Il laissa Djafar le premier parler du prochain pèlerinage.

« Désires-tu que je t'accompagne, imam ? Ma joie serait d'être à tes côtés.

— Non, Djafar, je désire te savoir à Bagdad, tu prendras les rênes du gouvernement, je n'ai confiance qu'en toi. »

Mon maître s'inclina.

« Quand pars-tu, seigneur ?

— Demain, mon ami, si Dieu le veut. Les princes m'accompagneront, tu n'auras de responsabilités que politiques et je sais que tu me serviras bien. Va, maintenant, j'ai beaucoup à faire ce soir et te verrai à notre départ. Je t'attends à la fin de la matinée, que Dieu te garde. »

Lorsque le lendemain nous nous présentâmes au Palais d'Or, un chambellan vint nous dire que le calife avait avancé l'heure de son départ et que la caravane était loin déjà ; ils avaient quitté Bagdad à l'aube.

Longueur des jours et des nuits. A la mi-novembre nous les sûmes à La Mekke. Aucun message, le silence, un silence qui rendait mornes les distractions, fade la nourriture et amère la boisson. Un vent d'est soufflait, annonciateur d'un hiver précoce, les olives étaient fraîches et les dattes fondantes. Tout un monde disparaissait qui ne reparaîtrait qu'au printemps. Djafar ne reverrait plus les beaux jours.

Mon maître alors se mit à voir très souvent son frère Fadl. Ensemble ils parlaient des choses du gouvernement dont Fadl était écarté depuis longtemps déjà, ils échangeaient leurs points de vue, partageaient les mêmes émotions. Au soir de leur vie, les deux frères se retrouvaient comme durant leur enfance, profondément unis. Au contact de Fadl, Djafar se raffermit, chassa ses craintes et ses angoisses, n'était-il pas un Barmakide, allait-il trembler comme un serviteur grondé ! Enfin, ils parlèrent du calife entre eux. Jamais le nom d'Harun n'avait été évoqué. Djafar savait que son frère réprouvait les liens qui l'unissaient à lui, il n'avait à aucun moment voulu se justifier. Désormais, comme s'ils pressentaient que leurs sentiments personnels étaient sans importance, ils n'évitèrent plus de parler d'eux-mêmes. Fadl écouta Djafar et Djafar écouta Fadl, l'un et l'autre se comprirent et sentirent qu'en face du calife ils étaient seuls. Harun leur échappait pour ne plus s'étouffer dans leur amitié, leur tendresse, leur amour, pour ne plus les sentir mettre dans l'ombre sa puissance, pour ne plus reconnaître leur intelligence, leur force, leur supériorité. Il les haïssait tous désormais et il n'osait le montrer, de cela Fadl était sûr. Djafar, lui, savait que le calife le désirait encore, qu'il lui suffisait de toucher sa peau pour que son regard se trouble et que son souffle devienne court. Oui, il avait encore un pouvoir certain mais il ne voulait plus en user, il était las de ce jeu qui ne lui laissait plus que dégoût et amertume. Il aimait Harun cependant, ils avaient partagé trop d'instants de leurs vies pour qu'ils ne fassent pas partie intégrante l'un de l'autre. Dieu lui était témoin qu'au moindre signe du calife il accourrait. Harun l'aimait également mais, lui, détestait cet amour.

Les fins d'après-midi, lorsque les mouches semblaient dorées en dansant dans les rayons du soleil couchant, les deux frères se promenaient dans les jardins de Djafar ; ils se taisaient souvent, ils avaient tant parlé que les mots n'avaient plus d'importance. Mon maître avait appris à Fadl son mépris des ordres d'Harun, la naissance des jumeaux. Fadl longuement avait regardé son frère :

« Le gouffre où nous allons tomber était présent depuis l'éternité des temps. Nous avons cheminé notre vie mais il est dit que certains hommes, ne pouvant s'écarter de leur route, oublient leurs yeux et leurs oreilles pour ne suivre que leurs espérances. Nous faisons partie de ces hommes-là. Les serviteurs qui ont des âmes de maître sont chassés de toutes les demeures, car il plaît à la faiblesse des seigneurs de s'isoler comme l'aigle sur la montagne, alors qu'ils grelottent de froid et de peur. Nos fils garderont la tête haute en pensant à nous parce qu'ils sauront que nous n'avons jamais courbé les nôtres.

Fadl resta quelques instants silencieux et prit son frère par les épaules :

« Tu as reçu de Dieu, Djafar, des dons que tu as semés à tous les vents. Au printemps des pousses apparaîtront çà et là dont tu seras les racines, et ces pousses assemblées formeront une gerbe. Notre ambition à tous n'était pas de gagner, elle était juste de progresser. Notre père nous a appris à admettre la pensée, les actions des autres, sans attendre de retour, que Dieu le bénisse car il nous a donné une liberté que nul ne pourra nous ôter. »

En ce début du mois de décembre le ciel était extraordinairement lumineux. Les rayons de la pleine lune portaient en bouquets des milliers d'étoiles. J'avais envie d'être un génie moissonnant ces faisceaux brillants, les assemblant en gerbes étincelantes pour éclairer mon angoisse. Le calife était sur son chemin de retour. A la moitié de décembre, des cavaliers annoncèrent l'arrivée prochaine des pèlerins, ils étaient en Irak déjà, du côté d'Al-Hammam. Djafar voulut aller à leur rencontre, Fadl l'en dissuada.

« Si le calife ignore tout, laisse-le te désirer, s'il sait, ne l'irrite pas davantage. »

Trois jours passèrent, puis l'avant-garde de l'escorte arriva devant les murs, portant des drapeaux noirs. Derrière eux une caravane progressait dans la poussière. Entourés de soldats, deux cavaliers : Yahya et Harun côte à côte, le calife vêtu de noir, son vieux tuteur, de blanc ; ils ne se parlaient pas. Au-dessus d'eux, balayé par le vent d'est, le ciel était bleu indigo, une poussière jaune, légère, volait autour des sabots des chevaux et des méhara. On ne voyait pas encore les visages des cavaliers, seulement leurs silhouettes, l'étoffe de leurs kaftans ou de leurs abayas gonflés par le vent, leurs turbans ou leurs kufiyyas. Les drapeaux claquaient, la troupe était silencieuse.

En haut des remparts s'étaient massés les gens de Bagdad. Le cri de joie des femmes retentit, les enfants se poussaient, des gardes se groupèrent de chaque côté de la porte de Kufa, empêchant quiconque d'approcher. Précédés de Muhammad et de deux soldats portant des étendards, suivis des princes, Harun et Yahya entrèrent dans Bagdad sous les clameurs enthousiastes de la foule. Djafar, debout dans son salon privé, attendait, il avait hésité à aller au Ksar al-Tin et il y avait renoncé. Désormais il ne pouvait plus que se tenir immobile, vivre au milieu de ce qu'il aimait, sa demeure, dernière terre, dernier refuge pour ce voyageur fatigué qu'il était devenu.

Le calife ne le fit pas venir le jour même, seulement le lendemain ; il avait une gaieté forcée, un rire ironique et dur. Il étreignit Djafar et le regarda longuement.

« Il est bon de retrouver ses amis, dit-il, je n'en compte guère autour de moi.

— Le pèlerinage s'est-il passé selon tes vœux, seigneur ?

— Mes souhaits ne sont pas toujours ce que la réalité me donne, Djafar. Je la prends désormais comme il plaît à Dieu de me la donner. Les rêves sont des jouets d'enfants, je l'ai compris en réfléchissant et en priant. As-tu pensé à moi ?

— A chaque instant, imam, car ma vie n'est que l'ombre de la tienne. »

Harun sourit :

« Les ombres sont parfois étranges et menaçantes, Djafar, parfois familières aussi, cela dépend de la lumière du jour. Allons, Djafar, mon ami, ne philosophons pas, je veux te voir à mes côtés, je veux te regarder et t'écouter car Dieu parfois reprend ce qu'il a donné. Un jour, peut-être, ne seras-tu plus avec moi. »

En disant ces paroles il avait un sourire presque tendre, et ses yeux regardaient Djafar comme on considère un objet merveilleux et fragile.

Les derniers chrysanthèmes s'effeuillaient et des pétales d'or flottaient sur le bassin bleu, dérisoires embarcations aux couleurs de regrets. Quelques abeilles tournaient encore dans les treilles autour des raisins séchés par le soleil ; douceur du départ, douceur du sommeil, la chaleur glissait sur les faïences vertes des mosaïques, faisant briller les yeux des nymphes et des dauphins qui s'y étreignaient, pour toujours figés dans les décors ordonnés et inertes qui contemplaient depuis des années déjà le soleil et les nuits dans le silence des jardins du calife.

Harun et Djafar étudièrent ensemble, les jours suivants, les affaires de l'empire. Le calife désirait tout connaître, tout savoir, comme s'il avait voulu lire jusqu'à la dernière ligne d'un livre qu'il allait refermer.

A la fin de décembre, il retint Djafar qui s'apprêtait à le quitter. Ils n'avaient pas passé, depuis le retour du pèlerinage, une seule nuit ensemble.

« Je voudrais, mon frère, que tu organises dans quelques jours une chasse au faucon. Il me plairait que nous partagions encore ce plaisir comme nous l'avons fait si souvent. Veux-tu ?

— Je ne veux que t'obéir, imam, et chasser avec toi sera ma plus grande joie. »

Harun rit, il regardait Djafar comme on regarde un enfant :

« Dans trois jours ?

— Tout sera prêt, seigneur, nous partirons à l'aube. »

Le calife posa sa main sur le bras de mon maître :

« Puisqu'il nous faudra partir de bonne heure, Djafar, nous ne nous séparerons pas. Je n'ai pas eu ta compagnie depuis bien longtemps et ta chaleur me manque. Tu resteras la veille avec moi et nous essaierons de goûter encore cette ivresse qui m'a rendu faible au point de ne plus garder la tête haute. Ton pouvoir, Djafar, est si dangereux qu'il en semble inoffensif et que l'on s'y expose sans défiance. Je l'affronterai encore car je ne puis oublier la caresse de ta peau, de ta bouche et de tes mains, un cadeau que je prends aujourd'hui, Dieu seul décide du lendemain. »

Djafar et Harun ne se virent pas jusqu'à la veille de la chasse, mon maître avait donné des ordres pour que fauconniers, chevaux, serviteurs, soient prêts à l'aube du surlendemain. Djafar était calme, paisible, mais toute joie de vivre semblait l'avoir quitté. Il pensait à ses fils. Pressentait-il qu'il ne les connaîtrait jamais ?

Le dernier soir, comme Harun le lui avait demandé, ils demeurèrent ensemble. Dans la chambre du calife brûlaient des parfums précieux, le lit avait été recouvert de fourrures et de coussins de soie, l'obscurité était presque totale, temple où allait être célébrée une cérémonie secrète ou un ultime sacrifice. Des fleurs jaunes s'épanouissaient dans des vases de céramique brune, et des coupes de jade posées dans l'embrasure des fenêtres que voilait un rideau de soie débordaient de raisins noirs, de figues violettes et de dattes ocrées. Harun, vêtu d'un kaftan brodé d'or, attendait Djafar debout devant une lampe posée sur le sol, qui projetait son ombre au mur comme une lanterne chinoise. Il le regardait entrer et, pour la première fois depuis son retour, je vis de l'affection dans ses yeux. Djafar s'arrêta à quelques pas de lui. La lumière vacillante les caressait l'un et l'autre de son souffle blond, et les parfums qui brûlaient se lovaient dans les soies, les velours, les fourrures, léchant leur peau et leurs cheveux comme une courtisane ivre d'amour. Les deux hommes s'observaient et tout un monde de souvenirs, de sensations, d'affections, passait dans leurs regards.

Mon maître approcha d'un pas.

« Comme tu es beau, Djafar ! murmura le calife. J'avais oublié cette beauté. »

Alors Djafar, sans quitter Harun des yeux, dénoua sa ceinture, déboutonna son kaftan qui tomba à ses pieds ; il se trouva nu devant le calife qui, le rejoignant, caressa du bout des doigts ses épaules, sa poitrine, son ventre comme s'il n'osait davantage. Djafar écarta légèrement les bras, ses yeux brillaient, son souffle était rapide, premier rapprochement, dernière offrande, une histoire d'amour quelque part entre un petit nombre d'instants fugitifs et toute une vie. Les lumières des lampes tremblaient, et tremblait Harun dans son désir, ses souvenirs et le devenir de ses jours. Qu'allait-il arriver à sa mémoire ? Comment allait-il la supporter désormais, lorsque, s'échappant du présent, elle lui apporterait le corps de Djafar, ses bras écartés, son regard, sa bouche et cette envie d'une peau, d'une odeur, d'une chaleur dissoutes dans la rivière du temps passé.

Le calife ferma les yeux et les heures devinrent des étoiles éparpillées dans le ciel de leur nuit.

A l'aube, Muhammad vint avertir son maître que la chasse était prête à partir. Ni Harun ni Djafar n'avaient dormi, ils partagèrent sans se parler des fruits et du lait aigre, leurs yeux mieux que leurs bouches savaient se souvenir.

Le petit matin était frais et les chevaux se mirent au galop. Djafar et le calife étaient en tête, les fauconniers suivaient leurs oiseaux encapuchonnés posés sur un perchoir accroché à la selle ; nous allions au nord de Bagdad, à deux heures de la ville, dans une plaine dénudée où le gibier ne pouvait échapper aux rapaces.

Enveloppé dans sa burda de laine, le calife se taisait, Djafar à côté de lui ne le regardait pas, les corps se frôlaient, se reconnaissaient, mais leurs routes s'écartaient désormais plus vite que le galop de leurs étalons. L'histoire d'amour du calife et de son vizir n'était plus qu'un reflet, un écho, une image.

Un lièvre, une grouse, une outarde, furent abattus, les faucons excédés par le sang battaient des ailes et piétinaient leur perchoir, le soleil était à son zénith, on espérait une jeune gazelle qui ne surgissait pas. Un pigeon prit son envol, le calife fit lâcher son faucon. L'oiseau, en longs cercles, attendait sa proie, son vol léger, aérien, cernait facilement celui maladroit et lourd, de sa victime qui cherchait à se poser. En un instant le rapace fut sur le pigeon, le sang jaillit, d'un bond le fauconnier fut près de l'oiseau et le rappela ; docilement le faucon se posa sur le poing et reçut un lambeau de viande crue qu'il arracha de la main de son maître. Le serviteur, se penchant, ramassa le pigeon et le tendit au calife. Harun le prit, l'oiseau tressaillait encore. Alors, comme s'il touchait un objet d'horreur, le calife le jeta à terre, il avait senti les spasmes, la tiédeur du sang, et son visage était terriblement pâle. Sur son manteau il essuya sa main et sur le blanc de la laine s'étoila une tache rouge comme un pétale de rose fané, oui, comme un pétale de rose ou comme la marque d'une blessure.

Les chasseurs rentrèrent, la chasse n'avait pas été bonne. Il fallait arriver à Bagdad avant le souper qu'offrait le calife à ses amis intimes. Les plus puissants, les plus nobles étaient là et tous virent Djafar s'asseoir aux côtés d'Harun. Immobilité des rites, seule l'attitude du calife avait changé. Il se voulait seul, il était le maître, il ne regardait ni Djafar ni personne, mur dressé autour de lui, isolant, protecteur ; Harun désormais devenait une image, son image. Mon maître contemplait le calife en silence, Harun petit à petit remontait le fil de leur tendresse. Quand le couperait-il ? Peu de jours auparavant il avait songé à quitter Bagdad, mais ce départ aurait ressemblé à une fuite, une fuite devant un silence, une absence, pas même devant un danger. Si Harun lui avait jeté à la tête ce qu'il avait découvert à La Mekke, il aurait esquivé, peut-être aurait-il réussi à désarmer la colère du calife, mais sa tendresse froide, son amitié muette l'avaient glacé, et désormais tout geste était devenu impossible. Lui qui aimait jouer avait entre les mains des pions qu'il ne savait plus manœuvrer ; son adversaire silencieux l'observait en souriant et ses mains erraient ne sachant où aller, que prendre, où se poser. Alors le calife saisissait le jeu et dans un grand rire jetait les pions à tous les horizons. Djafar n'avait pas perdu, il n'avait seulement pas pu jouer.

Pendant que les serviteurs apportaient les ragoûts, Harun se pencha vers mon maître.

« Tu ne manges guère, mon frère, es-tu souffrant ?

— Je suis fatigué, seigneur, la nuit a été courte et la chasse longue.

— Tu vas te reposer, Djafar, oui, tu te reposeras et ta fatigue te quittera. Je n'ai, moi, pas envie de dormir cette nuit et ma lassitude demeurera. Tu dormiras et je veillerai, la chance sans doute est de ton côté.

— Veux-tu que je demeure avec toi, seigneur ?

— Non, mon frère, ma fatigue est si grande que je veux être seul. La présence d'un ami, aussi douce soit-elle, n'est pas éternelle et il me faut apprendre la solitude. »

Djafar ne dit rien, il n'avait pas peur, une angoisse peut-être, un pressentiment obscur, rien de plus.

Comme le mouton rôti aux herbes arrivait, le calife demanda l'œil et l'offrit à mon maître.

« Tu le mérites, mon ami, pour tout ce que tu es. »

On regardait Djafar et Harun, leur histoire d'amour semblait ne pas avoir de fin. Ils s'observaient, mais déjà le calife ne voyait plus mon maître.

A la fin du repas, Harun se leva et, s'adressant à ses hôtes :

« Je vous laisse, mes amis, finissez sans moi ce repas car je suis las et je vais me reposer. »

Djafar se redressa lui aussi.

« Reste, Djafar, profite de cette fête que j'ai donnée pour toi ! »

Son regard, quelques secondes, se posa sur mon maître, sur son visage, sa bouche, ses épaules, puis, brusquement, il fit demi-tour et d'un pas ferme quitta la salle du banquet. Le rideau qui masquait la porte tomba derrière lui.

Mon maître ne resta que quelques instants, puis il regagna son palais. La nuit était claire, étoilée, paisible, nos chevaux marchaient au pas ; il ne faisait pas froid, quelques chiens aboyaient, les rues sentaient la mandarine, les épices, le cuir, deux hommes qui passaient nous saluèrent, nous leur rendîmes leur salut.

Devant son palais, Djafar arrêta son cheval et regarda le ciel :

« Il me faudra apprendre l'astrologie, murmura-t-il,

car ces immensités me fascinent et me rendent mélancolique.

— As-tu des raisons d'être peiné, seigneur ?

— Peut-être, Ahmed, ou peut-être pas. Les Persans ne sont-ils pas un peuple triste ?

— Cela est vrai, maître, mais sommes-nous encore des Persans ?

— Que serions-nous alors, Ahmed, si nous ne l'étions plus ? »

Nous entrâmes dans la cour d'honneur. Des gardes se précipitèrent pour prendre nos chevaux. A pas lents, Djafar gagna ses appartements, il s'arrêta au bord du bassin, prit de l'eau dans une de ses mains et but, puis, après avoir regardé une dernière fois le ciel, il entra chez lui.

Je l'aidai à se déshabiller, lui apportai une bassine de vermeil et un linge fin pour qu'il se lavât le visage et les mains ; il me sourit.

« Il me tarde de voir mes fils, je ne connais pas même leur nom.

— Tu les verras, seigneur. La princesse Abassa doit se languir de toi !

— Saura-t-elle m'attendre ? Elle est jeune, ardente et je suis si loin d'elle !

— Elle t'attendra car elle t'aime et tu le sais. »

Djafar sourit encore.

« Crois-tu qu'elle m'aime vraiment ? Elle aime l'homme que le calife aimait, celui qu'il ne voulait pas lui donner. Ce sont mes fils qu'elle aimera. » Et après un silence, il ajouta : « Que nous aimerons ensemble si Dieu le veut. »

Il essuya ses mains soigneusement et passa une galabiya de fine toile blanche.

« Il me faut dormir, Ahmed, je suis bien las ce soir.

— Que Dieu te garde seigneur, je resterai devant ta porte à veiller sur toi. »

Djafar posa sa main sur mon épaule :

« Je n'ai donc que toi comme ami, Ahmed ? Passe une nuit dans la paix. »

Je fermai sa chambre et m'allongeai sur le sol devant la porte. Un peu plus tard, n'entendant aucun bruit, j'entrai en silence ; Djafar couché sur le ventre dormait, un de ses bras pendait hors de sa couche, il semblait calme, apaisé. Je me retirai.

Quelle heure était-il lorsque les gardes du calife arrivèrent ? C'était bien avant l'aube, aucun coq n'avait chanté. Je sautai sur mes pieds, ils me bousculèrent, poussèrent la porte de mon maître, Djafar s'éveilla, se redressa aussitôt et les regarda entrer. Je voulus encore les retenir mais ils sortirent leurs cimeterres et m'éloignèrent d'un coup de botte. Djafar était debout, cherchant son poignard, deux hommes s'emparèrent de lui, il se débattit, parvint à se dégager.

« Ne me touchez pas, chiens, cria-t-il, votre gale me souille ! »

Deux autres gardes prirent ses bras, les tordirent en arrière, cherchant à le faire tomber à genoux mais la force de Djafar les en empêchait.

« A moi, clama mon maître, Ahmed, ma garde ! »

Un des soldats se mit à rire :

« Tu n'as plus de garde, Djafar al-Barmaki, le calife en a décidé ainsi, tu n'as plus rien et tu vas mourir. »

Mon maître, d'un effort prodigieux, se libéra :

« Vos ordres viennent du calife ? Alors exécutez-les, mais vite ! »

Et se tournant vers moi, il me cria :

« Pars, Ahmed, va-t'en, pour l'amour de Dieu et pour moi. »

Je refusai :

« Jamais, maître, je ne te quitterai, je mourrai avec toi. »

Alors un soldat, du plat de son cimeterre, me frappa au visage et je tombai en arrière, il rit :

« Tu vas voir mourir ce maître dont tu étais la chienne, regarde bien ! »

Djafar ne se défendait plus, deux hommes le firent s'agenouiller, un troisième qui arrivait par-derrière, d'un grand coup de son cimeterre, lui fit une large blessure au cou, un flot de sang tomba sur le tapis de soie, où des fleurs bleues et roses tressées ensemble entouraient des oiseaux de feu, que ce sang alluma davantage encore. Djafar tomba en avant, un deuxième coup de sabre décolla sa tête, je vomis. Alors, marchant sur mon corps, les soldats s'en furent emportant la tête de mon maître par les cheveux. La flaque de sang s'élargissait devant sa dépouille, je m'approchai en rampant, j'avais les côtes cassées. J'enfonçai mes mains dans le liquide rouge s'échappant des épaules, je le passai sur mon visage, je sentais encore sa chaleur, sa moiteur... Ensuite, je ne sais plus, une femme me dit de partir, que tous les serviteurs devaient se disperser, et je m'en fus. Où ? Ma mémoire n'en a pas gardé le souvenir.

Une nuit, je m'éveillai en hurlant dans un lit inconnu, un vieillard s'approcha une lampe à la main, il parlait l'arabe avec un accent persan, c'était un ami. Il m'avait recueilli dans la rue, tordu de douleur, absent, et m'avait amené chez lui. J'appris que la tête de mon maître était clouée sur un des ponts de Bagdad et que les badauds défilaient pour voir ce qu'il restait de son orgueil et de sa beauté. J'appris aussi que Yahya et Fadl avaient été arrêtés la même nuit et conduits loin de Bagdad, à Raqqa, dans une citadelle dont on ne sortait pas. Les palais des Barmakides étaient le bien du calife, les serviteurs étaient partis, le silence habitait désormais ces demeures. Dans les jardins, les fleurs se fanaient, les oiseaux mouraient dans les volières, d'étranges présences y erraient encore qui tenaient écartés à l'aube et au crépuscule les gardes du calife.

Je me rétablis mais il y avait en moi deux mains puissantes, inexorables, qui m'entraînaient dans un trou profond de plus en plus bas, de plus en plus vite. Du fond de ce gouffre je regardais le ciel, mais il était si loin désormais qu'il avait perdu tout éclat. Pour me reconstruire, pour émerger de cette fosse, il me fallait chercher les morceaux épars de moi-même, les assembler, partir pour Raqqa puis pour La Mekke. »

Ahmed se tut. Ce vieillard digne dans son kaftan usé n'avait plus de regard, ses yeux étaient de l'eau stagnante où se mirait toute une vie. Pas de larmes, une indifférence au présent, un abandon de l'homme qu'il était désormais, vieillard solitaire et étrange qu'il n'avait jamais habité. Sur la grand-place de Bagdad, il se taisait et se taisaient les hommes et les femmes qui l'entouraient, l'esprit tourné vers un ailleurs surgissant de la nuit, esclave d'un vieil homme qui le prenait ou le relançait selon le flux de sa mémoire. Il faisait chaud, il était tard mais le temps était suspendu comme un faucon planant dans la brise, immobile, léger, immatériel, éternel.

Ahmed regarda les étoiles.

La nuit se déroule et je veux qu'à l'aube mon esprit soit en paix. Partez ou restez, il n'y aura bientôt plus de conteur, il n'y aura plus qu'un vieillard devant la mort...

Je partis sur la mule du Persan pour Raqqa. Il me fallait voir Yahya et Fadl, qu'ils sachent dans leur solitude que leur souvenir n'avait pas disparu de la mémoire de leurs serviteurs. J'arrivai par un froid intense dans cette ville que j'avais connue bruissante des plaisirs de la cour. Comment verrais-je mes maîtres ? Je ne le savais pas mais avec l'aide de Dieu j'y parviendrais. Je connaissais des gardes, des serviteurs au palais, un palefrenier notamment qui me parlait souvent et dont les yeux cachaient mal l'attirance qu'il avait pour moi. Je le vis, il me reconnut et fut effrayé car le nom des Barmakides les faisait tous trembler. Je le rassurai, je ne présentais aucun danger, je voulais juste les voir. Il me demanda ce que je lui donnerais s'il m'aidait, je lui souris et lui pris la main, il comprit, oui, il m'aiderait.

Yahya et son fils se promenaient une fois par jour dans la cour intérieure de la citadelle, escortés de gardes. Des serviteurs passaient parfois, allant aux cuisines ou dans les jardins, il pouvait m'emmener. Nous aurions des fagots dans les bras et nous nous dirigerions vers la salle des gardes pour ranimer le feu des braseros : avec le froid, les allées et venues des serviteurs étaient incessantes.

Derrière la porte de la resserre à bois, nous attendîmes de voir les prisonniers. Le temps passait, le palefrenier parfois me prenait la main mais je retirais

239

vivement la mienne. Lumière blanche de l'hiver dans la cour pavée ; l'haleine des gardes s'y diluait et le bruit de leurs pas était sonore sur les dalles de marbre.

Enfin, escortés par quelques soldats, parurent Yahya et Fadl. Je ne les reconnus pas tout d'abord, ils étaient enveloppés dans des manteaux de laine semblables à ceux des bergers et leurs pieds étaient nus dans des sandales de cuir. Yahya était un vieillard désormais frêle et voûté comme un arbre que le vent d'est a couché, Fadl le soutenait, il avait maigri, il était pâle, mais la fierté de son regard était la même. Je retrouvais les yeux de Djafar et un choc comme un coup de poing brutal ébranla ma poitrine.

Nous quittâmes côte à côte la réserve et nous avançâmes dans la cour ; ni les prisonniers ni les gardes ne nous voyaient, je m'approchai. Un garde jeta sur moi un regard, vit le bois et détourna les yeux, il s'écarta même pour me laisser passer. Je fis semblant de trébucher et les fagots s'échappèrent de mes mains, je criai un juron ; au son de ma voix, les Barmakides tournèrent la tête vers moi. Fadl me reconnut le premier, il prit le bras de son père et lui jeta un mot bref en persan : « Notre serviteur. » Le vieil homme me regarda, il y avait dans ses yeux la joie de revoir un monde qu'il croyait disparu, puis, étaient-ce le vent froid qui soufflait ou les souvenirs, des larmes parurent au coin de ses paupières. Comment leur parler, comment leur dire qu'ils n'étaient pas seuls, que même enfermés, éloignés, la trame de l'affection des leurs était tissée autour d'eux pour toujours ? Le père et le fils s'étaient arrêtés dans leur promenade et me regardaient ramasser le bois. Qu'espéraient-ils ? Je ne pouvais leur donner qu'un instant de ma vie. Fadl parla le premier.

« Tu es bien lourdement chargé, mon ami, n'as-tu personne pour t'aider ? »

Je désignai le palefrenier qui, debout, les yeux affolés, m'observait.

« Nous sommes deux, seigneur, mais il fait si froid qu'il nous faut sans cesse ranimer les feux.

— Il fait bien froid en effet, l'hiver n'en finit pas. Reverrons-nous les beaux jours ?

— Certainement, seigneur, nous les reverrons bientôt. »

Un garde s'approcha.

« Allons, ne reste pas, on ne parle pas aux prisonniers ! »

Je finis de ramasser le bois et les regardai pour la dernière fois.

— « Que la paix de Dieu soit sur vous !

— Demeures-tu à Raqqa, ami ?

— Non, seigneur, je vais partir pour le pèlerinage de La Mekke. »

Yahya inclina la tête, il avait compris.

« Que Dieu te protège, ami, dans ton pèlerinage, et qu'il te donne la paix. »

Le garde me prenant par le bras m'obligea à m'écarter :

« J'ai dit de ne pas parler aux prisonniers, va ou tu seras fouetté. »

Je suivis le palefrenier qui s'était déjà éloigné. Une dernière fois je tournai la tête : je vis les Barmakides debout, pauvrement vêtus, amaigris dans le vent de cet hiver glacial. Que restait-il des superbes vizirs du calife abbasside? Deux hommes qui se soutenaient pour ne pas tomber tout à fait.

Je ne devais plus les revoir, ni l'un ni l'autre. Yahya mourut le premier deux ans plus tard, Fadl trois années après son père. J'appris entre-temps que pour avoir voulu prendre contact avec un ami, il avait été affreusement battu. On le tenait pour mort, il avait vécu encore de nombreux mois. Harun fut averti de son décès, un soir, alors qu'il venait d'achever sa prière. Sa piété était devenue fanatique, et la silhouette austère de Fadl al-Rabi était toujours derrière lui. Il lut le message lui annonçant que son frère de lait n'était plus; après Djafar, après Yahya, il était le dernier des grands Barmakides. La lettre tomba aux pieds d'Harun, ses mains se posèrent sur son visage, il murmura : « Je ne lui survivrai pas. » Le calife mourut quelques mois plus tard. J'ai su ces paroles par un serviteur qui était à ses côtés et dont la femme était persane.

Maintenant il me fallait rejoindre La Mekke, voir Abassa, les enfants de mon maître pour rester auprès d'eux comme j'étais resté auprès de leur père. Je n'avais aucune autre raison de vivre, aucune autre raison d'espérer. Une caravane partant de Bagdad pour l'Arabie, porteuse d'épices et de soieries, je demandai à servir les caravaniers et à soigner les chameaux, on m'accepta. La route fut longue et pénible, le printemps doux en Irak était déjà chaud aux confins du désert. Pendant les nuits froides, je m'allongeais près des bêtes dans leur tiédeur, je regardais le ciel et essayais de comprendre la volonté de Dieu. Les traits du visage de Djafar m'échappaient parfois, je revoyais ses yeux, son nez, sa bouche mais chaque partie était séparée du tout comme s'il avait éclaté dans ma mémoire, rose rouge effeuillée dans le vent de l'hiver, pétales épars sur un tapis de soie aux dessins de fleurs rouges comme des taches de sang. J'entendais sa voix parfois dans mon sommeil : « Je n'ai donc que toi comme ami ! » ou : « Pars, Ahmed, va-t'en, pour l'amour de Dieu et de moi. » Alors je me levais, la sueur coulait sur mon visage, je me mordais les lèvres violemment pour ne pas crier. Les chameliers me regardaient et hochaient la tête, ils n'avaient ni curiosité ni mépris pour les déments, seulement de la pitié.

La caravane s'arrêta quelques jours à Médine, je dormis au coin des rues, aidai des commerçants ou des artisans dans les souks pour gagner ma nourriture ; je n'avais plus rien à moi seulement ce tapis que vous voyez et le kaftan que je porte et qui appartenait à mon maître : un serviteur du palais me les avait donnés.

La caravane repartit en plus petit nombre, j'étais le domestique d'un vieux négociant qui se plaisait à me raconter sa vie. Les chameaux marchaient lentement, ombres et lumières sur le désert dans le balancement de leurs pas souples et silencieux. Les hommes sommeillaient, bercés par cette vague mouvante et régulière qui ondoyait sous le soleil ardent. L'eau était fraîche dans nos bouches, sur nos lèvres desséchées. Dans mes yeux parfois surgissaient, montant de l'horizon, des jardins et des patios silencieux, abandonnés. Les fontaines ne coulaient plus, les mosaïques étaient couvertes de mousses. D'où venaient ces pelouses, ces bassins, ces massifs surgis du désert ? Pourquoi ressemblaient-ils à ceux de Djafar ? Je fermais les yeux mais sans doute étaient-ils à l'intérieur de moi-même car ils demeuraient présents, immobiles, nets comme un appel.

Enfin, au milieu des collines grises, semblable à une prière au creux de la main de Dieu, nous vîmes La Mekke, but de mon voyage. Je restai longtemps à regarder les murs de la ville, ceinture brune autour des enfants de Djafar. J'allais enfin pouvoir m'agenouiller devant eux !

Rues mal reconnues, je n'étais venu que deux fois en pèlerinage dans la Ville sainte, demeures semblables, portes closes. La maison des grands-parents d'Abassa était la plus imposante de la ville, hauts murs percés de fenêtres abritées derrière des moucharabiehs de cèdre, façade ocre et blanc entourée de deux tours carrées crénelées, portes de bois cloutées de bronze ; je frappai fortement. Derrière un judas quelqu'un m'observait, une voix demanda :

« Que veux-tu étranger ?

— Je suis venu de Bagdad pour voir la princesse Abassa.

— La princesse Abassa ne reçoit pas de visiteurs, qui es-tu ? » La voix était sèche, coupante.

Par Dieu, je savais qu'en apprenant mon nom l'homme m'ouvrirait cette porte aussitôt.

« Je suis Ahmed, le serviteur de Djafar ben Yahya al-Barmaki. »

Il y eut un silence.

« Ne bouge pas étranger, je vais parler au maître. »

Je n'attendis qu'un instant, la porte s'ouvrit. Dans le vestibule d'entrée, éclairé par une lumière adoucie venant du patio, un vieil homme vêtu d'un kaftan blanc se tenait debout. Il m'observait et son regard était à la fois bienveillant et inquiet.

« Es-tu réellement de la maison des Barmakides, étranger ?

— Je le suis, la princesse Abassa me reconnaîtra.

— Alors que la paix de Dieu soit sur toi. Ma demeure est la tienne, suis-moi. »

Je pénétrai avec lui dans le patio dallé de petits cailloux ronds. Un bassin de marbre ruisselait en son centre, un vieux figuier s'accrochait au mur, il y faisait bon. Pour la première fois depuis la mort de mon maître, j'éprouvai une sorte de quiétude. De l'autre côté du patio s'ouvrait un grand salon, puis une petite pièce meublée de coussins, de tapis et de quelques tables basses en bois ouvragé. Le vieillard s'y arrêta. Je m'inclinai devant lui et lui baisai la main ; d'un geste il me releva.

« Tu es venu de Bagdad pour voir ma petite-fille ?

— Pour la princesse et ses enfants, seigneur, les fils de mon maître, sa dernière joie. »

Les traits du vieil homme, imperceptiblement, se tendirent, mais il me regardait toujours avec bienveillance.

« Ne sais-tu donc pas, mon ami, que les jumeaux ont été enlevés à ma petite-fille ? »

Je ne pus rien répondre mais mon visage dut le faire pour moi car le grand-père de la princesse me fit asseoir. Désespérément, ma pensée essayait de se raccrocher à quelque chose mais n'y parvenait pas. Je ne voyais nettement qu'un oiseau de bronze portant une couronne, posé sur une table devant moi. Je remarquai qu'il avait le bec ouvert et une anse sur le dos, c'était probablement une aiguière pour laver les mains. Le vieillard respecta quelques instants mon silence.

« Des hommes sont venus une nuit, avant même que nous n'apprenions la mort de Djafar. Ils ont forcé la porte de ma demeure, ont bousculé mes serviteurs et moi-même qui, alerté par les cris, m'étais porté à leur rencontre. Dans la chambre de la nourrice, les deux enfants dormaient, ils s'en sont emparés, et comme la femme retenait un des ravisseurs par son manteau, il lui trancha la main.

La princesse les vit s'enfuir avec ses bébés, je la pris dans mes bras, il n'y avait rien à faire. Nous n'avons jamais su ce qu'ils étaient devenus. J'ai cherché, j'ai questionné, j'ai demandé aux chefs de toutes les tribus d'Arabie qui pouvaient me rendre compte de ce forfait, personne ne savait. Que la volonté de Dieu soit faite, mon ami, mais la princesse, qui apprit quelques jours plus tard la mort de son mari, n'a plus d'âge. Elle semble avoir seize ans, oui, mais son cœur, son esprit sont morts. Veux-tu la voir ?

— Oui, seigneur, car la princesse Abassa était chère à mon maître et je suis son serviteur. »

Mon hôte frappa dans ses mains, une jeune fille accourut :

« Aïcha, va dire à ta maîtresse qu'un cousin est venu la visiter de Bagdad, elle peut le recevoir dans ses appartements. »

On m'offrit un verre d'eau fraîche et des dattes. Une petite servante glissait sans bruit sur les dalles de terre cuite, une femme passa, un couffin débordant de légumes posé sur sa tête. Cette vaste demeure était étonnamment silencieuse, aucun enfant n'y jouait, personne n'y parlait, des petites fenêtres tombait une lumière atténuée, pâle, qui laissait dans l'ombre des coins entiers des salles où j'étais passé. Un chat, souplement, sauta sur une des tables de cèdre et me regarda. Il n'y avait comme bruit que le bourdonnement des mouches se mouvant dans les rais de soleil.

Enfin la fillette revint, je ne l'avais pas entendue et sursautai :

« La maîtresse vous attend, seigneur. »

Le vieillard me montra le chemin, je le suivis à travers de vastes pièces. Nous traversâmes un autre patio, tout au fond une porte de bois sculptée était entrouverte, mon hôte frappa et nous entrâmes.

Abassa était assise sur un siège bas devant la fenêtre. A travers le moucharabieh, le soleil dessinait sur sa peau des triangles d'ombres et de lumières, elle avait la tête tournée vers la rue ; je ne voyais que la masse de ses cheveux frisés et le dos d'un kaftan de satin blanc. Elle ne parut pas nous entendre et ne fit aucun mouvement vers nous. Son grand-père s'avança vers elle :

« Abassa », appela-t-il d'une voix douce.

La princesse ne sursauta pas mais tourna lentement la tête vers nous. Elle regarda tout d'abord son aïeul et lui sourit, puis ses yeux me virent et son sourire se figea.

« Ahmed ! » dit-elle simplement. Et, n'ajoutant rien, elle tourna à nouveau la tête vers la rue. Son grand-père toucha son épaule.

« Abassa, Ahmed est venu de Bagdad pour te voir. »

Le soleil donnait des reflets roux à la chevelure de la princesse. Sur le rebord de la fenêtre, juste devant elle, était posée une coupe de marbre rose pleine d'amandes et de raisins noirs séchés, de la rue montaient quelques appels, des bruits de pas et de roues. Le chat nous avait suivis, il sauta sur les genoux de la princesse qui ne le toucha pas. Dans la pénombre je voyais le profil de mon hôte et son sourire triste.

Abassa tourna à nouveau la tête vers nous, une de ses mains se posa sur le dos du chat gris, elle me sourit :

« Je suis contente de te revoir, Ahmed, quelles nouvelles m'apportes-tu ? As-tu vu Djafar ? Ne t'a-t-il rien dit pour moi ? »

Je ne savais quoi répondre, le vieillard me toucha le bras.

« Ne t'inquiète pas, Abassa, tout va très bien, Ahmed est juste venu te saluer. » Nous nous regardâmes, les yeux marron-vert de la princesse n'étaient pas tristes, ils ne voyaient plus désormais que le fil d'une pensée imprécise et douce, elle caressait le chat et le soleil dorait ses joues comme des fruits d'été. Elle était belle et si jeune ! Soudain, le regard d'Abassa eut une lueur affolée, ses mains s'agitèrent, le chat sauta à terre.

« Lorsque tu seras à Bagdad auprès de Djafar, ne lui révèle pas que j'ai perdu ses fils. Il ne faut pas qu'il le sache, mais ils se sont égarés. Je les retrouverai, c'est certain, mais par Dieu, ne lui dis rien, j'aurais peur de sa colère. »

Elle tremblait, son grand-père posa la main sur ses cheveux.

« Ahmed ne dira rien, mon enfant et nous retrouverons tes fils, calme-toi ! »

Elle sembla s'apaiser soudain et tourna à nouveau la tête vers la fenêtre, elle ne me voyait plus, ne savait même plus que j'étais à côté d'elle.

« Viens ! » me dit mon hôte.

Et nous sortîmes.

J'avais tout perdu à la mort de mon maître, mais Abassa avait perdu davantage encore ; je pleurai. Ainsi il ne restait rien du passé, tout était saccagé, séquestré, détruit. Harun avait gagné mais je savais que sa victoire avait un goût si amer qu'il en avait le cœur levé. Avait-il vu la petite sœur qu'il disait aimer ? Quel genre de pensée pouvait donc l'agiter lorsqu'il songeait à elle ?

Je partis, je ne conservai d'Abassa, pour toujours, qu'un regard et une masse de cheveux frisés éclairés par le soleil du matin à travers un moucharabieh de bois ajouré. Je refusai de rester dans la demeure du vieillard, qu'y aurais-je fait ? Personne n'avait plus besoin de moi.

La nuit de Bagdad enveloppait Ahmed de son silence ; on entendait seulement le chant d'une femme dans le lointain, un chant guttural et joyeux. Il y eut un rire, une voix d'homme appela un nom et la voix se tut. Jamais le ciel n'avait brillé de tant de feux. La lune, qui était montante, éclairait les façades des maisons autour de la place comme une tresse blanche et brune, piquée çà et là par la pourpre des braseros dont les braises rougeoyantes faisaient des taches de lumière sur la terre noire du sol, fleurs étrangement vivantes dans le jardin désert et nu de la ville endormie.

Soudain, au loin, il y eut un bruit, net, précis, étrange à cette heure de la nuit. Deux chevaux galopaient et le bruit enflait, accentué par le silence ; il remplissait la place tout entière, faisant s'écarter les gens et se tourner les têtes.

Deux hommes surgirent, voilés, vêtus de noir, étaient-ils borgnes? Certains plus tard l'affirmèrent mais personne ne les vit vraiment. Le vent de la course gonflait leurs galabiyas, et il semblait qu'ils flottaient sur la nuit comme des apparitions ou comme des mirages dans le plein soleil du désert. Ahmed les aperçut et ne bougea pas, il remonta seulement un pan de sa kufiyya sur son visage, le dissimulant aux regards, puis il attendit. Les cavaliers pénétrèrent la foule qui s'écarta, des femmes et des enfants s'enfuirent mais en silence. Il semblait que tout geste, tout mouvement devenait lent, absorbé par le temps, eau bue par le sable aussitôt tombée, note de musique éteinte sur la corde immobile d'une cithare.

Devant le vieux conteur, les cavaliers s'arrêtèrent, un sabre se leva, un beau sabre d'acier au pommeau de turquoises.

« Le calife a les oreilles importunées, vieillard, par ta déraison, et il désire que tu te taises pour toujours. Il est temps pour toi d'aller rejoindre ces chiens que tu as servis et dont le nom ne doit plus désormais être prononcé par quiconque. »

Le sabre s'abattit. Le vieux mendiant était si frêle, si léger, que la lame entailla son épaule à la naissance du cou, il resta assis, droit, mais ses yeux déjà n'avaient plus de regard. Alors, frappant une seconde fois, le cavalier lui trancha la tête qui roula sur le petit tapis de prière. Les yeux grands ouverts regardaient vers l'ouest, là-bas, au-delà du fleuve, vers un palais inhabité qu'un homme autrefois avait aimé.

La foule se dispersa et le martèlement des sabots

décrût dans la nuit. La place était déserte, le silence total ; contre un mur de Bagdad, cette nuit-là, était mort un vieillard ; un homme de rien du tout dans la ville ronde aux trois remparts, vieille femme qui somnolait dans le temps disparu et que durant dix nuits un vieux conteur avait éveillée de ses rêves. L'aube n'était plus loin, un coq chanta, et un chien, s'approchant du corps affaissé, commença à lécher le sang.

Du haut d'un minaret, la voix d'un muezzin psalmodia le premier appel à la prière, suivi en écho de mosquée en mosquée par d'autres voix, et les remparts se teignirent de pourpre, comme chaque matin aux portes de Khurasan et de Basra, depuis que le regard d'Al-Mansur s'était posé sur cette terre.

Impression Bussière à Saint-Amand (Cher),
le 3 mars 1987.
Dépôt légal : mars 1987.
1er dépôt légal dans la collection : février 1983.
Numéro d'imprimeur : 603.
ISBN 2-07-037448-3./Imprimé en France.

40292